人民共和國文化與文學叢書

五 編

李 怡 主編

第 **4** 冊

中華人民共和國文學史論
（1949～2015）（第四冊）

丁 帆 著

花木蘭文化事業有限公司

國家圖書館出版品預行編目資料

中華人民共和國文學史論（1949～2015）（第四冊）／丁帆 著 ──
初版 ── 新北市：花木蘭文化事業有限公司，2017〔民106〕
目 4+158 面；19×26 公分
（人民共和國文化與文學叢書 五編；第 4 冊）
ISBN 978-986-485-075-4（精裝）
1. 中國文學史 2. 文學評論史 3. 中國
820.8   106013281

特邀編委（以姓氏筆畫為序）：

吳義勤 孟繁華 張 檸
張志忠 張清華 陳思和
陳曉明 程光煒 劉福春
（臺灣）宋如珊
（日本）岩佐昌暲
（新西蘭）王一燕
（澳大利亞）鄭 怡

ISBN-978-986-485-075-4

9 789864 850754

人民共和國文化與文學叢書
五 編 第四冊   ISBN：978-986-485-075-4

中華人民共和國文學史論（1949～2015）（第四冊）

作　　者　丁帆
主　　編　李怡
企　　劃　北京師範大學民國歷史文化與文學研究中心
　　　　　四川大學現代中國文化與文學研究中心
總 編 輯　杜潔祥
副總編輯　楊嘉樂
編　　輯　許郁翎、王　筑　美術編輯　陳逸婷
印　　刷　普羅文化出版廣告事業
出　　版　花木蘭文化事業有限公司
社　　長　高小娟
聯絡地址　235 新北市中和區中安街七二號十三樓
　　　　　電話：02-2923-1455／傳真：02-2923-1452
網　　址　http://www.huamulan.tw 信箱 hml810518@gmail.com
初　　版　2017 年 9 月
全書字數　918587 字
定　　價　五編30 冊（精裝）台幣56,000 元

中華人民共和國文學史論（1949～2015）
（第四冊）

丁帆 著

第五章　鄉土文學的轉型與嬗變

第一節　對轉型期的中國鄉土文學的幾點看法

　　討論鄉土文學在中國是否逐漸消亡的問題，就得又要回到上個世紀 90 年代所爭論的焦點上來了：那就是隨著中國不斷城市化的過程，鄉土文學必將成爲一種消失的文體。很多學者都認爲，城鄉二元對立的社會結構形態已經開始轉變，這是不爭的事實。我並不否認中國社會結構從上個世紀 90 年代以來就在逐漸擺脫農耕文明的經濟基礎，向著工業文明和後工業文明的經濟基礎轉型。但是，我堅持認爲，由於在中國這塊特殊的經濟與文化的地理版圖上，仍然存在著三種文明形態的文化結構，即：前現代式的農耕文明社會文化結構仍然存活在中國廣袤的中西部的不發達地區，雖然刀耕火種式的農耕文明生產方式不復存在，但是日出而作日入而息的農耕文明的生活方式仍舊在延續著；現代工業文明的陽光已經普照在中國沿海地區和中原大地，以及部分中西部的腹地，它是促使中國社會文化結構發生根本轉型的動能；後工業文明的萌芽也已經在中國沿海的大都市與發達的中等城市漫漶，如果說後工業文明在技術層面上的發展是悄然而隱地在進行，不易被人察覺的話，那麼，後現文明的消費文化特徵已經是十分鮮明了，它不僅僅是在上述地區蔓延，而且還通過主流意識形態的默許，經媒體文化的傳播，大有漫漶全國之勢，更重要的是它已經波及到整個中國文化的深層結構之中。於是，在這樣一種交錯複雜的社會文明形態當中來俯視中國鄉土文學的變化與轉型，我們得出的結論是：中國傳統農耕文明形態統攝下的鄉土文學創作依然存在，雖

然它已經成爲鄉土中國農耕文明社會的「一曲無盡的輓歌」，但是它仍然成爲許多保有農耕文明社會浪漫主義文學傳統的舊派文人追捧的描寫對象；從農耕文明向工業文明轉型過程中的鄉土中國中的中國鄉土文學成爲當下文學創作的一個主流形態，雖然作家們的價值觀呈現出的是多元的格局，但是，其現代性的滲透卻是一個不可阻擋的大趨勢；後工業文明所帶來的後現代的鄉土文學的創作萌芽雖然在這一領域內還只是大多數停留在形式和技巧借鑒的工具性層面，但是，其表現出的一些前衛性的創作理念是不可小覷的，像鄉土文化生態文學的勃起即可窺見一斑。

這裡需要特別強調的是，中國自上個世紀 90 年代以來形成的農村人口向城市倒流的大移民運動，加速了中國的城市化和大都市化進程，農民像候鳥一樣的生存狀態，已然成爲中國鄉土文學的新的生長點，這也是中國鄉土文學外延和內涵擴展的一個新的命題，看不到這一點，也就是造成人們誤以爲鄉土文學消亡錯覺的根本原因。

綜上所述，我們以爲中國鄉土文學非但沒有消亡，而且是以一種犬牙交錯的、更加複雜的形態呈現出來，它就更需要我們用更深刻的眼光去剖析它們。我們這裡之所以把新世紀鄉土小說的時間上限推到上個世紀的 90 年代中期左右，就是認爲新世紀的文化轉型交替並非在短短的一年間就一蹴而就的。其實，從 90 年代中期開始，隨著資本消費文化開始滿溢中國社會生活的各個層面之時，也隨著中國經濟資本市場在全球範圍內取得了巨大的份額，文學就開始了結構性的變化，它表現爲以下三個方面：首先是隨著中國經濟改革開放的不斷深入，城市化的需求日益增大，農耕土地益發減少，大量的祖祖輩輩依託土地生存的農民成爲城市的遊走者和異鄉者，這從一個側面看出了中國農耕文明社會形態結構開始瓦解，鄉土文學的陣地空間發生了質的偏移，也就是說，鄉土文學在很大程度上是包含著大量的「移民文學」內容的，這是中國現代文學史上從未遇到過的文學潮流，它足以使中國鄉土小說的內涵發生裂變，也同時給這一創作領域帶來無限的生機；其次是消費文化開始大行其道，受西方和臺港消費文化的影響，武俠、言情和暴力題材創作出現了井噴式的流行，傳統的鄉土題材連帶著它的農耕文明價值理念和創作方法都遭受到了前所未有的衝擊與壓迫；再者就是鄉土文學作家創作在面對鄉土社會生活發生了巨變和主流意識形態指揮棒仍在舞動時，所呈現出的傳統鄉土經驗的失靈而導致的價值遊移與失語，成爲鄉土小說創作內在的巨大悖論。

　　在世紀交替的文化週期轉型的節點上，中國文學的轉型已然是不爭的事實，而其中鄉土小說的轉型特徵尤爲鮮明，因爲中國社會形態的結構板塊發生了巨大的變化。如果說 19 世紀與 20 世紀之交，強大古老的中國農耕文明帝國在現代性的壓迫之下走向了全面衰落；那麼在 20 世紀與 21 世紀之交，被現代性擠壓了一個世紀的農業經濟文化社會結構逐漸解體，而被一個日益迅速增長的資本經濟帝國所取代。由此可見，現代性作爲一個無形而巨大的推手在推動著中國社會的劇烈演變和前行，但是，要想給這種多元而複雜的社會結構形態下一個準確的定義卻是非常艱難的，尤其是被擠壓得最嚴重、最慘烈的社會板塊——「鄉土大陸架」所呈現出來的各種各樣的生活形態，爲中國作家提供了巨大的創作場域，同時也爲文學史家和批評家們提供了充分闡釋的理論空間平臺。

　　在中國遼闊廣袤的鄉土文明社會結構遭遇到世紀之交現代性的強烈輻射的時候，這個世界上最古老的農耕文明帝國才眞正走到了分崩離析土崩瓦解的時空十字路口。也就是說，中國的農業社會結構在農民進城——這是中國歷史上的最大移民遷徙運動——和鄉村不斷城市化的過程中開始了本質性的解體。如果我們不能從一個更高遠的宏觀角度來俯瞰大動蕩下的鄉土社會變遷給中國鄉土小說創作帶來的本質性的轉型的話，那麼，就會陷入千頭萬緒的瑣碎文本分析中而看不清文學創作表象背後的深刻社會歷史內涵。

　　我在 2001 年《文學評論》第 3 期上發表了一篇《「現代性」與「後現代性」同步滲透中的中國文學》的文章，闡釋了這樣一個論點：世紀之交的中國文學語境是處在前現代、現代和後現代三種文明形態交織在一個地理版圖上的狀態。在這三種形態下面，我覺得對中國鄉土小說結構產生了裂變性的改變原因有三點。

　　第一，就是經濟上的高速的資本化。它使土地面積日益減少，城市化的需求越來越大，直接釀成了 90 年代初的農民遷徙大潮，這就導致了中國鄉土文學突變的新質——「新移民文學」的崛起，這種文明衝突的凸顯，逐漸形成了鄉土小說創作從題材到文體轉變的一個主流形態，我統計了一下，從 92 年後到現在，逐年遞增而漫溢著整個文壇的農民工題材小說，已經成爲鄉土小說創作的主流，也成爲五四以來兩大題材（知識分子題材和鄉土題材）中的鄉土小說重鎮。也就是說從 90 年代初到今天，中國鄉土小說已經完成了一個由題材向文體轉變的過程，也就是「新移民文學」開始成爲中國文學創作所關注的焦點。

　　第二，就是 90 年代的初期，由於種種外部社會結構調整的因素，消費文化開始成爲中國日常文學消費的一個主潮。90 年代初的武俠、言情和暴力成爲井噴式創作奇觀。表面上是五四以來的佔據正統位置的、所謂純文學的鄉土題材被邊緣化了，實際上這是農耕文明社會文化形態和理念遭到後現代文明置疑和顛覆的景觀呈現。

　　第三，就是 90 年代初開始，在主流意識形態、消費文化和固有的傳統農耕文明心態的三重擠壓之下，鄉土經驗性的創作已經失靈了，包括在青年創作論壇上一些年輕的作家和批評家所談論的鄉土經驗，是與中國現行的社會結構和社會文化心理格格不入的。我有一個界定，認爲鄉土經驗是暗含著傳統的價值觀念的。所以說，90 年代開始，許多作家就開始了價值的「漫遊」，因此，我認爲新世紀的鄉土小說從 90 年代開始，呈現出下列幾種形態。

　　一、是與傳統倫理對應的鄉土浪漫主義描寫，這是農耕文明的「最後的輓歌」。在這些作品中，這種靜態的農耕文明是被永遠定格在贊美的鏡像之中，作家始終就是站在農耕文明審美的地平線上，沒有現代性的哲學批判立場作爲審美的參照系。或者是把人物置放在一個悖論的語境中，在善與惡的對峙中，表達對農耕文明的禮贊，這種審美價值觀念成爲一批守成作家的一種寫作常態。

　　二、是對應鄉土文學一以貫之的悲劇審美原則，也就是亞里士多德以來的同情與憐憫悲劇原則，來自上而下地解救他筆下痛苦的農民形象。儘管帶有一些批判現實主義的成分，但是淡薄而不尖銳。這種現實主義描寫，我認爲是一種比較客觀中庸的現實主義，它已經成爲鄉土小說現實主義描寫的主流。

　　三、是對應宗教的鄉土救贖情緒的高漲。90 年代開始，在整個國民精神危機和信仰危機的壓迫下，許多作家試圖從鄉土文學的創作域中尋覓和發掘出一種精神和信仰的救贖藥方。

　　四、是對應封建意識形態需求的某種大國民族心理，尤其是近年來民族主義和國家主義思潮的高漲，那種弱肉強食的進化論觀點開始膨脹，他們以自然法則爲旗幟，打著鄉土生態小說的幌子，實際上是下意識地灌輸反文化、反文明和反人性的理念，是販賣歷史倒退觀念的鄉土生態小說，最典型的例子就是「《狼圖騰》事件」。

　　五、是仍然延續著新寫實鄉土小說的創作方法和理念，過度陷入了瑣碎的日常描寫，放棄了作家的價值表達，成爲一種「舊」鄉土經驗主義的描寫。

六、是仍然走進形式主義的迷宮而不可自拔的迷茫。鄉土小說—且從工具主義、技術主義的視角來書寫無生命狀態的結構，應該是其悲哀的一面，儘管作品中尚存有極少的人文信息，但畢竟為歧途。

就此我想提出的問題是，中國鄉土小說作家究竟需不需要用恒定的價值理念，來支撐一個新的鄉土小說的經驗？

首先，就是作家是不是知識分子，他難道只是時代的記錄員？這雖然過去是馬克思主義的創作原則，但是我提出質疑。因為96年的時候，我就開始考慮這個問題。震驚的「斷裂」事件，其中有一條宣言就是不承認作家是知識分子，這種矮化知識分子的行為我已經思考了十幾年。新傳統的作家，尤其是批判現實主義作家，尤其是俄羅斯的批判現實主義作家都把自己歸為知識分子，因為他們是有一個恒定的價值理念的。

其次，就是要涉及到人文價值的底線，我認為這也是文學審美的最高標準。文藝復興以來和啓蒙以後由資產階級提出的被人類文明和文學證明了是有效的創作肌理——人、人性和人道主義的作家內在的價值理念，需不需要進入中國鄉土小說創作的核心位置？這既是一個常識，但的的確確又是個問題。

第二節　中國鄉土小說：世紀之交的轉型

世紀之交的中國鄉土小說是百年中國鄉土小說歷史發展鏈條上的最新環節。20世紀90年代初中期至21世紀的十年來，既是世紀的自然更迭交替時期，同時也是中國社會現代轉型不斷加速的歷史時期，全球化與市場化以不同的速率進擊中國的城市和鄉村，前現代、現代和後現代文化奇異地並置在大致相同的歷史時段中，相互衝突、纏繞和交融。在如此複雜的社會歷史文化語境中，中國鄉土小說創作不僅出人意外地從20世紀80年代末至90年代初的低迷中走了出來，形成一個新的高潮，而且從外形到內質都發生了不同於以前的頗為顯著的變化，生長出許多不容忽視的新質，亦即發生了新的轉型。如何認識世紀之交中國鄉土小說的轉型，分析轉型發生的內外成因，梳理和審視其精神向度、敘事形態和敘事類型在轉型過程中的變異與走向，探究「鄉土經驗」與價值理念的恒定性亦即「變」中之「常」，已成為世紀之交中國鄉土小說轉型研究極為緊迫而重要的課題。

　　毋庸置疑，從 20 世紀 90 年代開始，中國鄉土小說創作所面臨的最大困惑，就是急遽轉型中的鄉土中國逸出了鄉土作家們既有的「鄉土經驗」模式，曾經熟悉的鄉村逐漸變得陌生。面對日益陌生的鄉村，無論是傳統的鄉土經驗，還是從外來文學（如拉美土著文學）中移植過來的鄉土經驗，都幾乎失去了作為鄉土敘述範式的有效性。不止一個當代鄉土作家表達過這樣的困惑。賈平凹就曾感歎鄉村「變化太大了」，「記憶中的那個故鄉的形狀在現實中沒有了」，「按原來的寫法已經沒辦法描繪」。〔註 1〕李洱亦言：「在描述當代生活方面，當代作家其實是無本可依的。古典文學、『五四』以來的現代文學，以及新時期以後進入中國的西方現代文學，這些文學經驗都不能給我們提供一個基本的範式，讓我們得以借助它去描述如此複雜的當代生活。」〔註 2〕於是，解剖社會轉型的內在肌理，廓清最後的歷史迷障，才是進入鄉土小說創作自由王國的可靠路徑。

　　在 20 世紀 90 年代，就鄉土文學在中國是否會逐漸消亡的問題，曾進行過激烈的爭論。這種爭論的聲音至今並未完全消彌，因為同樣的問題依舊存在。在我們看來，需要深入討論的問題，不是社會轉型期鄉土文學是否會消失，而是鄉土小說創作如何重新整合社會轉型期陌生的新「鄉土經驗」，以之應答中國社會大變動對鄉土敘事的歷史召喚。當下的鄉土經驗，不論是對城市作家（如王安憶）還是對農裔進城作家（如賈平凹）而言，都是很陌生的。這可以從中國社會現代轉型的總體趨勢與鄉村社會自身的現代轉型兩個層面來考察。

　　90 年代至今，中國社會現代轉型的總體趨勢是工業文明對農業文明的擠壓與置換。如金耀基所說，中國社會轉型有三個主旋律，而「第一個主旋律是從農業社會轉向工業社會」，「第一個轉型還在進行著」。〔註 3〕這種「未完成的現代性轉型」，既不是使農業文明、工業文明和後工業文明三種文化形態簡單地並置在同一時空的文化地理版圖上，也不是讓農業文明被輕而易舉地取代或消滅，它的複雜性就在於使兩種或兩種以上的文明形態相互碰撞、纏

〔註 1〕　賈平凹等：《關於〈秦腔〉和鄉土文學的對談》，載《上海文學》，2005 年第 7
　　　　　期。
〔註 2〕　李洱在第四屆青年作家批評家論壇上的發言。見施戰軍《生活與心靈：困難
　　　　　的探索——第四屆青年作家批評家論壇紀要》，載《人民文學》2006 年第 1
　　　　　期。
〔註 3〕　參見《社會轉型與現代性問題座談紀要》，載《讀書》2009 年第 7 期。

繞和滲透，並因此而產生變異，與現存的民族文化合成一種異質的文化形態。
這是一種至今未經命名也難以命名的陌生的文化形態，但它已然來臨，構成
中國當下文學創作的總體文化背景，當然也是鄉土小說創作的總體文化背景。

　　包孕在中國社會轉型總體趨勢中的是鄉村社會自身的現代轉型，這既是
當下鄉土小說賴以發生的現實社會基礎，同時也是鄉土小說創作的敘事對
象。中國鄉村社會自身的現代轉型，並不僅僅是近 20 年左右的事情，而是緩
慢地進行了一個多世紀，只是到了近年才有不斷加速的趨勢。在新的歷史文
化語境中，「鄉村」、「農業」及其主體「農民」迅速告別自身的傳統文化形態，
生長出歷史催生的諸多新質。更為重要的是，中共「十七大」提出了鄉村「新
土改」政策，由此而來的農業規模經營、大資本圈地、「土地兼併」等，必將
帶來中國鄉村更為深刻的社會變動。但歷史的發展路線是不會那麼清晰的，
有許多令人感到疑惑的不確定的問題：中國式的農業規模經營會徹底改變幾
千年來家族式的農業經營方式嗎？會改變鄉村的傳統階級關係嗎？它是農業
社會向工業社會和城市化邁進的必由之路嗎？它的後果與現代性的關聯是什
麼？等等。這不僅是社會學家和政治學家所關心的問題，也是鄉土文學家關
心的問題。由此而來的鄉土經驗自然是非常陌生的，就如賈平凹等作家所感
歎的那樣，鄉村已不再是我們記憶中的鄉村，也不是用傳統文學經驗與範式
所能敘述的鄉村，它需要文學家用如椽之筆，深刻地揭示出它的「歷史的必
然」，以此提供比其他人文科學家所能提供的具體豐富得多的歷史經驗，就如
恩格斯讚譽巴爾扎克小說所達到的那種歷史的深度與廣度一樣。〔註4〕

　　在世紀交替的歷史節點上，中國鄉土小說雖然還不能說已經達到人們所
期待的那種歷史的深度、廣度與高度，但它一直在追蹤中國社會現代變遷的
歷史腳步，並在書寫中國鄉土社會現代轉型的同時實現自身的轉型，已與中
國現代鄉土小說、「十七年」鄉土小說、「文革」鄉土小說和「新時期」鄉土
小說有了諸多本質的區別。首要的變化就是敘事視域與敘事空間在兩個相反
的方向上不斷擴大，其一是向城市拓展，其二是向荒野展開。首先，世紀之
交的中國鄉土小說將敘事視域與敘事空間向城市拓展，將「進城農民」及其
流寓的城市作為重要的書寫對象，從而顛覆了鄉土文學既有的不延伸到城市
空間的歷史性閾定。在 20 世紀末期，隨著城市的快速崛起，億萬農民紛紛離

〔註4〕　〔德〕弗里德里希・恩格斯：《致瑪・哈克奈斯》，見《馬克思恩格斯選集》
　　　　第 4 卷，人民出版社 1995 年版，第 683～684 頁。

開土地，湧向城市，形成中國近現代史上不曾有過的最大規模的「民工潮」。鄉村因爲他們的「離去」變成「空心村」，城市因爲他們的「到來」而膨脹增殖，而他們自己則被貶抑和遮蔽於「農民工」或「打工者」這類特殊的命名之中，成爲身份模糊靈魂無所皈依的歷史前行的「中間物」。隨著作爲鄉土主體的農民的現代性流動與鄉土文化邊界的擴張，世紀之交中國鄉土小說的邊界很自然地也要擴展到「都市裏的村莊」中去，擴展到「城市裏的異鄉者」的生存現實與內在精神的每一個角落中去，《民工》（孫惠芬）、《大嫂謠》（羅偉章）、《北京候鳥》（荊永鳴）等都是向城市擴展的作品。

其次，世紀之交中國鄉土小說的敘事視域與敘事空間向荒野展開，將「生態」作爲書寫對象。生態在中國已成爲廣受關注的問題，這是中國社會急遽轉型的結果。隨著中國工業化的強勢推進，經濟的快速發展，人對自然的過度開發所造成的生態危機日益嚴重。同時，生態危機也是人的精神危機。隨著全球性城市化格局的出現，人在疏離自然、敗壞自然的同時，也遠離了生命的本原意義，難以與自然和諧共處，也難以達致「詩意的棲居」。應對雙重危機的生態小說，其書寫對象十分廣泛，可歸入世紀之交中國鄉土小說之中的不是所有生態小說，而是那些「生態意識」鮮明而又不乏「田園意識形態」且筆涉「三畫四彩」的小說〔註 5〕，如《大漠狼孩》（郭雪波）、《哦，我的可可西里》（杜光輝）等鄉土生態小說。

世紀之交中國鄉土小說的敘事視域與敘事空間不論是向城市拓展，還是向荒野展開，都是中國鄉土小說自身轉型中出現的重要現象。向城市拓展與向荒野延展，毫無疑問都是陌生的新「鄉土經驗」，它們足以使中國鄉土小說的內涵發生裂變，同時也給這一創作領域帶來無限的生機。

比較起來，傳統意義上的鄉村社會生活依舊是世紀之交中國鄉土小說書寫的主要題材，但所要處理的「鄉土經驗」同樣是陌生的，這與中國鄉村社會現代轉型中的「去鄉村化」的總體趨勢有關。首先是鄉村基本文化形態的蛻變，中國鄉村已邁上「去鄉村化」之旅，具有現代色彩的公路、電話和電

〔註 5〕 這裡提到的「生態意識」、「田園意識形態」等概念，出自美國學者勞倫斯‧布依爾的《文學研究的綠化現象》〔張旭霞譯〕，載《國外文學》，2005 年第 3 期。「三畫四彩」指鄉土小說的基本美學形態與特徵，是風景畫、風俗畫、風情畫與自然色彩、神性色彩、流寓色彩、悲情色彩等的簡稱，其具體蘊涵詳見丁帆等著《中國鄉土小說史》，北京大學出版社 2007 年版，第 19～28 頁的有關論述。

視等等將現代性的觸鬚伸進了「狗吠深巷中，雞鳴桑樹巔」的鄉村，泥牆瓦頂的村落中已有了突兀而起的仿城市建築，地域文化色彩鮮明的鄉風民俗不是被流行文化擠壓而漸趨消失就是變成旅遊業媚俗的「賣點」，「鄉村」已不再是魯迅筆下的「故鄉」和沈從文筆下的「湘西」，更沒了唐詩宋詞裏的神韻和「採菊東籬下，悠然見南山」那樣的情調。其次是鄉村經濟生活已經多元化，引進大資本圈地的規模經營與家庭式傳統經營模式並存，鄉鎮企業與傳統農業並存，「農業」不再是鄉村唯一的經濟生產和生活方式。再者，「農民」也不再是傳統意義上的農民，不論是「進城農民」，還是「在鄉農民」，作為中國鄉村歷史被改寫的參與者、感受者與承擔主體，他們的文化人格在現代性的獲得過程中發生了前所未有的裂變。所有這些變化都已構成《羊的門》（李佩甫）、《二百四十個月的一生》（須一瓜）、《誰動了我的茅坑》（荒湖）等世紀之交中國鄉土小說書寫的重要內容。

　　總之，不論是中國社會現代轉型的總體趨勢，還是鄉村社會自身的現代轉型，都是正在進行中的「未完成的現代性轉型」，其間所發生的政治、經濟、文化等方面的巨大變化，既是世紀之交中國鄉土小說賴以發生的現實基礎，又是其表現的對象。而中國鄉土社會變化的廣泛性與複雜性，超出了鄉土作家們既有的經驗模式與敘事範式，使鄉土小說創作遭遇前所未有的挑戰。中國鄉土作家在應對挑戰的過程中，重新發現「歷史的必然」，重新整合陌生的「鄉土經驗」，拓展新的鄉土敘事疆域，描繪新的鄉土人生畫卷，創作出一批應答歷史召喚的時代新作，從而突破了中國鄉土小說既有的敘事格局，推動了鄉土小說自身的轉型。就鄉土小說史研究而言，雖然千頭萬緒的文本分析是必不可免的，但我們有必要從一個更高的宏觀角度來俯瞰大動盪下的鄉土社會變遷給中國鄉土小說創作帶來本質性的轉型，從而看清文學與社會的雙重歷史發展趨勢。

　　從 20 世紀 90 年代初期至今，中國鄉土社會在現代轉型過程中發生的鄉村基本文化形態、鄉村經濟生活方式、鄉村社會結構和農民文化人格等方面的巨大變化，都在世紀之交的中國鄉土小說中得到了及時的反映。概括起來看，主要集中在四大題材領域，即「農民進城」、「鄉村日常生活」、「鄉土生態」和「鄉土歷史」等。由於鄉土作家的社會身份、心理結構、思想觀念、審美趣味乃至生活所在地域等的不同，在題材選擇、價值取向和敘事方法運用等方面，都出現了顯而易見的差別，呈現出「亂花漸欲迷人眼」的態勢。

但是，若深入分析和細加梳理，還是可以看出幾種較爲突出的創作現象，如「現實主義」、「浪漫主義」、「現代主義」、「新歷史主義」、「生態主義」、「宗教文化復興」和「技術主義」等等。這些近乎「鄉土小說思潮」的創作現象，不是按照單一標準區別的，而是對世紀之交中國鄉土小說創作現狀的綜合性整合，以求準確把握當前正在進行並不斷深化的鄉土小說轉型現象。

世紀之交中國鄉土小說的首要創作現象，是對轉型期中國鄉村社會現實及其歷史的現實主義敘寫。不論是「農民進城」、「鄉村日常生活」、「鄉土生態」還是「鄉土歷史」題材，以現實主義方法進行敘寫的作家作品都是最多的，已形成鄉土小說創作的主潮。四大鄉土題材領域的現實主義敘寫，展示了中國鄉村現代轉型期社會生活的各個方面，揭示了錯綜複雜的現實矛盾，在一定程度上逼近了中國鄉村社會現實與歷史的眞實。但因時代思想的駁雜與文學的多元，除了人道主義和來源不同的一些現代性觀念，作家們既沒有可以通約的思想觀念，也沒有一致的藝術觀念和審美趣味，這使他們筆下的現實主義也呈現出不盡相同的特徵。歸納起來看，主要有兩個類型，即批判現實主義和新寫實主義。就批判現實主義而言，一些作家對當下中國鄉村社會現實的揭露和批判，廣泛地涉及城鄉衝突、農民失地、農業衰退、鄉鎮治理危機、權力腐敗與道德敗壞等問題，勾勒出一幅幅觸目驚心的悲慘圖景，引起人們對中國鄉村和農民命運的深切關注，因而具有重大的社會意義，如《好大一對羊》（夏天敏）、《瓦城上空的麥田》（鬼子）、《大漠祭》（雪漠）等。但更多作品雖然對農民充滿同情和憐憫，卻對社會現實的批判並不尖銳，在我們看來，這是一種比較客觀中庸的現實主義，而它已經成爲鄉土現實主義的主流。就新寫實主義而言，一些作家仍然延續著盛行於20世紀八九十年代之交的新寫實鄉土小說的創作方法和理念，過度迷戀瑣碎的日常生活描寫，成爲一種「舊」鄉土經驗主義。總體上看，世紀之交的鄉土現實主義敘寫，對現實的「去蔽」或「祛魅」是有限度的，尚未達到時代所要求的豐富性與深刻性，這根源於當代作家與當代中國共同罹患的「思想貧弱症」與「歷史迷茫症」。

世紀之交中國鄉土小說的第二種較爲突出的創作現象，是對轉型期中國鄉村社會現實及其歷史的浪漫主義抒寫。在上述四大題材領域，都有以浪漫主義方法進行抒寫的作家作品。浪漫主義雖然未成爲世紀之交鄉土小說的主潮，但也是僅次於鄉土現實主義的重要創作現象。作爲一種具有特定社會歷

史背景與文化哲學思想基礎的鄉土創作現象，鄉土浪漫小說既有不同的傾向，也有較為一致的基本特徵，一是禮讚具有中世紀色彩的鄉村生活的古樸、和諧與寧靜，塑造具有善良美德的鄉村人物形象尤其是善良美麗的鄉村女性形象和天真可愛的兒童形象，真情抒寫農民具有傳統文化色彩的美好的鄉土人生、人情和人性，如《親親土豆》（遲子建）；二是以肯定或讚美的態度描寫多姿多彩的鄉風民俗，而這些鄉風民俗大多與儒家文化傳統和民間宗教信仰有關，如《吉祥如意》（郭文斌）；三是描繪具有濃鬱地域色彩的自然景觀，回歸鄉野，寄情自然，如《刺蝟歌》（張煒）中的野地等，都是作家寄託理想之所在。這些特徵的形成，無疑是「京派」鄉土小說的歷史承續，同時又是應對時代的歷史變奏。這種被學界稱為「文化守成」的創作傾向，並不都是文化保守主義的，它既是中國社會現代性追求過程中孕育的產兒，又是現代性的叛逆者和批判者，也是農耕文明「最後的輓歌」，呈現出審美現代性的另一種多義形態。世紀之交中國鄉土小說的第三種較為突出的創作現象，就是對轉型期中國鄉村社會現實及其歷史的「現代主義」表現。這裡的「現代主義」只是一種權宜的稱謂，用以指認莫言、閻連科、劉震雲、余華等作家創作於世紀之交的部分風格怪異的鄉土小說。莫言的《生死疲勞》、閻連科的《受活》、劉震雲的「故鄉」系列等作品，所敘述的內容頗為豐富複雜，歷史與現實、陽世與陰間、活人與鬼魂不僅交錯並置，而且相互間往往進行著怪異的循環輪迴。這些作品的敘事形態自由放誕，敘事精神指向含混多極，敘事方法奇詭多變，沒有一定之規。與之不同，余華的《兄弟》、張存學的《輕柔之手》、紅柯的《美麗奴羊》等作品，從精神內質到外在形態都有很大的差異，但也有頗為相近的地方，它們所敘述的不論是苦難的人間世界還是神奇的西部邊疆，都是非同尋常的變異生命圖景。簡言之，所有這些鄉土小說，都內含現代主義精神氣質而外顯傳統現實主義形相，呈現出多種美學元素雜糅的怪異特徵。它們既與傳統的現實主義相去甚遠，又不是純粹意義上的現代主義，因而很難用傳統的現實主義、現代主義或者後現代主義等某個單一美學概念來描述。這種沒有清晰美學「邊界」的敘事現象，還是暫且採用寬泛的「現代主義」比較恰切。這種具有強烈本土氣息的非理性的「現代主義」敘事風格的形成，既有來自域外現代主義和後現代主義文學思潮的影響，更與轉型期中國社會出現的現實矛盾、精神危機和現代性焦慮等問題密切相關。

　　世紀之交中國鄉土小說的第四種較爲突出的創作現象，就是「鄉土歷史」敘事中的「新歷史主義」傾向。主要體現在三個方面：一是以虛構的方式敘述「往昔故事」，不以眞實的歷史事件和歷史人物爲依據，或以眞實的歷史事件和歷史人物爲基礎但不受其限制，試圖以此還原歷史，如《零炮樓》（張者）；二是多以普通農民及其家族爲歷史敘述的主角，敘述他們在「抗戰」、「革命」、「文革」等大歷史中的人生際遇與家族命運的興衰沉浮，是巨型歷史景觀中的微型歷史。因而具有歷史闡釋的小歷史性質，如《舊址》（李銳）；三是在歷史敘述中表達當下的精神與情緒，借歷史的酒杯，澆自己的塊壘，如《生存》（尤鳳偉）、《霧落》（姚鄂梅）。具有「新歷史主義」傾向的鄉土小說重視歷史與現實的關係，「蔑視社會珍視的正統觀念，擁抱那些被正統文化認爲是討厭或可怕的東西」〔註 6〕，用循環論、偶然性、荒誕性等來演繹個人化的歷史記憶，也將人性、國民性、民族文化和政治文化等等引入歷史的拷問中。雖然與西方新歷史主義理論有著不可否認的思想聯繫，但並非其直接的文學演繹。它是盛行於 20 世紀80 年代的「新歷史主義」思潮的延伸，更是中國社會現代轉型期各種現實矛盾與社會思潮影響下的新歷史意識與新創作模式相結合的產物。

　　世紀之交中國鄉土小說的第五種較爲突出的創作現象，就是「鄉土生態小說」思潮及其「生態主義」傾向。生態問題，既是一個世界性的問題，更是中國在快速推進現代化進程時遇到的日益嚴峻的問題，因而也就成爲世紀之交鄉土小說密切關注和書寫的對象。其最突出的特徵有三點：一是敘事視域廣闊，但主要向兩大題材領域拓展，首先是現代工業對鄉村生態環境的污染與破壞，其次是人類對自然的過度開發與掠奪，造成草場退化、土地沙化、物種滅絕等等，揭示與中國現代化相伴而生的各種危機，如《豹子最後的舞蹈》（陳應松）；二是以生態整體主義爲思想基礎，以生態系統整體利益爲最高價值，揭示造成生態危機的人性根源與社會文化根源，重新審視和表現人與自然的關係，倡導人與自然和諧共存，如《狼事》（董立勃）；三是作爲一種正在形成的知識領域，鄉土生態小說主要從文學和美學的立場去表現和闡釋現實中的生態現象，發現地球及其孕育和滋養的全部生命的秘密和生存的意義，傳達生態危機給人類造成的不安與思考，構建新的生態的情感空間與審美形態，如《大漠魂》（郭雪波）等。

〔註 6〕　〔美〕弗蘭克・林特利查：《福柯的遺產：一種新歷史主義》，見張京媛主編：《新歷史主義與文學批評》，北京大學出版社 1993 年版第 157 頁。

　　世紀之交中國鄉土小說的第六種較爲突出的創作現象，就是「宗教文化精神」成爲一些鄉土小說作品的文化思想底色或思想主題。有三個突出的特點：其一，多樣性、廣泛性、邊地性和邊緣性，即世紀之交鄉土小說所表現的宗教文化具有宗教精神的多樣性、題材分佈的廣泛性、地域分佈的邊地性及文化位置的邊緣性等特徵。其二，宗教文化精神與地域文化色彩的交融。鄉土小說對特定宗教文化精神的表現，總是融會在對特定地域和特定民族的風俗畫、風景畫和風情畫的描繪中，使特定地域和特定人物形象都帶有神性色彩，如《塵埃落定》（阿來）。其三，美學風格的巨大差異。特定的宗教文化精神不僅規約了鄉土小說的文化思想底色或者主題思想，也要求與之相匹配的表現形式、敍事格調和審美風格，這就使得表現特定宗教文化精神的鄉土小說相互間在美學風格上產生了巨大差異。如表現藏族佛教文化精神的《水乳大地》（范穩）與表現回族伊斯蘭文化精神的《清水裏的刀子》（石舒清），在美學風格上就有很大的差異。如艾略特所說：「一個民族的文化是其宗教的體現。」〔註7〕以本土化、民族化爲特徵的宗教文化，不僅有助於在全球化語境下破除文化霸權，建構多元文化景觀，而且也爲鄉土小說創作提供了新的思想維度，提升了鄉土小說的精神品格，促進了新的美學風格甚至新的鄉土美學的生成。

　　最後需要約略提及的是世紀之交鄉土小說創作中的「技術主義」傾向。「技術主義」是普遍盛行於當下中國文壇的並非積極的創作傾向，鄉土小說亦不例外。講求「技術」，進行積極的藝術形式探索，無疑是應該肯定的。但如果由對「技術」的迷戀而至「技術主義」，捨本逐末，使創作變成單純的技術操作，失去與創作主體內心的血脈聯繫，則是不可取的。在世紀之交的鄉土小說創作中，一些作者受消費文化和商業運作的影響，由「作家」變身爲「寫手」，矮化思想甚至泯滅社會良知，對嚴峻的社會現實視而不見，耽於形式複製，炫耀寫作技術，所創作的一些媚俗作品，雖然受到圖書市場的歡迎，但形式花哨、內容蒼白、思想庸俗，已墮入文學創作的末路。這樣的「技術主義」顯然是應該予以否定的。

　　上述世紀之交鄉土小說創作中的近乎「思潮」的幾種創作現象，相互間並沒有那麼清晰的界限，而是互相滲透互相影響的，呈現出你中有我、我中有你的混沌現象。如宗教文化精神，在不少現實主義、浪漫主義、現代主義、「新歷史主義」和「生態主義」的鄉土小說中都有所表現；再如鄉土生態小

<hr />

〔註7〕　〔英〕T・S・艾略特：《基督教與文化》，楊民生等譯，四川人民出版社1989
　　　　年版，第106頁。

說也有用現實主義、浪漫主義和現代主義等不同方法創作的美學風格迥異的作品。做上述標準不一的整合，雖然還不是嚴格的科學分類，但有利於我們準確把握當前正在進行並不斷深化的鄉土小說轉型現象。

中國鄉村是中國社會總體構成中不可或缺的重要組成部分，但始終處於受歧視受壓制的弱勢地位，其從傳統型社會向現代型社會的轉變，比起城市社會來要緩慢而艱難得多。國際貨幣基金組織在描述包括中國在內的一些國家的社會轉型時說：「中央計劃經濟的興起及其後的衰落，是 20 世紀的一件大事。……原來實行中央計劃經濟的國家在主要的國際組織（包括國際貨幣基金組織）的幫助下，已經進入了向市場經濟轉軌的歷史性過程。其結果是，儘管這些國家的轉軌進程彼此迥異，它們的經濟結構及消費者和生產者的行為都發生了巨大的變化。這個進程取得了很大的成就，這個進程卻比起初預期的要困難得多。」〔註8〕就中國鄉村社會而言，這個「比起初預期的要困難得多」的「進程」正在不可遏制地進行之中，由此帶來的巨大變化，不僅僅是經濟結構、消費者和生產者的行為，還有價值觀念的新舊交替、多元並存與相互衝突，並日漸表現出衝突的普遍化、尖銳化和複雜化的趨勢，即如馬克斯·舍勒所說，我們正面臨著一個「價值顛覆」的時代〔註9〕。時代的「價值顛覆」，使世紀之交鄉土小說的創作主體和敘事對象，都出現價值思維的「混沌」與「迷惑」，都在價值實踐中出現行為異常、無所適從的狀態與傾向，亦即都出現價值觀念的失範，主要有如下幾種表現。

面對中國鄉村社會的現代轉型，農耕文明與工業文明的激烈衝突，鄉土作家大都陷入價值判斷的「迷惑」之中，難以做出或此或彼的價值選擇。在現代化即工業化、城市化和全球化的歷史大趨勢中，中國鄉村及其所代表的農耕文明已無可挽回地走向「夕陽無限好，只是近黃昏」的衰落狀態，被迫從傳統型社會向現代型社會轉變。這個轉變過程也是傳統性的消解和現代性的生成過程，而逐漸生成的「現代性以前所未有的方式，把我們拋離了所有類型的社會秩序軌道，……正在改變我們日常生活中最熟悉和最帶個人色彩的領域。」〔註10〕在已有的價值評判中，「我們日常生活中最熟悉」的農耕文

〔註8〕 國際貨幣基金組織：《世界經濟展望》，中國金融出版社 2001 年版，第 71 頁。
〔註9〕 〔德〕馬克斯·舍勒：《價值的顛覆》，羅悌倫等譯，生活·讀書·新知三聯書店 1997 年版，第 53 頁。
〔註10〕 〔英〕安東尼·吉登斯：《現代性的後果》，田禾譯，譯林出版社 2000 年版，第 4～5 頁。

明傳統，通常被看成是「落後」的，而現代工業文明則是「先進」的。如在馬克思的三大社會形態理論中，人的依賴性社會、物的依賴性社會和個人全面自由發展的社會就是依次遞陞不斷進步的。〔註11〕在丹尼爾・貝爾的文化理論中，工業文明也優於農業文明。〔註12〕以小農生產方式和自然經濟爲基礎的具有極權專制色彩的中國鄉村社會，由人的依賴性社會向物的依賴性社會轉型，由農耕文明向工業文明轉型，具有不可否認的歷史進步性，也產生了各種社會問題。社會轉型中的鄉土作家「脫離了舊的東西，可是還沒有新的東西可供他們依附；他們朝著另一種生活體制摸索，而又說不出這是怎樣的一種體制」〔註13〕；他們或者對農耕文明頂禮膜拜，沉湎於「田園牧歌」的浪漫抒寫，以傳統價值觀念來批判現代文明所產生的「惡」，或者以現代價值觀念批判傳統農耕文明中那些落後因素。他們迷惘地遊移在兩種社會形態和兩種價值觀念體系之間，對「新」的與「舊」的都有一種迎拒之情，如張煒的《九月寓言》、賈平凹的《秦腔》等都沉陷在價值觀念的錯位與困窘之中，這使他們在價值重建中難有新的發現和創造。

　　面對不斷加大的城鄉差別和貧富分化，鄉土作家在批判社會現實的同時大力張揚被社會日漸棄之不顧的平等、公平和正義。城鄉差別不斷加大，貧富分化日益加劇，雖然是工業化發展過程中的必然趨勢，但絕不能忽視不合理制度的影響，不能忽視鄉村居民在城鄉二元體制中所喪失的平等權利和發展機會。文學是社會的「良心」，批判社會不公，呼喚社會正義，正是鄉土小說敘事的題中應有之義。世紀之交鄉土小說用以進行社會批判的平等和公平的價值尺度，主要有三個思想來源：其一是「不患寡而患不均」的傳統觀念；其二是紅色革命實踐中的「均貧富」和吃「大鍋飯」觀念；其三是基於現代人道主義的平等觀念。前兩種觀念以小農意識爲基礎，它們只能導向平均，不能導向眞正的平等。基於現代人道主義的平等觀念，強調權利、機會等的平等，是眞正意義上的現代平等觀念。《懷念一個沒有去過的地方》（鄧一光）、

〔註11〕〔德〕馬克思：《1857～1858年經濟學手稿》（題目爲《全集》編者所加，馬克思自題爲《政治濟學手稿》），見《馬克思恩格斯全集》，第46卷（上），人民出版社1979年版，第104頁。

〔註12〕〔美〕丹尼爾・貝爾：《資本主義文化矛盾》，趙一凡譯，生活・讀書・新知三聯書店1989年，第199頁。

〔註13〕〔美〕馬爾科姆・考利：《流放者的歸來——20年代的文學流浪生涯》，張承謨譯，上海外語教育出版社1986年版，第6頁。

《拯救父親》（白連春）等作品，都對城鄉差別、社會不公進行了基於現代平
等觀念的頗爲激烈的批判。一些鄉土作家書寫社會轉型期農民物質與精神的
雙重痛苦，揭示和批判鄉村社會的現實矛盾，其思想基點，雖然主要來自現
代人道主義的平等觀念，但也多少摻雜著以小農意識爲基礎的平均觀念，這
使作品思想不能達到應有的高度與深度。

面對日益盛行的權力腐敗和頑固的「權力本位」意識，進行多角度的「權
力批判」幾乎是世紀之交鄉土小說的共同主題。公然盛行的權力腐敗，可以
說已經成爲當代中國最大最嚴重的公害，它是造成鄉村苦難的最直接的根
源。「權力本位」是中國封建時代的核心價值觀念，也是計劃經濟時代及其高
度集權的政治體制的重要價值觀念，一切價值最終都以權力來衡量和換算。
在社會轉型期，「權力本位」的至尊地位雖然受到新生的「金錢本位」的影響，
但仍然有很大的市場。《玉米》（畢飛宇）、《民選》（梁曉聲）等小說對「權力
本位」價值觀念的批判，主要從三個角度展開：一是國民性批判，對有權者
和無權者共有的國民劣根性展開批判；二是政治文化批評，對鄉村公權力的
私人化、家族化等展開批判；三是人性批判，將權力欲望等歸結爲人性本有
的貪欲。所有這些批判都體現了對鄉村權力建構的正當性的深切憂慮。需要
注意的是，如阿寧的《無根令》等小說在「權力批判」中存在的價值錯位問
題也非常明顯：一是沉溺於對官場鬥爭及其陰險「權術」的細緻描寫和玩味，
將「清官」玩弄的「權術」視爲政治智慧予以肯定，寬宥其私人生活中的道
德問題，這是極具魅惑性的病態政治價值理念；二是將政治體制問題轉換成
爲有權者個人的道德操守問題，從而掩蓋或混淆了問題的實質；三是強化封
建性的清官意識，弱化乃至放棄對現代民主政治理念的張揚。

面對日益膨脹的「金錢本位」意識，進行多角度的「拜金主義」批判，
是世紀之交鄉土小說現實書寫的共同主題。「金錢本位」是資本主義的核心價
值觀念，中國由計劃經濟向市場經濟轉型，核心價值觀念也就隨之由封建主
義的「權力本位」向資本主義的「金錢本位」轉換，並出現「權」、「錢」並
重或相互勾結的過渡性特徵。在市場經濟中，「社會財富分配的標準被打亂，
但是另一方面新的標準又沒有立刻建立。……各種欲望由於不再受到迷失方
向的輿論的制約，所以再也不知道那裏是應該停下來的界限」〔註14〕。「拜金

〔註14〕 〔法〕埃米爾‧迪爾凱姆：《自殺論》，馮韻文譯，商務印書館 1996 年，第 234
頁。

主義」隨之泛濫成為社會狂潮。鄉土小說對「拜金主義」的批判，主要從兩個角度展開，一是道德批判，以傳統的重義輕利觀念為基本價值評價尺度，對各種見利忘義、損人利己等有違傳統道德或人類基本準則的行為進行批判，如《奔跑的火光》（方方）；二是人性批判，將各種惡德醜行視為道德失控後的人性惡的展露，如《神木》（劉慶邦）。需要注意的是，鄉土小說的「拜金主義」批判也存在價值錯位問題：首先，將「拜金主義」與道德崩潰聯繫在一起，只看到負面影響，對其積極面認識不足。在「契約」、「法律」等制約下的「拜金主義」，有益於建立起競爭、效率、公平和民主等新型價值觀念，西方發達國家的政治經濟實踐已為此提供了最好的歷史佐證。其次，用以批判「拜金主義」的思想資源，多取自傳統的價值觀念，這不僅減弱了批判的力量，而且不利於建構與社會現代化進程相適應的新型價值觀念。

　　面對日益嚴重的環境污染和生態危機，鄉土生態小說在揭示人對自然的破壞的同時張揚「生態整體主義」價值觀念。漫無節制的盲目發展，已經造成人與自然關係的緊張和失衡，不斷遭到自然界的報復，以至嚴重危及到人類的生存。對此，《達勒瑪的神樹》（薩娜）、《銀狐》（郭雪波）、《藏獒》（楊志軍）等鄉土生態小說主要從三個方面展開批判：一是批判人類中心主義價值觀，張揚「天人合一」的傳統價值觀念和西方後現代主義的「生態倫理觀」，試圖建立「生態整體主義」的新價值觀念；二是批判科技主義，批判不斷滋長的科技崇拜意識，指斥科技決定論的僭妄；三是批判人類無止境的發展觀，主張「有限發展論」甚或「不發展論」。鄉土生態小說也存在頗為明顯的價值錯位問題，如對「發展觀」的超前批判，並不利於中國的生態環境保護。需要特別注意的是「偽生態小說」及其張揚的價值觀念。這類小說打著鄉土生態小說的幌子，以自然法則為旗幟，以獸喻人，推崇弱肉強食的社會進化論觀點，具有明顯的反文化、反文明和反人性的色彩。《狼圖騰》就是這類作品最典型的代表。這類現象的出現，根源於近年來的民族主義和國家主義思潮的高漲，同時暗合了重新抬頭的封建意識形態所需求的某種大國民族心理。對此反現代性的時代逆流需要予以警惕和批判。

　　毋庸置疑，上述五個「面對」，只是世紀之交鄉土小說在反映和揭示中國社會現代轉型期價值觀念變遷時所出現的價值觀念失範的主要表現，而不是全部。當代中國正處於歷史性的大變革、大轉折中，由此引起的價值觀念變遷，可以說是中國歷史上最深刻最徹底的一次。新舊價值觀念正處在激烈的

碰撞、衝突和交替之中，舊的雖然已被打破，但並未退場；新的雖然正在生長，但並未得以確立和定型。不僅如此，國家、政府和社會倡導的主導價值觀念、知識界思想界主張的現代價值觀念，與社會各利益群體實際信奉和踐行的價值觀念，也都處在彼此分裂、隔膜乃至對立衝突狀態。這就是作為鄉土小說敘事對象的價值觀念失範的總體景觀。鄉土創作主體與敘事對象的價值觀念失範，雖然是同步的，但並不都是同質的。鄉土創作主體的價值觀念，雖然免不了大變革時代多元價值觀念的複雜投射，但所秉持的主要是知識界思想界主張的現代價值觀念，並以此作為價值評價尺度，來反映、揭示和批判作為敘事對象的國家、政府和社會各利益群體的價值觀念失範，相互間的錯位與衝突集中呈現在上述五個方面，由此構成鄉土美學形態的一個時代的「心靈史」和「價值觀念發展史」。

鄉土美學形態的「價值觀念發展史」，顯露了中國鄉土小說作家在大變革時代價值觀念的「變」與「常」兩個面。從上述五個「面對」可以看出，鄉土作家價值觀念「變」的一面非常顯著。「變」，使世紀之交的鄉土小說創作既充滿價值重建的勃勃生機，又陷入價值遊移、錯位乃至失語的尷尬境地。鄉土作家價值觀念「常」（恆定）的一面，體現在批判精神及其據以進行批判的價值尺度上。有現實批判精神的鄉土作家，雖然還不是薩義德所說的那種「真正的知識分子」〔註15〕，但他們能將自己視作有社會良知的知識分子，秉承現代啟蒙精神，以現代人道主義等為價值尺度，對現實進行批判。這樣的批判，對轉型期的中國社會來說，其意義是重大的，亦如洪堡在為普魯士大學擬訂的章程中所說：「它能為國家和社會保持一支校正力量，以便能去校正那些在政治和社會上形成了優勢力量的東西，就一定能將這個社會引向一個絕對健康的方向上去。」〔註16〕這也正是我們主張「真正的鄉土小說作家」應該是「真正的知識分子」、

〔註15〕 愛德華·W·薩義德認為，知識分子有兩種，一種是現實社會中的多數知識分子，有某種專業知識，但只為稻粱謀；一種是真正的知識分子，他們是特立獨行的人，能向權勢說真話的人，在受到形而上的熱情以及正義、真理的超然無私的原則感召時，斥責腐敗、保衛弱者、反抗不完美的或壓迫的權威。不管世間權勢如何龐大，都可以批評，都可以直截了當地責難。他們必然是具有堅強人格的個人，耿直、雄辯、勇敢及憤怒的個人，處於幾乎永遠反對現狀的狀態，甘冒被燒死、放逐、釘死在十字架上的危險。這樣的人，數量當然不多，也無法以例行的方式培育出來。參見〔美〕愛德華·W·薩義德：《知識分子論》，單德興譯，北京，生活·讀書·新知三聯書店 2002 年版。
〔註16〕 參見李工真：《德意志道路──現代化進程研究》，武漢大學出版社 1997 年版，第 62 頁。

中國鄉土小說創作要有人文價值底線和恒定的價值理念的意義之所在。

中國現代社會文化結構的每一次變動，都不僅會影響到鄉土文學在文化總體結構中的位置，而且會促使鄉土文學在題材、價值取向和美學形態等方面發生新的變化。自 20 世紀 90 年代開始，消費文化大行其道，五四以來佔據正統位置的、所謂純文學的鄉土文學被邊緣化了。處在中國文化總體結構邊緣的鄉土小說，並未走向衰落，反而表現出向未來展開的生生不息的頑強生命力。在世紀之交的前現代、現代和後現代三種文明相互衝突、纏繞和交融的特殊而複雜的文化背景下，中國鄉土小說直面思想的和審美選擇的種種挑戰，重新整合中國鄉村社會現代轉型帶來的陌生的新「鄉土經驗」，拓展鄉土敘事疆域，敘寫大變革時代歷史的與現實的種種矛盾，揭示和批判混亂無序的社會價值觀念失範，為一個時代留下「最後的輓歌」、多彩的「寫真集」和激蕩的「心靈史」。鄉土小說藝術形態方面的變化，也十分顯著。有的向鄉土敘事傳統回歸，將鄉土小說的基本美學形態「三畫四彩」推向美輪美奐的新境地；有的向消費文化的時尚靠近，將鄉土小說變成「最後的鄉土」、「回歸自然」和「懷舊」的時尚包裝；有的表現出較強的「技術主義」傾向，進行多種超常態的敘事實驗，將鄉土小說破碎變異為「詞典體」、「閒聊體」、「史傳體」等等。所有這些變化，都顯露了鄉土小說在新世紀向未來發展的新動向。

21 世紀初，在前現代、現代、後現代呈現在同一時空中的時候，中國的鄉土小說的外延和內涵都發生了巨大的變化，如何對它的概念與邊界進行重新釐定是中國鄉土小說亟待解決的問題：失去土地的農民進城，不僅改變了城市文明的生產關係的總和，而且它所帶來的兩種文明的衝突，已經改變著中國傳統的意識形態，乃至於滲透在我們的各種藝術描寫形態之中。

同時，在當下的三種鄉土小說的描寫類型中，作家主體的價值困惑與失範，已經成為鄉土小說創作的瓶頸：一味地沉湎於對農耕文明和游牧文明的頂禮膜拜和詩意化的浪漫描寫，而忘卻了將現代文明，乃至帶著惡的特徵的新文明形態作為參照系，這就難免造成作品的形式的單一和內容的靜止；鄉土小說不僅需要道德批判和文化批判，還更需要對兩種文明，甚至三種文明衝突下的人與人、人與自然的關係作出合理的判斷，以便賦予作品和人物新的鮮活的血肉；我們的許多鄉土版圖還處在一個與獸類爭奪資源的弱肉強食的從前現代向現代過渡的文化語境中，而與後現代的理論家們一同去呼喊生態保護的口號，是一種奢侈的思維觀念，起碼是一種不在一個物質層面和文

明層面上的不平等的對話，所以就得充分考慮到「生態小說」的錯位現象給中國的鄉土小說所帶來的價值倒錯。

我曾經提出過前現代、現代、後現代（也即前工業、工業、後工業）這三種文化模態的共時性問題，也就是在中國大陸這塊幅員遼闊的土地上，農耕文明和游牧文明、工業文明和商業文明、後工業文明和信息文明都共生於90 年代以後的中國地理版圖之上〔註17〕。在如此錯綜複雜的文化語境下，所謂同步進入「全球化語境」的確是一個非常難解的命題，它似乎並不能完全解釋當今中國社會最複雜的本質內涵。如果下列結論可以成立的話，那麼，我們就可以看到中國文學是在一個什麼樣的文化背景下生存的：「前工業社會的『意圖』是『同自然界的競爭』，它的資源來自採掘工業，它受到報酬遞減律的制約，生產率低下；工業社會的『意圖』是『同經過加工的自然界競爭』，它以人與機器之間的關係為中心，利用能源來把自然環境改變成為技術環境；後工業社會的『意圖』則是『人與人之間的競爭』，在那種社會裏，以信息為基礎的『智慧技術』同機械技術並駕齊驅。由於這些不同的意圖，因此在經濟部門分佈的特點以及職業高下方面存在巨大的不同。」因為「在另一種意義上，我們可以說封建主義、資本主義和社會主義的序列以及前工業社會和後工業社會的序列都是來自馬克思。馬克思主義於生產方式的定義中包括社會關係和生產『力』（即：技術）在內。」〔註18〕如果說西方的資本主義從 17 世紀以後的發展是按時間順序進行的，它的歷時性鏈接是環環相扣的；而今天中國經濟與政治發展的不平衡性和落差性，以及它在同一時空平面上共生性的奇觀，無疑給中國的文化和文學帶來了極大的價值困惑。因此，在這樣一種極其複雜的時代背景下，近年來的鄉土小說所呈現出的斑斕色彩是值得深深品味的。在那些描寫原始農耕文明和游牧文明形態的鄉土作品中，或是表現出對靜態的田園牧歌和長河落日的禮贊與膜拜，或是再現了封建禮教的邪惡；或是表現出對工業文明的嚮往和對鄉土意識的揚棄；或是表現出對城市文明的仇視和回歸鄉土的情感；或是表現出對獸性、野性的膜拜和對生態保護的濃厚興致……凡此種種，正充分顯示出鄉土小說作家在三種文化模態下難以確立自身文化批判價值體系的表徵。當鄉土文學遭遇到工業文明

〔註17〕 丁帆：《「現代性」與「後現代性」同步滲透中的文學》，《文學評論》，2001
年 3 期。

〔註18〕 〔美〕丹尼爾‧貝爾著，高銛著：《後工業社會的來臨——對社會預測的一項
探索》，王宏周、魏章玲譯，新華出版社 1997 年版，第 126、128 頁。

和後工業文明的誘惑和壓迫時，作家主體就會表現出極大地雙重性：一方面是對物質文明的嚮往；另一方面是對千年秩序失範的痛心疾首。所有這些，不能不說是鄉土文學在三種文明衝突中的尷尬。

　　毋庸置疑，隨著農耕文明和游牧文明的逐漸衰減，也隨著中國城市的不斷擴張（據報載，中國的城市人口每年是以千萬計增長），農民賴以生存的土地大量流失，農民像候鳥一樣飛翔在城市與鄉村之間，他們中的大多數人已經不再是面朝黃土背朝天「日出而作，日落而息」的農耕者，不再是馬背上的牧歌者，他們業已成爲「城市裏的異鄉人」和「大地上的遊走者」，就像鬼子在《瓦城上空的麥田》裏所描寫的那個既被鄉村註銷了戶口，又被城市送進了骨灰盒的老農民一樣，他們賴以生存的「麥田」只能存在於虛無飄渺的城市天空之中。是誰剝奪了他們的生存空間和生存權力？他們甚至連姓名的權力都沒有了，成爲這個特殊文化語境裏的一個個「無名者」。歸根結底，他們遭遇到的是空前的文化身份認同的困境，是階級和階層二次分化的窘迫。「從流動農民初次流出的不同年代來看，在 90 年代，初次流動者更偏重於認可農民的社會身份，而對農民的制度性身份的認可在減弱，出現了對自己農民身份認可的模糊化、不確定現象，從而導致年輕的流動人口游離出鄉村社會體系和城市體系之外，由此可能出現對城市的認同危機。」〔註 19〕幾億農民已經成爲「鄉村裏的都市人」和「都市裏的鄉村人」，而這種雙重身份又決定了他們在任何地方都是邊緣人，都是被排斥的客體，他們走的是一條鄉土的不歸路。「正如許多研究表明的那樣，流動農民的社會交往圈局限在親緣、地緣關係中。社會經濟的低下導致他們與城市人接觸交往的困難，而這種困難又直接妨礙著他們與城市文明同化、交融。同時，流動農民在城市接觸的是一種與他們以前社會化完全不同的價值觀念和行爲規範，他們不可避免地會感到迷茫和無所適從。這種情況可以用迪爾凱姆的『失範』來描述，表現爲個人在社會行爲過程中適應的困難，喪失方向和安全感，無所適從。」〔註 20〕鄉村不是他們的，城市也不是他們的。「面對被工業社會和城市化進程所遺棄的鄉間景色，我像一個旅遊者一樣回到故鄉，但注定又像一個旅遊者一樣匆匆離開。對很多人來說，『鄉村』這個詞語已經死亡。不管是發達地區的『城

〔註 19〕　王毅、王微：《國內流動農民研究的理論視角》，《當代中國研究》2004 年第 1
　　　　　期，第 88～92 頁。

〔註 20〕　王毅、王微：《國內流動農民研究的理論視角》，《當代中國研究》，2004 年第
　　　　　1 期，第 88～92 頁。

中村』，還是內陸的『空心村』，它們都失去了鄉村的靈魂和財寶，內容和形式一無所有，赤裸在大地上。」〔註21〕

　　鑑於上述的特殊背景，我以爲鄉土文學的內涵和概念就需要進行重新修正與釐定。〔註22〕當農民開始了艱難的鄉土生存奔波和痛苦的鄉土精神跋涉時，我們看到的是一群既離鄉又離土的無名身份者，他們想擇良枝而棲，但是誰又給他們選擇的權力呢？顯然，90年代以來，尤其是進入21世紀後，離鄉背井進入城市的農民愈來愈多，他們不僅面臨著身份的確認，更需要靈魂的安妥。「農民流動呈明顯的階段性變化：1984年以前，農民非農化的主要途徑是進入鄉鎮企業，即『離土不離鄉』；而1984年以後農民除就地非農轉移外，開始離開本鄉，到外地農村或城市尋求就業機會，特徵是『離鄉又離土』」〔註23〕其實，「離鄉又離土」到了新世紀已經成爲中國社會不可遏制的大潮，它又呈現出了許許多多新的社會和思想的特點，這些特徵都有意無意地呈現和裸露在鄉土小說的創作之中。既然作爲鄉土的主體的人已經開始了大遷徙，城市已經成爲他們刨食的別無選擇的選擇，那麼，鄉土的邊界就開始擴大和膨脹了。許許多多的鄉村已經成爲「空心村」，其「農耕」形式已經改變成爲城市的「工作」形式；同樣，許許多多的牧場已經荒蕪，其「游牧」形式已經成爲商業性的「都市放牛」。「農民工」「打工者」這一特殊的身份命名就決定了他們是寄生在都市裏覓食的「另類」，他們是一群被列入「另冊」的「游牧群體」。在那種千百年來恪守土地的農耕觀念遭到了根本性顛覆的時刻，鄉土外延的邊界在擴張，鄉土文學的內涵也就相應地要擴展到「都市裏的村莊」中去；擴展到「都市裏的異鄉者」生存現實與精神靈魂的每一個角落中去。我認爲這樣的結論是有事實依據和理論根據的：「……在二十世紀末期，隨著城市的快速崛起，一個國家的鄉村史終於被史無前例地改寫、刷新或者終結。數以億計的『農民工』是這些變化的主體，同時也是強烈的感受者」〔註24〕。

〔註21〕柳冬嫵：《城中村：拼命抱住最後一些土》，《讀書》2005年第2期，第160頁。
〔註22〕我在十幾年前所闔定的鄉土文學的邊界是：鄉土文學一定是要不能離鄉離土的地域特色鮮明的農村材作品，其地域範圍至多擴大到縣一級的小城鎮。參見丁帆，《中國鄉土小說史論》，江蘇文藝出版1992年版。
〔註23〕王毅、王微：《國內流動農民研究的理論視角》，《當代中國研究》，2004年第1期，第88～92頁。
〔註24〕柳冬嫵：《城中村：拼命抱住最後一些土》，《讀書》2005年第2期，第155頁。

　　由於這一沒有身份認同的龐大「游牧群體」的存在，改變了中國鄉土社會的結構和生產關係，同時也改變了中國城市社會的結構和生產關係。因此，在中國大陸這塊存在了幾千年的以農耕文明爲主、以游牧文明爲輔的地理版圖上，穩態的鄉土社會結構變成了一個飄忽不定、遊弋在鄉村與城市之間的「中間物」。其「農民工」的身份便成爲肉體和靈魂都遊蕩與依附在這個「中間物」上的漂泊者，「亦工亦農」「非工非農」的工作狀態就決定了他們在農耕文明與游牧文明向工業文明與後工業文明轉型過程中的過渡性身份。「這些『鄉村』原來都有十分穩定的結構和規範的人際關係，但在二十年的城市化工業化中業已產生了巨大的變化。這些變化無疑是顯示了這個社會在全球化與市場化的大潮之中的新的空間格局的形成，也顯示了中國變革的全部力量與巨大速度。它衝垮了鄉土中國的結構基礎，改變了『農民』生活的全部意義。一切都在逝去，一切又在重構。」〔註25〕所以，表現這些在生產形式上已經不是耕作形態的新的「農民」群體的生存現實，應該成爲當前鄉土文學不可或缺的有機組成部分。如果說美國文學史中的鄉土性的「西部文學」是從發達地區向落後的荒漠地區「順流而下」的梯度性的「移民文學」的話，那麼，當今中國在進入「現代性」和「全球化」的文化語境時，卻是從鄉村向城市「逆流而上」的反梯度性的「移民文學」。也就是說，美國鄉土文學中的文化語境是城市文明衝擊鄉村文明，而當今中國鄉土文學的文化語境卻是鄉村文明衝擊城市文明。因此，中國城市中的「移民文學」無論從其外延還是內涵上來說，都仍然是屬於鄉土文學範疇的。

　　值得深思的問題是，在2004年召開的「第3屆青年作家批評家論壇」會議上，作家們首先感到困惑的問題就是「鄉土經驗」重構。可以說，無論在有意識層面，還是無意識層面，作家們已經預感到表現這一龐大的「游牧群體」在城鄉之間的「遊走」的生存狀態是不可逾越的寫作現實了。李洱說：「中國作家寫鄉土小說是個強項，到今天，我認爲有必要辨析一下，現代以來的鄉土寫作傳統，對我們今天的寫作、對我們處理當下的鄉土經驗，有什麼意義。也就是說，怎麼清理這些資源，然後對現實做出文學上的應對，我感到是個重要的問題。」毫無疑問，如今許多鄉土小說作家面臨的困境是：一方面是歷史環鏈的斷裂，使他們在面對現實和未來時，失卻了方向感；另一方面是面對從未有過的新的鄉土現實生活經驗，他們在價值取向上游移徬徨；再一方面就是可以借用的資源枯竭了，作家需要自己尋找新的思想資源和價

<hr>

〔註25〕柳冬嫵：《城中村：拼命抱住最後一些土》，《讀書》2005年第2期，第164頁。

值資源了。鬼子說：「……我是生活在鄉土之中的，你們說鄉土文學城市化、符號化了，你要使寫作逃脫這種模式，最後無非也是發現或發明另一種『鄉土』，我估計走著走著，還是另一種符號。可能關鍵是哪種符號更可愛。」〔註26〕所謂鄉土文學城市化，就是因為城市的邊界在不斷擴大，而鄉土的邊界在不斷地縮小，鄉土中人帶著農耕文明的憂鬱進入都市，但這並不能說鄉土文學就城市化、符號化了，而是其在與城市文學的碰撞、衝突和交融中，呈現出了一種空前的「雜交」現象——成為鄉土文學的一種新的變種。

也許，鄉土小說在近年來的悄然變化似乎是習焉不詳的，但是，仔細釐定，這其中所孕育著的巨大裂變卻是有跡可尋的。如果無視鄉土文學的這種實質性的變化還是情有可原的，那麼，如果無視鄉土文學的存在，以為城市文學就可以取而代之的言辭就有些過激了：「『鄉土文學』這個概念是怎麼產生的呢？在近代社會向社會的轉型中才會出現這樣的話題。到了工業化完成後，這一概念就不存在了，必然會被拋棄。在中國這樣的社會中，最關鍵的問題是轉型期中城市人群的生活和情感問題，這是當下的前瞻性問題，現在社會的大趨勢是城市化。有人說我這是進化論的觀點，認為我對城市化說好話，其實這不涉及到價值判斷，我們不去探討城市化好不好這一問題，只是說在城市化這一進程中『鄉土文學』、『鄉土中國』肯定只是社會生活中極小部分的問題。」〔註27〕是的，鄉土文學只有在工業文明的比較對比中才能凸顯出其鮮明的特徵，這一點我在1992年出版的《中國鄉土小說史論》中已經有過論證，不再贅述。但是，這並不意味著鄉土文學在工業化以前就不存在，更不意味著工業化以後鄉土文學就消失了，遠不說歐美，就拿資本主義工業化文明已經抵達世界高端的日本來說，他們仍然存在著鄉土社會生活和鄉土文學，何況在中國這個幅員遼闊的地理版圖上，農耕文明形態和游牧文明形態還未消失，當然，在相當一段時期內也不可能被消滅，儘管工業文明和城市文明在不斷地蠶食著它們，可是要想在中國一次性地完成工業文明是談何容易？更應該關注的問題卻是，即使在中國的中部地區像安徽這樣的省份居然還存在著刀耕火種的原始農耕文明的形態，這一點翻閱一下《中國農民調查報告》就不難找到答案。再退一萬步，即使中國工業文明和城市文明達到了驚

〔註26〕 《2004·反思與探索——第三屆青年作家批評家論壇記要》，參見李洱、鬼子、張新穎、謝有順的發言。《人民文學》2005年第1期。

〔註27〕 《2004·反思與探索——第三屆青年作家批評家論壇記要》，參見李洱、鬼子、張新穎、謝有順的發言。《人民文學》，2005年第1期。

人的水平，那麼祖祖輩輩從事農耕文明活動而失去土地的人們，也不會把有幾千年意識形態慣性的農耕文明心理痕跡抹去。其實，持中國進入了城市文學的論者所忽略了的正是我需要闡釋的命題——大量失去了土地的農民倒流城市以後，給城市帶來的是農耕文明的意識形態和社會生活方式的信息，他們影響著城市，儘管這種影響是渺小而微不足道的；相反，工業文明和城市文明倒是以其強大的輻射能量在不斷地改變著他們的思維習慣。就此而言，在相當一個時期內，反映這樣的文明衝突，就成爲許多作家（不僅是鄉土文學作家，也是城市文學作家）所關注的焦點，它並不是「社會生活中極小部分的問題」，而是在這一漫長的轉型期裏最有衝突性的文學藝術表現內容。

　　不要以爲在一片「全球化語境」的喧囂聲中，我們就能夠與先進文化對接。由於地域、民族、體制，以及各種文化因素的制約，我們的文學處於一個充滿著矛盾衝突和極大悖論的文化狀態和語境中，即：一方面是新的都市文學的興起，它帶著強烈的商業文化的色彩，在現代（工業文明）和後現代（後工業文明）文化語境中徘徊，展示著它嫵媚與齷齪的兩面；另一方面是舊有的和新生的鄉土文學以其頑強的生命力，從多角度展開了對現代物質文明的抵抗，它所面對的是與工業文明和後工業文明的雙重挑戰；同時，對鄉土社會的重新審視與反思，也成爲其生命力增長的重要因素。總之，一切存在的生活都呈現出它的二重性和悖論特徵，因此，它給作家，尤其是給鄉土作家帶來了價值選擇的巨大困惑。從近幾年來的鄉土小說的創作中，我們可以強烈地感受到作家們在艱難的選擇中所走過的心路歷程。

　　毋庸置疑，我們絕大多數的鄉土作家僅僅站在同情和憐憫的價值立場上去完成對農民階級的人道主義的精神按摩是遠遠不夠的：「西北地區兩極分化還是比較嚴重，農村存在很多問題。剛實行承包責任制的時候，生機勃勃，但如今，強壯勞動力都進城了，農村只剩下『老弱病殘』。農村城市化是社會轉型期的必然現象，犧牲一兩輩人的利益也是必然的。農民永遠是很辛苦的，是需要極大的關懷的群體和階層。」〔註28〕誠然，能夠看到鄉土社會生活的危機，並關心著這個群體的疾苦，已經是很有文化批判精神的底層意識了，但是，如果我們不能從更廣闊的社會背景下來超越普泛的人道主義價值觀，從而確立新的有價值意義的「鄉土經驗」，就會在轉型期失去最佳的觀察視角和創作視角。可以看出，所有農耕文明在與工業文明、後工業文明衝突中的

〔註28〕　《賈平凹答覆復旦學子問》，《文學報》，2005 年 3 月 31 日，第 1590 期 1 版。

農民心理的劣根性和優根性的交混與雜糅，都形成了一種悖反現象，呈現出它的雙重性，而作家在這種悖反的現象中往往會產生強烈的困惑，形成價值理念的傾斜與失控。如果說在鬼子的《瓦城上空的麥田》中用過多的筆墨傾注了對那些既失去了土地又失去了身份認同的農民抱以深深地同情和憐憫，給予主人公人道主義和人性的關懷，表現出一個作家強烈的批判現實主義的情懷，使作品達到了較高的批判現實主義高度的話；那麼，彌散在作品中的不為人們所覺察的那種對浪漫鄉土的過份迷戀與美化，又不能不說是對歷史進化的一種隱含的諷刺，儘管作家是處在一種「無意識主義」的狀態之中。也許，正是作家這種無意識的書寫，卻暴露出了從五四以來的鄉土小說由於「鄉土經驗」的一成不變，所造成的鄉土小說難以跳出闖定的單一化主題模式的弊病——非批判即頌揚。而在當今這樣一個農民大遷徙的時代裏，許許多多鮮活的生活恰恰為我們的鄉土作家提供了一個「鄉土經驗」發展進化和多義闡發的藝術空間，為使作家在價值理念定位時提供了一個可依持的多個參照係數。就此而言，「鄉土經驗」的轉換確實是作家們亟待解決的價值立場問題了。作家所面臨的價值選擇並非是往常的非 A 即 B 的簡單選項了，他們在選擇書寫「下層苦難」時，在「哀其不幸，怒其不爭」的憤懣中，須得考慮另一種文明所隱含著的歷史進步作用；而他們在選擇書寫「田園牧歌」時，也不得不顧及對靜態之美的農耕文明意識形態的無情批判。

如果說高速發展過程中的西方資本主義在 19 世紀向 20 世紀過渡時，也遇到過價值選擇的兩難境地的話，那麼，由於他們的文化背景要比現時的中國簡單得多。所以，儘管他們也成為「迷惘的一代」，但是其價值取向卻是明晰的：「儘管城市代表了農村文化拒不接受的那些受到污染的價值觀，但是中西部的人仍然嚮往在田野勞動之餘美化自己的家庭生活。他們的視野越過城市，似乎看到了根據自己的經歷所回憶起的，或書本上所記載的，或從親友們的談話中所瞭解到的新英格蘭村莊。這些點滴的知識構成了他們想像中的文明社會的基礎，幫助他們形成了上流的禮儀、禮貌和正確的態度的準則。這樣的做法不僅使中西部人避免了城市興起的後果，而且也使他能及時回顧一個由於面臨中西部更為肥沃的土地的競爭造成的新英格蘭砂礫土壤的衰退以及工廠的出現而不復存在的世界。」〔註29〕顯然，從歷史進化的角度來看，

〔註29〕〔美〕LARZER ZIFF：《一八九零年代的美國——迷惘的一代人的歲月》，上
　　　　海外語教育出版社 1998 年版。

這種觀念有礙社會進步和人性的發展，但不可忽視的是，那「迷惘的一代」與當下中國所處的文化語境是不盡相同的，他們之所以用保守主義的態度來對待城市生活方式卻能得到認同，就在於他們的「移民運動」是呈梯度進行的，是從一個充滿著「城市經驗」的文明形態向另一個「鄉土經驗」形態的透視與轉移之中，不存在兩種文明板塊的直接碰撞。所以，抵禦城市文明的那些「受到污染的價值觀」成為普泛性的共識。但是，如果我們今天也用這樣的眼光去衡量中國的鄉村文明和城市文明，就難免陷入一元認知的陷阱。

　　而中國當下的許多作家，尤其是年輕作家的心目中，「鄉村經驗」是模糊的、悖反的，顯然，這是與他們的價值觀念取向的遊移是呈正比的：「說到關於鄉土的寫作，好像總離不開『鄉村經驗』。就是說，我們已經從鄉村撤出，那些鄉村生活，已經退到身後，像昨天的夕陽一樣懸在記憶的天幕上。不是麼，今天，在我們面前，高樓林立，浮華遍地。」「與一直在鄉村的黑夜裏摸爬滾打的經歷相比，城市霓虹燈下的那些『鄉村經驗』往往更像那麼回事。」「我有了一點教訓，開始正視自己的鄉下人身份，也就是說，正視自己的『鄉村經驗』。我這才注意到，我那一雙炫耀的皮鞋，底下沾滿了鄉村的泥。我一步一步走回記憶的鄉村，並在現實的鄉村駐足。」「我們或許需要強調生長莊稼的鄉村才是真實的，但鄉村生長夢幻，夢幻改變鄉村，這也是真實的。」〔註30〕從這些出自同一個作家的同一篇文章的充滿著悖論的文字中，我們不難理解這些年輕的鄉土作家所面臨著的困惑與選擇的兩難。一方面是沿襲著五四以降的居高臨下的用知識分子啓蒙的「鄉土經驗」來書寫鄉土的記憶，這必然需要城市文明作強大的參照和依託；另一方面是像沈從文那樣站在一個「鄉下人」的立場上去批判城市文明給鄉村帶來災難，在一定程度上又忽略了工業文明和城市文明的「現代性」的歷史進步意義，這又必然需要捨棄參照系而孤立狹隘地去觀察鄉土社會生活。

　　如何區別當下和五四的文化背景的差異，選擇更適合歷史發展的價值理念與創作道路，也許有的批評家還是比較清醒的：「我們討論鄉土中國時不能局限於原有的固化的鄉土概念，就是說你在討論村裏的事的時候不能就僅僅是村裏的事，和城市隔絕，和中國社會的變動不發生關係。」〔註31〕「『五四』

〔註30〕　馬平：《我的另一個鄉村》，《文學報‧大眾閱讀》，2005 年 4 月 1 日第 2 版。
〔註31〕　《2004‧反思與探索──第三屆青年作家批評家論壇記要》，參見李洱、鬼子、張新穎、謝有順的發言，《人民文學》，2005 年第 1 期。

以來的作家大多數是從農村出來的，書寫鄉村的時候，本來應該是最動人的，因爲這跟他們童年記憶有關，但很多作家採取的方式是拋棄故鄉——也許把『鄉土』換成『故鄉』會更好理解一點——生活在別處。這種姿態必然會導致對鄉村現實的改寫，這種改寫不僅發生在鄉土文學中，哪怕對城市的現實，不是也存在著改寫嗎？」〔註32〕是的，我們不可以忽略城市文明和工業文明作爲強大參照系對「鄉土經驗」的制衡與催化作用，但也不可以忽略作爲鄉土文學根本的面對鄉土現實的精神，光憑「童年記憶」的書寫往往是有毒的，那種對鄉土文學的「改寫」是致命的，價值的失範必然會給鄉土文學作家作品帶來文學史意義上的偏離。其實，這個問題從 80 年代開始就已經在鄉土作家作品中呈現過，像賈平凹的《雞窩窪人家》《臘月·正月》《小月前本》等，像鐵凝的《村路帶我回家》《哦，香雪》等，鄭義的《邊村》《老井》等，像張煒的《古船》《秋天的憤怒》等，像王潤滋的《魯班的子孫》等，都可以清晰地看出作家在兩種文明衝突中所表現出的惶惑的價值理念，田園式的農耕文明和牧歌式的游牧文明以其魅人的詩意特徵牽動著作家的每一根審美的神經，使其陶醉在純美的情境中而喪失文化批判的功能；而工業文明的每一個毛孔裏都沾滿了污穢和血，其猙獰可怖的醜惡嘴臉又使作家忘記了它的歷史槓桿作用，而陷入了單一的文化批判。於是，一元化的審美或批判成爲五四以來鄉土作家難以擺脫的創作枷鎖。其實，創作主體的惶惑也好，眩惑也好，困惑也好，一直延續至今都沒有得以解決，甚至隨著中國工業文明和城市文明越來越發達而愈加凸顯。這不能不說是近一個世紀以來，由於鄉土文學理念的停滯不前而帶來的低水平創作重複的關鍵問題。

閱讀了近年來的幾百部鄉土小說，就我的能力所限，只能將此大致分爲三類：一類仍是描寫鄉土社會生活的舊題材作品，其中既有反映農耕文明生活內容，又有反映游牧文明生活內容的。既有浪漫主義手法的，又有現實主義理念的；一類是屬於鄉土小說新的題材領域，它就是描寫農民進城「打工」生活的題材；一類亦屬於鄉土小說新的題材疆域的作品，那就是所謂生態題材小說。

就第一類題材的鄉土小說而言，我們看到的作家價值理念的困惑是：一味地沉湎於對農耕文明和游牧文明的頂禮膜拜和詩意化的浪漫描寫，而忘卻

〔註32〕〔美〕丹尼爾·貝爾：《資本主義文化矛盾》，趙一凡、蒲隆、任曉晉譯，生活·讀書·新知三聯出版社 1989 年版，第 199 頁。

了將現代文明，乃至帶著惡的特徵的新文明形態作爲參照系，這就難免造成作品的形式的單一和內容的靜止。其大多數作品至多停留在對鄉村「苦難」的人性化的書寫層面，就連魯迅式的文化批判鋒芒都鈍化了。究其原因，我以爲有一個很重要的因素就是這十幾年來對西方「後現代」理論的誤讀，把西方已經經歷過了的資本主義高速發展階段切割掉，盲目的與他們同步地去尋找田園牧歌式的原始社會生活形態與自然社會生活形態，這無疑是一種錯位的價值觀。我們才剛剛向工業文明和城市文明邁步，許多農耕文明與工業文明的矛盾衝突還未解決，倘若把一個凝固的農耕文明和游牧文明直接與後工業文明相對接，那種對工業文明時段的省略所帶來的民族心理的損失和傷痛將會更甚。無疑，在農耕文明中，「首先同人發生衝突的是自然。在人類生存史上，人的大部分生活本身就是一場與自然的爭鬥，目的是要找到一種控制自然的策略：要在自然界尋得棲身之地，要駕馭水和風，要從土壤、水和其他生物中奪取食物和滋養。人類行爲的許多準則就是在適應這些變化的需要中形成的。」〔註33〕其實，誰也不願意把自己的生活置放在人與自然搏鬥、刀耕火種的落後的文明語境中，歷史的進步就在於召喚人在社會發展的進步中去尋找最佳的人性表現，而非停下腳步蜷縮在低級的、原始的文明社會生活形態之中。因此，對於那些大多數的鄉土小說創作者而言，需要首先解決的問題就是拋棄那種把迷戀農耕文明當作思想時髦的價值傾向，將複雜的問題複雜化，而決不是簡單化。

就第二類題材的鄉土小說而言，我們看到的價值理念困惑是：作爲創作主體的作家一俟進入這個創作領域，大多數作家首先確立的價值理念就是鮮明的道德批判。這一視角決無錯誤，但是這個沿用了一百年的人道主義視角卻往往成爲作家向更深層面——人類發展和社會進步開掘的阻礙。不錯，我們看到了工業革命過程中「人」的喪失（卓別林在百年前的默片《摩登時代》裏就諷刺過它的「現代性」），但是，比起前現代的農耕文明，它卻是一種歷史的進步：「作爲勞動者的人設法製造物品，在製造物品的過程中他夢想改造自然。依賴自然就是屈從自然的反覆無常。通過裝配和複製來再造自然，就是增進人的力量。工業革命歸根結蒂是一種用技術秩序取代自然秩序的努力，是一種用功能和理性的技術概念置換資源和氣候的任意生態分佈的努力。」

〔註33〕〔美〕丹尼爾·貝爾：《資本主義文化矛盾》，趙一凡、蒲隆、任曉晉譯，生活·讀書·新知三聯出版社1989年版，第199頁。

〔註34〕比起農耕文明人與自然的爭鬥，工業文明的技術和複製雖然表現出了它的雙重性，但它畢竟是人類的一次很大的歷史進步，我們的作家決不能熟視無睹，否則我們就會對許多事物失去基本的判斷能力。就像有的文學史論家描述「迷惘的一代」作家那樣：「這些作家脫離了舊的東西，可是還沒有新的東西可供他們依附；他們朝著另一種生活體制摸索，而又說不出這是怎樣的一種體制；在感到懷疑並不安地做出反抗的姿態的同時，他們懷念童年時的那些明確、肯定的事物。他們的早期作品幾乎都帶有懷舊之情，滿懷希望重溫某種難以忘懷的東西，這並不是偶然的。在巴黎或是在潘普洛納，在寫作、飲酒、看斗牛或是談情說愛的同時，他們一直思念著肯塔基的山中小屋，衣阿華或是威斯康星的農舍，密執安的森林，那藍色的花，一個他們『失去了，啊，失去了的』（如托馬斯·沃爾夫經常說的）國土；一個他們不能回去的家。」〔註35〕過份的對農耕文明和游牧文明的自然之美與舒緩的節奏之美的迷戀和激賞，同樣是一種思想的浮淺和殘缺，或許藝術的殘缺是美的，而思想的殘缺絕不是美的。也許有人會以為，作家只對作品的審美功能負責，他甚至無需對人與社會、生活與道德作出價值判斷。許許多多的世界名著都表現出了作家的困惑意識，像托爾斯泰那樣的思想徬徨也絲毫沒有防礙他成為大作家。但是，有一個不可忽視的前提就是：時代不同了，工業革命走到今天的情形托爾斯泰和巴爾扎克們沒有看到，如果站在今天的立場上來看，不要說他們了，就是馬克思、恩格斯也得修正自己的觀點。所以我們不僅需要道德批判和文化批判，還更需要對兩種文明，甚至三種文明衝突下的人與人、人與自然的關係作出合理的判斷，以便賦予作品和人物新的鮮活的血肉。

就第三類題材的鄉土小說而言，可能籠統地將它概括為「生態小說」是不合適的，因為，雖然環境保護、生態保護在中國雖然已經到了一個岌岌可危的地步，但是，它和西方後現代意義上的生態文學是有本質上的不同的。因為，「後工業化秩序對於前兩種秩序不屑一顧。由於獲得了顯著的工作經驗，人生活得離自然越來越遠，也越來越少與機器和物品打交道；人跟人生活在一起，只有人跟人見面。群體生活的問題當然是人類文明最古老的難題之一，可以追溯到洞穴和氏族時代去。然而，現在的情況已經有所不同。形

〔註34〕〔美〕丹尼爾·貝爾：《資本主義文化矛盾》，趙一凡、蒲隆、任曉晉譯，生活·讀書·新知三聯出版社 1989 年版，第 199 頁。

〔註35〕〔美〕MALCOLM COWLEY：《流放者的歸來——二十年代的文學流浪生涯》，張承謨譯，上海外語教育出版社 1986 年版，第 6 頁。

式最古老的群體生活不超出自然的範圍，戰勝自然就是人群生活的外在共同目的。而由物品聯繫起來的群體生活，則在人們創造機器、改造世界時給人們一種巨大的威力感。然而在後工業化世界裏，這些舊的背景對於大多數人來說已經消失。在日常工作中，人不再面對自然，不管它是異己的還是慈善的，也很少有人再去操用器械和對象。」〔註36〕關鍵就在於在我們的地理版圖和精神版圖上還清晰地標有農耕文明和游牧文明的標記，還在人與自然、人與機器的爭鬥和交往之中，我們的物品還沒有極大的豐富，一切「舊的背景」還沒有消失，我們的人民還在大量的「操用器械和對象」，否則就難以生存。一方面是溫飽，一方面是發展，我們的價值取向就更偏重於後者。而我們的「生態小說」卻更多的是農耕文明和游牧文明中那種帶有「神性色彩」的鄉土書寫，從 90 年代郭雪波開始創作的「狼系列」題材，到如今姜戎的《狼圖騰》，其實中國作家都是在演繹著一曲神性圖騰的無盡輓歌，是典型的傳統鄉土社會生活中對神的祭拜與謳歌。由此我想到了賈平凹所創作的《懷念狼》，除了作品中反映出的對人類天敵的敬畏之情的神性色彩外，恐怕更多的是作家面對現實的鄉土社會所不得不發出的人與自然爭鬥的吼聲，無奈地表現出農耕文明對動物世界的殘酷的一面。從這個意義上來說，當我們還不能完全擺脫人與自然的直接關係時，那種生態和諧的理念是乏力的。就像《懷念狼》中所描寫的那樣，如果不去打狼，狼就要禍害鄉村和農民。要知道，我們的鄉土還是在一個與獸類爭奪資源的弱肉強食的文化語境中，與後現代的理論家們一同去呼喊生態保護的口號，是一種奢侈的思維觀念，起碼是一種不在一個物質層面和文明層面上的不平等的對話。因此，在調適我們的價值觀的時候，就得充分考慮到「生態小說」的錯位現象給中國的鄉土小說所帶來的價值倒錯。

另外，須得注意的問題是，許多理論家和評論家都毫不猶豫地提到了五四新文化先驅者提出的所謂張揚「獸性」的理論。殊不知，他們所提出的這一「獸性」理念是針對那個羸弱的國民性和民族性的，恰恰是站在人的立場上來仰視強大的「獸性」的。從這個意義上來說，關注生態平衡是對的，但是，忽略了人的生存和發展，那是更危險的，起碼在當今中國這樣一個特殊文明形態下來大肆描寫和宣揚生態小說，可能還是一種文學的奢侈活動。

〔註36〕〔美〕丹尼爾・貝爾：《資本主義文化矛盾》，趙一凡、蒲隆、任曉晉譯，生活・讀書・新知三聯出版社 1989 年版，第 199 頁。

　　綜上所述，我們可以看出，在這樣一個三種文明相互衝突、纏繞和交融的特殊而複雜的文化背景下，中國鄉土小說既面臨著種種思想和審美選擇的挑戰，同時又邂逅了重新整合「鄉土經驗」，使鄉土小說走向新的輝煌的契機。所有這些，正是中國的鄉土小說作家們應該深刻反思的問題。惟有反思，我們才能獲得新生。

第三節　中國當代鄉土小說的美學趨勢

　　60年代初到70年代末大量鄉村社區生活的作品，是不能稱其為真正的鄉土小說的。充其量亦只能是一些「農村題材」的小說創作。原因之一就是它們失卻了作為鄉土小說的重要美學特徵——風土人情和異域情調給人的審美饜足。光是寫「鄉」寫「土」尚不能構成鄉土小說的全部，只有加上風俗畫和風景畫描寫內容，才能算得上真正的鄉土小說。如果說趙樹理的小說對此是無意忽視的話，那麼柳青則是在莊嚴的主題籠罩下，有意排斥了這種看似裝飾性很強的審美內容，以全部的筆墨傾注於人物的描寫和對既定主題的闡發。而到後來的浩然作品中，這種直奔主題的內容則完全戕害了鄉土小說的美學特徵。

　　平心而論，當浩然從柳青手裏接過鄉土小說的接力棒時，還沒有意識到要把英雄人物塑造得高大完美，不可企及。從他早期的短篇小說如《喜鵲登枝》等和長篇《豔陽天》第一部來看，作者還有意無意地觸及到了小說中對於風俗人物的關注，其中有些畫面還是帶有一定風土人情氣息的。如果說這些作品還有可讀性的話，那就是作者在風俗畫的描摹中有所貼近生活，給人以美的留連。當浩然成為70年代主宰中國文學的唯一小說家時，他的悲劇命運就在於身不由己的把鄉土小說創作推入了絕境。「高、大、全」的英雄人物成為清規戒律，「三突出」的創作方法堵塞了鄉土小說的審美通道。「風俗畫」甚至「風景畫」，都被視為一種鄉土小說的「反動」，被淹沒在臆造的規定故事情節模式之中。「文革」將文學推入了中國文學史的「空白」，浩然也由此將鄉土小說領入了「沒有生機的地帶」，鄉土小說完全變成了一種政治或政策的簡單的傳聲筒，赤裸裸的主題閹割了小說的審美機能。這種鄉土小說的全面蛻化當然是時代潮流的使然，至於作家所扮演的悲劇角色，當是歷史給作家心靈留下的一道傷疤。

　　當然，從柳青到浩然的農村題材小說的創作中，我們也不能不看到一個作家在藝術上的追求。由於柳青一再強調首先要上好「思想學校」，其次才考慮到上好「藝術學校」的主旨，因此，他在小說創作中主張採用以人物為軸心，以衝突為核心的創作方法。然而，且不論其鄉土小說中的人物在「平面人物」和「圓形人物」塑造上有何建樹，就其小說消彌了鄉土小說的異域情調來說，也就犯了大忌。何況柳青的社會主義現實主義的創作方法在技巧上完全陷入了一個封閉的模態，為後來的鄉土小說提供了一個單線條的情節小說模式。當浩然在「文革」期間將此類小說發展到登峰造極、高度迎合政治需求時，我們不能不說作家出於藝術良心的發現，體悟到這種藝術道路是窒息鄉土小說的必然結果。浩然也有藝術的苦悶期，70 年代初，他為了打破僵化的藝術格局，便試圖以新文體形式來突破封閉的藝術模態。可以說他的兩部中篇小說的合一（《西沙兒女》由「正氣篇」和「奇志篇」合成）表現出作者在藝術形式上的變形，小說試圖通過對情節小說模式的衝擊而達到融風景畫和風俗畫更於散文化的小說之中的形式表現。從中我們可以看到整個小說抒情風格的強化，以及作者迫切尋覓「風景」和「風俗」畫面時的尷尬和窘迫心境。無疑，這種藝術風格的變異，無論是在當時文學氛圍中，還是在浩然自身的文學道路上，都留下了一個不可忽視的問號和驚歎號，它是作者在乏味了模式化、概念化的創作之後，表現出的一種積極的藝術動機，是作者對於鄉土小說的一種本能的認識衝動，雖然還帶有極大的盲目性，但那種如詩如畫的「風景」和「風俗」的誘惑至少是部分喚醒了作家對於鄉土小說的藝術本質的感悟，儘管作家尚不可能擺脫自造的模式陰影的籠罩。但起碼已認識到自身所面臨的藝術絕境。這成為浩然向自身發起挑戰的第一次覺醒；同時也是作家唯一的一次對自己將中國鄉土小說導向全面蛻變後的反省和反動。

　　當歷史翻開新的一頁時，一個輟筆多年的鄉土小說作家，自稱為沈從文的學生，用他那支生花妙筆來回味咀嚼四十多年前的溫馨的舊夢，他就是那位蟄伏了四十多年之久的「京派小說」作家汪曾祺。汪曾祺在三十年代的鄉土小說建樹不大，但他熱諳「京派小說」的創作風格，尤其是對其老師沈從文的創作風韻更是了然於胸，當 1980 年汪曾祺發表了短篇小說《受戒》時，在文壇上引起的震驚是很可觀的，它給人以耳目一新之感，那種久違了的美學情趣給當時審美視界狹窄的中國讀者帶來了一股清新的美學體驗。隨之而

創作的《大淖紀事》、《異秉》、《歲寒三友》、《八千歲》等一系列故鄉懷舊的鄉土小說，以它們那種清新雋永、生趣盎然的風俗畫、風景畫的描寫風格獲得了文壇的普遍矚目。

汪曾祺的鄉土小說之所以獲得殊榮，這不僅僅是小說本身的可讀性而致；更重要的是它標誌著一種美學風範的回歸，也就是從廢名和沈從文開始的「田園詩風」鄉土情緒的還魂。由於中國讀者長期被禁錮在一種單調的情節小說模式中進行慣性閱讀，審美的機能有所衰退，當一幅幅清新淡泊、意蘊高遠、韻味無窮的水鄉風俗畫展現在人們面前時，許多人竟不能自己。

汪曾祺是以自己故鄉蘇北高郵作為一張施展自己才華的融風俗畫與風景畫為一爐的「郵票」，盡情地在一片爛熟於心的風土人情描寫中去構築一個美的世界。作為承繼沈從文風格，延續「京派小說」的傳人，如果說汪曾祺在四十年代發表的田園牧歌式的作品尚未得到人們足夠的重視的話，那麼，他四十年後的風俗畫小說卻格外引人注目，這其中最重要的原因就是作家對於富有地方色彩和異域情調的視覺性很強的風俗、風景、風情的刻意描摹。他一再強調風俗描寫對於小說的至關重要：「我是很愛看風俗畫。十六、七世紀的荷蘭畫派的畫，日本的浮世繪、中國的貨郎圖、踏歌圖……我都愛看。講風俗的書，《荊楚歲時記》、《東京夢華錄》、《一歲貨聲》……我都愛看。我也愛讀竹枝詞。我以為風俗是一個民族集體創作的生活抒情詩。我的小說裏有些風俗畫成份，是很自然的。但是，不能為寫風俗而寫風俗。作為小說，寫風俗是為了寫人。」〔註37〕從這些風俗畫面的描寫中，我們可以看到作者鮮明的藝術審美情趣，淡泊寧靜、清雅通脫的美學風範是建立在一種試圖回到超脫塵俗的人生境界的基礎上。從其哲學觀念來看。它基本上是繼承了五四時期的人文主義思想，試圖在擺脫現實困繞中來展現一個理想化的充滿著人性溫馨的生存境界。這種境界的表現在很大程度上依賴於一種凌駕於風俗畫面之上的哲學意蘊的籠罩。在風俗畫描寫的背後，那種「超脫」、「遁世」的隱情又成為一種新的美學體驗。這種情緒的滋長，無疑是對長期以來被階級鬥爭學說同化了的小說創作模式的逆反。這種逆反強化了他們對於田園牧歌式的作品美學風範的企盼和需求。於是抒情筆調的小說亦成為一種時尚。

〔註37〕汪曾祺：《〈大淖紀事〉是怎樣寫出來的》，《汪曾祺全集 3 散文卷》，北京師範大學出版社 1998 年版，第 218 頁。

　　汪曾祺在發展「京派小說」風格上是作出了自己獨特的貢獻的，這就是他在新時期開了「散文化小說」和「詩化小說」的風氣之先。他認為：「散文詩和小說的分界處只有一道籬笆，並無牆壁（阿左林和廢名的某些小說實際上是散文詩）。我一直以為短篇小說應該有一點散文詩的成份。」〔註38〕他的小說除了在結構上採用一種「散點透視」、「信馬由繮」的技巧外，便是小說所顯示的猶如散文和詩那樣漫溢的意境和意蘊。他的小說讀起來平淡無奇，但細細咀嚼卻韻味無窮，看似一泓清水，讀來卻意蘊綿長。寓人生哲理於凡人小事的敘述中，寓真善美於平庸瑣碎的事件描寫中，化平淡為深刻，化腐朽為神奇。汪曾祺小說中的每一個情節，每一個人物，甚至每一細節都蘊藉著一首詩，散發著迷人的詩情畫意，他的小說處處看似閒筆，卻處處透著靈氣，與好的散文一樣，形散而神不散，成為短篇小說的特色，小說的總體詩意和局部象徵構成了一部和諧的交響。當然，這種詩的意境表達還得依賴小說的語言表達方式。在這方面，汪曾祺小說語言功力之深厚就顯示出與其他作家的不同風格。作者不是靠對語言的顛覆，而是靠古典文學的功底來構造簡潔明快、行文平淡、潔暢自然、生動傳神的詩化語言。同樣是口語化的語言，汪曾祺的語言與趙樹理的語言之差別就在於前者在口語中蘊藏著更多更深的詩樣的意境和意象，看似一清如水，然「味覺」效果卻截然不同。如《受戒》中明海和尚燙戒後與小英子隔河相望的對話；《大淖紀事》中十一子養傷時和巧雲的一段悄悄話，都極為簡潔平常，然仔細回味卻意境深遠，它不僅精當地刻畫出人物內心世界的微妙變化，同時可以讀出敘述中的詩意美，讀出小說語言中的節奏、色彩和音樂美來。這種簡潔明快、錯落有致的語言無疑可以看出作家古典文學的造詣。

　　汪曾祺小說作為重溫四十年前「京派小說」之舊夢，它的意義就在於這種「回歸」是對建國以來單一的審美情趣和單一的小說形式技巧的一次衝擊。可以說，汪曾祺小說的復現是對新時期小說創作的多元化趨勢的第一次認同，又帶來了對沈從文和「京派小說」的重新歷史估價，帶來了80年代田園牧歌風俗畫小說的興盛。

　　這裡特別要提到的是隨之而來的是以劉紹棠為首的「京郊」鄉土小說的崛起。80年代初，劉紹棠舉起了鄉土小說的大旗，以一組田園牧歌式的風俗畫小說取悅於文壇，像中篇小說《蒲柳人家》、《瓜棚柳巷》、《花街》、《草莽

〔註38〕汪曾祺：《晚飯花・自序》，《汪曾祺全集 3　散文卷》，北京師範大學出版社1998年版，第 324 頁。

英雄》、《小荷剛露尖尖角》……短篇《蛾眉》等，都以鮮明的風俗畫風格豐富了鄉土小說的美學特徵。作爲孫犁「荷花澱派」的中堅，劉紹棠無疑是這個流派斷裂帶的彌和者和發展人。不可否認，劉紹棠在新時期初所作出的審美選擇是推動了鄉土小說發展的，問題就在於劉紹棠雖然舉起了鄉土小說的旗幟，但這一流派卻始終未能形成，其主要原因就在於：首先，新時期文學的多元化格局打破了作爲群體性的風格一致的「流派」麇集，代之而起的是個體創造性迥異的「自我」擴張，作家個性的張揚打破了「流派」的夢幻；其二，深邃的哲學意識的弘揚替代了淺薄的主題內涵的外顯，缺乏哲學內蘊的深刻性對於新時期的現代讀者來說，是很難進入一個較深層次的文化境界的；其三，風俗畫的描寫在鄉土小說中所佔的比重是很大的，但風俗畫小說一旦被置入傳奇故事的模式框架中，就只能成爲一種風物習俗的「擺設」，就失卻了其詩意化的特徵，落入俗套。換言之，這種風俗畫面一旦進入「通俗小說」圈套中，其美學特徵就相應減弱，成爲寡淡無味的點綴物，由於缺乏這種把握時代美學情趣轉換的意識，忽視了主觀的創造性和客觀的接受效果，劉紹棠所作出的巨大努力，收效甚微。作爲五十年代「荷花澱派」的另一位中堅人物林斤瀾，卻把描寫的重點著重對準了人的內心世界，雖然他的小說有時也呈現出風俗、風情的畫面，但他畢竟是在挖掘另一口井——通過人性變異的揭露來弘揚一種真善美的美學境界。他的小說充滿著人文哲學的意蘊，同樣是五十年代同期發軔的作家，鄧友梅所選擇的也是風俗畫小說，但他把聚焦對準的是「市井文化」，是「清明上河圖」式的風俗描寫，是新舊文化衝擊在「城裏人」內心世界引起的層層波瀾。鄧友梅繼承的是老舍的藝術風範，而劉紹棠繼承的是孫犁的藝術風範和美學風格，但前者有所發展，吻合時代需求；而後者雖有所發展，卻偏離了純文學的方向。這也許是有人將此類作品視爲淺薄的緣由。當然，在通俗文學和純文學之間並不存在誰比誰更優更高的價值標準，因爲接受對象的不同，也就沒有可比性。問題就在於從鄉土小說的美學發展來看。它的意義決定於它比較歷史上同類作品有無進步，因爲它反撥了幾十年的「沉痾積弊」，將鄉土小說拉回到接近「原點」，不可不說它有歷史的意義。

同樣，企圖回復「魯迅風」的歷史使命也交給了「反思」的中青年一代。幾乎是從高曉聲的《「漏斗戶」主》、《李順大造屋》、《陳奐生上城》等作品開始，鄉土小說就進入了一個深遠的政治——哲學——文化過程的思考。

　　這裡要指出的是，高曉聲的小說基本上是和趙樹理的小說相似，試圖概括農民的歷史命運和生活現狀，以強烈的人文主義精神來為農民請命。它們主題的輻射面是一致的。然而其深刻性卻有深淺。前者善於將悲劇當作喜劇來寫，充滿著「反諷」的意味，從而使其鄉土小說的主題內涵進入一個深層境界。這一點可能是趙樹理鄉土小說時代所不可比擬的。雖然高曉聲的鄉土小說也是缺少風俗畫和風景畫作為小說的美學底色，然而它所透露的深刻哲學意蘊和思想力度卻是明顯向著「魯迅風」回歸的。但必須指出的事實是，高曉聲作為一個新時期鄉土小說創作具有大家風範的作家，為何他後來的小說被讀者所拋棄，被更多更深刻及更具美學價值的鄉土所替代呢？其中忽視了風俗畫、風景畫以及異域情調的氛圍營造，也是一個重要的因素。

　　把農民的命運放在每一個歷史轉折的關頭，放在社會動盪變革的時期來描摹，而且用異常幽默調侃的敘述語調來勾畫農民悲劇靈魂的重創，這就使得高曉聲的鄉土小說具有了魯迅式的「哀其不幸，怒其不爭」的思想內涵，在這樣的思想內涵下，作者敢於大膽地用諷喻手法來鞭撻一顆顆本身就是血肉淋漓的痛苦靈魂。在痛楚的創傷上施以新的鞭痕，這是一般作者難以達到的，而正是在這裡，高曉聲達到了魯迅那樣的批判國民劣根性的思想力度，同時也就顯視了一個思想巨子試圖拯救農民徹底脫離苦海的決心。在高曉聲的人物系列中，我們可以清晰地看到阿Q的面影，看到阿Q遺傳基因給予新一代農民心理留下的沉重因襲負荷。作者清楚地意識到「他們的弱點不改變，中國還是會出皇帝的」〔註39〕。李順大被公社造反派打得遍體鱗傷，非但沒有絲毫的反抗，而是一味地自責自己的身體為何這般「嬌嫩」，經不住這點皮肉之苦，變牛變馬都可以，只是不能變「修」。這一神來之筆，非常深刻地揭示了農民心靈創傷的深重──不覺悟、愚昧仍是五四以後還沒能解決的一個帶有普遍意義的國民性的問題。這種阿Q式的奴性揭櫫成為高曉聲回覆「魯迅風」的一個描寫基點，《陳奐生上城》中陳奐生對於吳書記賜給他的那五塊錢一夜的「高級享受」，充滿著十分複雜的農民心理的變化，從脫鞋進屋到在沙發上「跳坐」再到不脫鞋上床，這人物性格的「突轉」中包孕著農民文化心理，乃至整個民族文化心理結構中的千言萬語難以訴說的可悲可憐的心態，表現出農民在新生活到來時的必然惶惑。在農民能夠部分掌握自己命運的時候，他們又是不能主宰自己命運的迷途羔羊。當陳奐生在獲得更多責任

─────────────

〔註39〕　高曉聲：《創作談》，花城出版社 1981 年版。

制的自主權時，他總覺得站不直，竟像阿 Q 那樣「身不由己的蹲了下去；而且終於趁勢改跪下了。」這種行爲和心態分明滲透著汩汩流淌的阿 Q 血液，農民的蒙昧並不可能在一朝一夕的經濟改革中被徹底埋葬，封建意識的毒汁簡直成爲農民，乃至整個國民心理的「集體無意識」，這種狀態不改變，中國是沒有希望的。高曉聲生活在農村底層二十多年，最清楚地體會到魯迅改造國民性論斷是如何切中中國農民的現實和二十世紀中國社會的現狀。

由於高曉聲鄉土小說「魯迅風」的出現，便形成了新時期在「反思文學」口號下普遍的以人道主義視閾來觀照農民悲劇命運的鄉土小說創作高潮。幾乎是在高曉聲創作的同時，在「遙遠的貴州」由何士光的筆底吶喊出了一個農民要求人權的時代的強音，《鄉場上》的出現，也無疑是叩了繼承五四人文主義傳統的主題之門。時代的改革大潮給農民帶來了人性復蘇的又一次契機，馮麼爸的一聲吶喊，觸動了這根隱伏著多年的敏感主題神經。於是，從中國的各個邊遠地區和山寨，傳來了不同凡響的對人道和人性的呼求和吶喊聲。像賈平凹、韓少功、鄭義，以及「湘軍」、「晉軍」等地域作家群都不約而同地把筆墨深入到這一主題疆域，用魯迅式的犀利目光來掃描農民文化心理的深厚歷史積澱，從而又一次把中國農民的歷史命運問題擺上了藝術的祭壇。這種勢頭成爲中國鄉土小說作家不可解脫的一種顯形的或隱形的自覺創作情緒，因爲中國的歷史和現實爲此提供了無與倫比的豐富素材；同時亦能滿足作爲中國小說作家責任感和憂患意識的本能藝術衝動和渲泄。

如果說汪曾祺那樣的具有自覺意識來回覆「田園詩畫」風格的鄉土小說在新時期的鄉土小說中還屬鳳毛鱗角的話，那麼，在「反思文學」口號的鼓譟下，所浦現出的類似高曉聲的繼承「魯迅風」的鄉土小說所佔的比重要驚人的多。後者由於整個時代思想氛圍的制約，使作家們熱衷於主題深刻性的發掘，而忽視了「魯迅風」中對於具有風俗畫意義的「異域強調」的營構。致使這類小說在文學史的長河中很容易成爲曇花一現的時尚之作。倘使既能開掘出深刻憂憤的主題，又能將風俗畫、風情畫、風景畫融入其鄉土小說創作中，將是怎樣一個景觀呢？這一難題便在古華的長篇力作中得以實現，《芙蓉鎮》的意義並不僅僅在於對建國後的極左路線和「文革」時的劫難作了最深刻的批判；也不僅僅是在歷史的舞臺上再現了各式各樣民族靈魂的充分表演；更重要的是作者採用的是「寓政治風雲於風俗民情圖畫，借人物命運演

鄉鎮生活變遷」的視角，來「唱一曲嚴峻的鄉村牧歌。」〔註 40〕古華是在高曉聲和汪曾祺之間選擇了將兩者風格融一的寫法。他之所以說自己的小說是一首「鄉村牧歌」，這並不意味著他是在「田園詩畫」上來進行浪漫的抒情性描寫，而其旨在展現一幅悲涼的人生圖畫。這不由得使我們想起了周立波的《山鄉巨變》，所不同的是，古華的格調完全不同，愴涼悲切，嚴峻冷酷所構成的現實主義悲劇風格排斥了一切理想的抒情的帶有浪漫氣質的「虛幻現實主義」風格。當然。在主人公胡玉音的塑造上多少有著作家的理想主義色彩，但從美學角度來看，它正是悲劇的需求，即魯迅的悲劇觀——「悲劇是將人生有價值的東西撕毀給人看」——的假惡醜與真善美對立的美學反差和落差的體現。可以明晰地看到，《芙蓉鎮》一方面是沿著情節衝突線向前推進，表現出線型的結構模態；另一方面，作品又巧妙有機地將「風俗畫」，「風景畫」植入小說的內部，使之成為一個有血有肉的機體，這就從一定程度上中和了五四以後「田園詩風」鄉土小說與寫實風範的鄉土小說不可調和的對立矛盾，古華將兩風範融合為一，創造出了一種新的鄉土小說的範型，這不能不說是一次具有文體意義的革命性嘗試。這種藝術風格的嘗試被作者帶入他的大量創作中（如他的「芙蓉姐」系列小說創作）；便使鄉土小說呈現出繽紛色彩的多元格局。同時它也促動了這類小說從萌發到成熟的發展趨勢，諸如張賢亮的早期作品《靈與肉》、《綠化樹》等都是這種範型的鄉土小說創作，更不要說那批在 80 年代崛起的一代「知青作家群」中許多人都採用過類似的描寫視角，完成了鄉土小說在新時期的嬗變和演進。甚至，它還深刻地影響了 80 年代中期出現的「尋根文學」中的鄉土小說創作。再進一步作歷史的思考，它還對至今仍蓬勃不衰的「新寫實主義」中的鄉土小說創作有著隱形的影響。

　　因此，我們切不可小視這一時期鄉土小說的美學思想的轉型。

第四節　「城市異鄉者」的夢想與現實

　　西方世界在城市與鄉村的融合中，已經不再是原始積累時期的那種帶著血腥味的掠奪：「城市與鄉村曾經代表兩種不同的生活方式，……這兩種方式正合而為一，正像所有的階級都在進入中產階級一樣。給人更真實的總印象是：國家正在變為城市，這不只是在城市正向外擴展這個意義上說的，而且

〔註40〕古華：《〈芙蓉鎮〉後記》，人民文學出版社 1981 年版。

是在生活方式正變得千篇一律的城市化這更深層的社會意義上說的。大都市是這一時尚的先鋒。」〔註41〕這是西方從現代工業文明向後現代後工業文明過渡時期的城市與鄉村圖景，它無疑是與中國目前的社會結構有著本質的區別，因爲在中國的地理版圖和精神版圖上，還遠沒有逾越前現代的農耕文明向工業文明過渡的歷史階段，儘管我們的沿海的小部分地區同時進入了後工業文明的文化語境中了，但是，廣袤的地理和精神層面都處在一個前現代向現代轉換的歷史時段之中。而中國從鄉村流入城市的大量人口正是歷史階段中不可忽視的鄉土存在，描寫他們的生活與精神的變化，才是鄉土小說最富有表現力描寫領域。

「農民工」是一個廣義的稱謂概念，它囊括了一切進城「打工」的農民，「農民工」的定義似乎還不能概括那些走出黃土地人們在城市空間工作的全部內涵，因爲遊蕩在城市裏的非城市戶籍的農民身份者，還遠不止那些從事「打工」這一職業的農民，他們中間還有從事其他非勞力職業的人，如小商小販、中介銷售商、自由職業者、代課教師、理髮師、按摩師、妓女等許多不屬於狹義「農民工」範疇，他們比那些真正的「打工仔」更有可能成爲城裏人。當然，在階級身份層面的認同上他們仍舊是屬於廣義的「農民工」範疇的。因此，無論從身份認同上來確定這些「城市游牧者」階層，還是從精神層面上來考察這些漂泊者的靈魂符碼，我以爲用「城市異鄉者」這個書面名詞更加合適一些。

「城市異鄉者」的生活之所以越來越受到許多作家的關注，就是因爲人們不能不接受這樣一個事實：大量的「農民工」進入了城市，也就自然而然地進入了城市社會生活的各個領域，究竟是城市改變了他們，還是他們改變了城市？這是一個很複雜的二難命題。他們改變了城市的容顏，城市的風花雪月也同時改變了他們的肉體容顏，更改變著他們的心理容顏；農耕文明的陋習使得城市文明對他們鄙夷不屑，而城市文明的猙獰可怖又襯托出了農耕文明的善良質樸。一方面是爲了生存，他們出賣勞力、出賣肉體，甚至出賣靈魂，但是，城市給予他們的卻是剩餘價值中最微不足道的極小部分。然而，比起在土裏刨食、刀耕火種的農耕社會生活來，他們又得到了最大的心靈慰藉；另一方面他們在城市中是個完全邊緣化的「蟲豸」，是一個失去靈魂的「行

〔註41〕勞倫斯‧哈沃斯語，參見〔美〕艾爾伯特‧鮑爾格曼著，孟慶時譯《跨越後現代的分界線》，周憲、許鈞主編「現代性研究譯叢」，第 154 頁。

尸走肉」，是被城市妖魔化了的「精神流浪者」，但是，一旦他們返歸鄉土，就又會變成一個趾高氣昂「Q爺」，一個有血有肉的「靈魂統治者」，一個鄉村的「精神富足者」，所有這些，構成了一個光怪陸離、充滿著悖反的現實生活圖景與精神心理光譜。

毫無疑問，對「城市異鄉者」的描寫，隨著日益澎湃的「農民工潮」和農民職業向工業技術的轉換而迅速猛漲，對這一龐大群體的現實生活描寫和靈魂歷程的尋覓，就成為近幾年來許多鄉土作家關注的焦點。而就作家們的價值觀念來說，其中普遍的規律就是：凡是觸及到這一題材，作家就會用自上而下的同情與憐憫、悲憤與控訴、人性與道德的情感標尺來掌控他們筆下的人物和事件，流露出一個作家必須堅守的良知和批判態度。這是五四積澱下來的「鄉土經驗」。從這一角度來看，我以為，自80年代後期以來漸行漸遠的、帶有批判精神的現實主義開始在這一描寫領域復蘇。在這裡，作家們的思考不再是那些空靈的技巧問題，不再是那些工具層面的形式問題，因為生存的現實和悲劇的命運已經上升為創作的第一需要了。即使像殘雪那樣帶有荒誕意味描寫的作家，一俟接觸到民工（《民工團》，《當代作家評論》2004年第3期）這一題材的時候，也不得不在嚴酷的生活面前換上了現實主義的面孔，改變了以往那種艱澀的形式主義的敘述外殼，用更平實的敘述方式來介入現實生活，即便還是改變不了她那種絮絮叨叨式的精神病者夢囈的瑣屑，但也畢竟清晰地描寫和抒發出了城市給農民帶來肉體痛苦和心靈異化。在再現與表現之間，在悲劇審美與喜劇審美之間，絕大多數作家站在了批判現實主義的立場上，用飽蘸情感的筆墨去抒寫人性和人道的悲歌。其實，僅僅如此還是不夠的，新的文化背景需要我們不但對人性和人道作出回答，還需對時代和歷史的發展作出評斷，在某種程度上，它是需要克服人性的偏頗，客觀地去描寫戴著假醜惡面具的發展性事物的，因為那是歷史的必然！

專門關注鄉土的女作家孫惠芬一旦把目光投入到現實的鄉土社會生活當中去，就痛徹地體味到鄉土現實世界的悲劇性命運：「與那些被出民工的男人們撇在鄉下空守著土地、老人、孩子和日子的女人們相遇的時候，曾不止一次地想，她們的男人如今與她們、土地、日子，到底是一種什麼樣的關係呢，他們常年在外，他們與城市難道真的打成了一片？而女人與土地、日子、丈夫又是一種什麼樣的關係呢？」於是，在「2001年夏天的一個正午，當我在我家東邊的臺階上看到一老一少兩個民工扛著行李淚流滿面地往車站走，一

對回家奔喪的父與子的形象便清晰地出現在我的面前。他們不一定是父與子，更不一定是回家奔喪，可是不知是爲什麼當時在我眼裏就是這樣。他們一旦出現在我的眼前，我便再也顧不上企圖超越自己的妄想了，我一下子被他們牽進去，一下子走進了父與子的內心，看到父與子的尊嚴和命運，我一旦走進了父與子的內心，看到他們的尊嚴和命運，便不設防地走進了一條暫時的告別工地、告別城市、返回鄉村、返回土地、返回家園的道路，在這條大路上展示他們與這一切的關係便成了我在劫難逃的選擇。」〔註42〕本著這樣的初衷，孫惠芬創作了《民工》（《當代》2002 年第 1 期）。作品描寫了鞠廣大、鞠福生父子二人回鄉奔喪的故事。無疑，小說的視點是在空間和時間的不斷轉換中，來完成人物的塑造的，空間是城市（實際上就是建築工地）與鄉村（歇馬山莊）交替呈現的；時間是過去與現在疊印在一起的。就空間感來說，作品給人的感覺還是沉浸在濃鬱的鄉土文化氛圍和語境之中的。這不僅是選材的使然，多多少少還帶有作者不滅的「歇馬山莊」的鄉土情結，因爲作家的價值立場是與鄉土和農民呈平行視角的：「歇馬山莊，你離開了，卻與它有著牽掛與聯繫，而工地，只要你離開，那裏的一切就不再與你有什麼聯繫。鞠廣大已做了十八年的民工，他常年在外，他不到年根兒絕不離開工地，他爲什麼要離開工地，夏天裏就回家呢？」那無疑是那個叫著「家鄉」的地方遭遇到了天災人禍。我們可以清晰地看到，在農耕文明和工業文明的比對之中，作家的價值取向雖然是呈悖論狀態，但是，對被工業文明和商業文明所拋棄的農耕文明的深刻眷戀，似乎成爲作家別無選擇的選擇，對被工業文明和商業文明欺壓的農民抱著深深的同情和憐憫，幾乎成爲作家寫作情感的宣泄。當鞠家父子離開喧囂的城市工地，踏上火車看到窗口農田景色時，他們的心境就會好起來：「田野的感覺簡直好極了，莊稼生長的氣息灌在風裏，香香的，濃濃的，軟軟的，每走一步，都有被摟抱的感覺。鞠廣大和鞠福生走在溝谷邊的小道上，十分的陶醉，莊稼的葉子不時地碰撞著他們的臉龐。鄉村的親切往往就由田野拉開幃幕，即使是冬天，地裏沒有莊稼和蚊蟲，那莊稼的枯稭，凍結在地壟上黑黑的洞穴，也會不時地晃進你的眼睛，向你報告著冬閒的消息。走在一處被苞米葉重圍的窄窄的小道上，父與子幾乎忘記了發生在他們生活中的不幸，迷失了他們回家的初衷，他們想，他們走在這裡爲哪樣，他們難道是在外的人衣錦還鄉？」不錯，城市是他者的，民工

〔註42〕孫惠芬：《心靈的道路無限長》，《小說選刊》2002 年第 4 期，第 5 頁。

只是鋼筋水泥森林裏的一個「闖入者」，一個「城市的異鄉客」、一個「陌生的僑寓者」、一個寄人籬下的棲居者，他們既是魂歸鄉里的遊子，又是都市裏的落魄者。但是，畢竟鞠廣大們也有夢想：「他走進了一個幻覺的世界，眼前的世界在一片繁忙中變成了一個建築工地，在這個工地上，他鞠廣大再也不是民工，而是管著民工的工長，是歐亮，是管著歐亮的工頭，是管著工頭的甲方老闆。」鞠廣大們會成為工頭，從而變成城裏人嗎？毫無疑問，這一夢想是每一個走進城市的淘金者的最終追求的人生目標。但是，這條道路絕不是鋪滿鮮花的康莊大道，而是一條沾滿了污穢和血的崎嶇小路。這篇小說是具有代表性的作品，反映出許多作家清晰的人道主義和人性的文化批判立場，無疑是值得讚揚的。但是，從價值理念來看，許多作家過份迷戀田園牧歌式的農耕文明秩序，過多地揭露城市文明的醜惡，多多少少就削弱了作品更有可能進入深層歷史內涵的可能性。

夏天敏的《接吻長安街》（《山花》2005 年第 1 期）幾乎是用嚴酷的現實主義的筆調去抒寫一個農民工的浪漫主義的理想──那個男主人公「我」是一個一心想做城裏人的民工，他有于連式的野心，但是卻沒有于連那樣的運氣；而女主人公卻是一個帶著強烈傳統倫理道德的民工，因此，在長安街接吻便成為兩種文明矛盾衝突的焦點，一個本不成問題的問題，不是事件的事件，卻成為一個重大悲劇，這就是文明轉型中農民必須付出的代價。而作者為什麼能夠把這個平淡寡味的故事鋪衍成為一個跌宕起伏的中篇呢？其中大量的心理描寫就直接表現了主題：「我嚮往城市，渴慕城市，熱愛城市，不要說北京是世界有數的大都市，就是我所在的雲南富源這個小縣城我也非常熱愛，當我從報刊雜誌上讀到一些厭倦城市、厭倦城裏的高樓大廈、厭倦水泥造就的建築，想返樸歸真，到農村去尋找牧歌似生活的文章時，我在心裏就恨得牙癢癢的，真想有機會當面吐他一臉的唾沫。」是的，那些後現代文化心態對於仍然生活在農耕文明水深火熱之中的農民來說確實是奢侈一些了，他們只能發出「我厭倦這詩意的生活」的強音！因為，解脫貧困才是他們的最大生存渴望，你不可能讓一個還沒有嘗到過現代資本主義工業文明的農耕者去享受後現代的精神麵包。所以，對一切城市文明的渴求成為農民工階層的理想：「我害怕被綁在家鄉的小山村裏，怕日出而作，日落而眠的生活，一想到頭伏在地上，屁股撅到天上在土裏刨食的日子，一想到要和泥脫土坯砌房把骨頭累折把腰累斷的日子，一想到一輩子就餵豬種地養娃娃，年紀不大，

就頭髮灰白腰杆佝僂臉上溝壑縱橫愁容滿面的日子，我心裏就害怕萬分，痛苦萬分。」溶入這個城市便成爲民工們的最高追求目標，他們不但要取得這個城市的肉體身份的確認，更重要的是還要取得這個城市的精神身份證，做一個從裏到外、徹頭徹尾的城裏人。因此，「我」才別出心裁地用到長安街接吻來證明自我在這個城市的存在！「我」的這個想法是蓄謀已久的，但是其目的性是非常清晰的：「想到長安街接吻這個念頭於我太強烈了，我知道這個想法不是空穴來風，多少年的城市情結使我想以城市的方式來生活。」毋庸置疑，「生活方式」對於農民工來說是非常重要的，因爲它才是檢驗城市人還是農村人的試金石，「生活方式」可以改變人，同時也能改變他者對你的身份認同，要使民工不再受城市人的歧視，「我」才從那些城市女人的白眼和咒罵中讀懂了這生活的眞諦，才想出了到長安街去接吻的妙招。這是一個農民工發自肺腑的心聲，也是「我」向城市宣戰的大膽行動計劃。否則「一個從農村來的人有什麼必要跑到長安街去接吻？接了吻又有什麼意義？接了吻又說明了什麼？這是荒誕而無聊的想法，但這個想法卻成了我最大的心病。」對於這樣一個在鄉下人看來是荒誕的想法，如果實施的對象是一個城市姑娘的話，那麼它只能是一個喜劇的結局，然而，「我」所面對的卻是一個在農耕文明中長大，而在城市文明裏又精神發育不全的村姑，那注定會是個悲劇。由於柳翠的拒絕，致使這個進軍城市的計劃一度落空，導致「我」成爲殘廢。其實「在工棚裏接吻和在廣場上在大街上沒有本質的不同。但我就是渴望著在長安街上接吻。在長安街接吻對於我意義非常重大，它對我精神上的提升起著直接的作用。城裏的人能在大街上接吻我爲什麼不能，它是一種精神上的挑戰，它能在心理上縮短我和城市的距離，儘管接吻之後並不能改變什麼，我依然是漂泊在城市的打工仔，仍然是居無定所，拿著很少的工錢，過著困頓而又沉重的生活，但我認定至少在精神上我與城市人是一致的了。」從這個意義上來說，作爲一個打工仔，他們不僅僅需要物質上的富足，更重要的是他們還需要獲得一個人的尊嚴，一個城市邊緣人起碼的精神權力！但是，悲劇的衝突和剝奪這個權力的動能不是城市的制約，而恰恰是來自農耕文明的倫理道德的壓力，來自柳翠冥頑不化的封建固執：「來自她的封閉、缺乏自信和不把自己當個人的想法，她把自己和城市的距離拉開，自覺地按鄉村的做法一切自己約束自己。她極大地傷害了我，她在我走向城市的路途中猛的給我一悶棒，打得我趔趔趄趄幾乎倒下。」這樣的打擊要比遭受城市的白眼

和咒罵還要悲哀，它沒有使「我」致命就算是幸運的了，當「我」從五樓的腳手架上摔下來成為殘廢的時候，才意識到「我的命運大概是永遠做一個城市的邊緣人，脫離了土地，失去了生存的根，而城市拒絕你，讓你永遠的漂泊著，像土裏的泥鰍為土鬆土，為它增長肥力，但永遠只能在土裏，不能浮出土層。」雖然作品給了我們一個光明的尾巴，讓柳翠配合「我」完成了在長安街接吻的壯舉：「我和柳翠在眾目睽睽之下，在車流奔馳之側，在期待盼望之中，熱烈而又真摯的親吻起來了。掌聲熱烈地響起來，掌聲不光來自簇擁我們來的民工，還來自所有圍觀的人。我的心被巨大的幸福所陶醉，我的靈魂輕輕地升到高空，在高空俯視北京。呵，北京真美。」這個浪漫主義的理想終於實現了！但是，我還是興奮不起來，因為我還不相信城市有這樣的包容性，我還不相信像柳翠這樣代表著千千萬萬農民工的農耕文明的倫理道德秩序就會在頃刻之間化為烏有，而一步踏進城市文明的門坎。因為民族的劣根性也還殘存在這個群體之中。永遠的鄉土和瞬間的城市，可能是農民難以進入城市的最後一道精神屏障，驅除這樣一種前現代農耕文明精神形態中的積弊應該是鄉土小說作家價值理念中必有的理性因素。

殘雪的《民工團》所描寫的民工生活也是悲慘的故事，但是，作家的落點仍然是對農民工群體中的那種相互告密的人性弱點進行揭露。不過，殘雪從此也開始介入現實生活的描寫，給出了農民工承受肉體的煎熬生活場景：那個工頭三點過五分就叫醒他們去扛二百多斤的水泥包，簡直就是個現代「周扒皮」的形象再生；民工掉進石灰池就回家等死；掉下腳手架就當場斃命，就像灰子叔叔一再賭咒發誓不再到城裏來打工，而來年又回到了這個群體當中那樣，生存決定了這條道路是他們的惟一選擇：「我要養活老婆孩子，如果不外出賺錢，在家鄉就只能常年過一種半饑不飽的生活。」更可悲的是他們還得人與人之間的傾軋。這一切是使他們成為「城市異鄉者」異化的原因——他們想成為殘廢者！那樣就不再受肉體和精神的煎熬了：「我現在成了殘廢人了，你們來羨慕我吧。我一天要暈過去好多次。」「我的話音剛一落，房裏的四個人就都嚷嚷起來，說他們『巴不得成殘廢人』、『巴不得暈過去』，那樣就可以躺下了，那是多麼好的事啊。」不幸的事變成了幸福的事，這究竟是農民工的幸事呢，還是不幸呢？我們在淚中看見了笑呢，還是在笑中看見了淚呢？！作品給出的最後問號應該是：農民如果恪守土地、恪守農耕文明的精神秩序，會不會「異化」呢？

　　同樣是描寫農民工的「異化」，荊永鳴卻是一個專寫農民工進城後所遭遇到文化尷尬的作家，他的系列作品所呈現的「尷尬中的堅守」正是作家對城市文化批判的折射，是對農民文化心理異化的深層揭示。他的《北京候鳥》（《人民文學》2003 年第 7 期）更是體現了「進入都市中的外地人，總比城裏人有著太多的阻隔，也有著太多的尷尬。」這是農耕文明與工業文明和商業文明之間產生的文化衝突：「我筆下的人物差不多都處在不同的尷尬裏──一個保姆精心侍侯一個癱瘓的男人，在終於『養活了』男人的一隻手時，這隻手卻要去摸她的羞處（《保姆》）──是尷尬；賣燒餅的小夥子用刀子嚇跑了撒野的城裏人，事後自己的手卻老是抽筋兒（《抽筋兒》）──是尷尬；一個餐館裏的夥計在警察『查證』時，被嚇尿了褲子之後才意識到自己證件俱全（《有病》）──是尷尬；本篇中（《北京候鳥》）的來泰在城市的雨夜中找不到自己賴以棲身的居所，也是尷尬。如此說來，『尷尬』是不是已經不知不覺地成為我小說裏的一種符號呢？」〔註 43〕不要指望農民工為城市創造了財富和新的生活，就會贏得城市和城市人的青睞，嚴酷的市場經濟準則不是以農耕文明的道德法則行事的，如果荊永鳴的系列小說還停留在對文化尷尬的無奈和怨恨之中的話，那麼，更多的小說則是用血和淚來控訴城市文明給這群候鳥帶來的肉體與靈魂的雙重痛苦。

　　鄉土的富裕是要農民付出沉重的肉體代價的，何況即便付出了沉重的代價也未必就能夠富裕起來。正如陳應松在《歸來‧人瑞》（《上海文學》2005 年第 1 期）中描述的農民工工傷死後那樣的情形：「擺脫貧困，總是要一代人作出犧牲的。」「桃花峪有二十幾個妮子長梅瘡，就是梅毒，沒了生育，可人家樓房都做起來了，富裕村哪，哪像咱們這兒！後山樟樹坪窮，可去年死了八個，挖煤的，瓦斯爆炸，一下子竟把全村人均收入提高了一千多塊，為啥，山西那邊礦上賠的麼？要奮鬥就會有犧牲」這種理念也正在滲透著一些過去沉湎於農耕文明而難以自拔的一些鄉土小說作家當中，賈平凹也深刻地認識到：「農村城市化是社會轉型期的必然現象，犧牲有兩輩人的利益也是必然的。農民永遠是很辛苦的，是需要極大的關懷群體和階層。」〔註 44〕但是，如何處理好關懷與批判的關係，的確是每一個鄉土小說作家值得深思的問題。

〔註43〕荊永鳴：《在尷尬中堅守》，《小說選刊》2003 年第 9 期，第 5 頁。

〔註44〕《賈平凹答復旦學子問》，《文學報》第 1590 期，2005 年 3 月 31 日，第 1 版。

　　可以看出，對農民出走所付出的血的代價，已經成爲作家們所關注的普遍問題，尤其是農村的女青年在進入城市後的命運成爲鄉土小說作家們關注的焦點，因爲她們不僅是構築故事的最佳方式，同時又是透視鄉土與城市的最好視角。在吳玄的《髮廊》（《花城》2002 年第 5 期）中，我們看到了這樣的一種敘述：「我走進髮廊街，就像回到了故鄉。這感覺其實有問題。我的故鄉西地，事實上，比髮廊街差遠了，它離這兒很遠，在大山裏面，它現在的樣子相當破敗，彷彿掛在山上的一個廢棄的鳥巢。我的鄉親姐妹們在那個破巢裏養到十四、十五歲，便飛到城市裏覓食，她們就像候鳥，一年回家一次，就是過年那幾天。本來，西地和髮廊毫無關係，就我所知，西地世世代代只出產農夫、農婦、木匠、篾匠、石匠、鐵匠、油漆匠，教師匠也有的，甚至有巫師和陰陽先生，但沒有聽說過髮廊和按摩，西地成爲一個髮廊專業村，是從曉秋開始的，歷史總喜歡把神聖的使命交給一些最卑賤的人，幾年前，那個一點也不起眼的小姑娘曉秋，不經意間就完全改寫了西地的歷史。」「髮廊改變了我妹妹的命運，乃至全村所有女性的命運。通過髮廊，女人可以賺錢，而且比男人賺得多，我妹妹一個月寄回家的錢，就比我父親一年勞作賺得還多。後來，村裏凡有女兒的，日子過得大多不錯。從此，村人再也沒有理由重男輕女，反而是不重生男重生女了。還有一個近乎笑話的眞實故事，村裏的一個婦女，突然傷心的痛哭，村人問她什麼事這般傷心，那婦女傷心地說，她想起十五年前一生下來就被扔進尿桶淹死的女兒了，當時若不淹死，她現在也可以去髮廊裏當工人，替家裏賺錢了。」是的，髮廊生意不但改變了鄉土的生存觀念，而且改變了幾千年來農耕文明依靠兒子傳宗接代、延續農耕神話的生育觀念。從這個意義上來說，從黃土地裏走出去的一代青年婦女用她們的血肉之軀作代價，爲中國鄉土社會邁向工業化和城市化的原始積累做出了犧牲和貢獻。如果從農耕文明的倫理道德來衡量她們的行爲，無疑是不齒的。但是，從她們別無選擇的人生選擇來看，她們在無形中又對封建主義的倫理道德觀念進行了毀滅性的顚覆，儘管它是以一種過激的、醜陋的方式呈現，但是，它的殺傷力卻是巨大的。這是鄉土的幸還是不幸呢？歷史的進步往往是需要醜與惡作爲槓杆的，任何一種文明在歷史的進程中總是有其雙重性的效應，這就是歷史送給文明的禮物。所以，當農民工們在接受這份沉重的禮物時，應該保持什麼樣的價值理念呢？這正是鄉土小說作家們需要正視的問題。

劉繼明的《送你一束紅花草》（《上海文學》2004 年第 12 期）中美麗的姑娘櫻桃就是用自己的色相為貧困的鄉村之家建起了拔地而起的樓房，「這幢樓房算得上是全村最氣派的房子了，村裏在外面做事的人那麼多，有幾個像櫻桃姐這樣有本事寄錢回來，讓家人住上樓房的呢？」可是，這貧困的鄉村能夠接納她這個從都市裏面走回來的遊子嗎？答案卻是否定的。如其說她是死於假藥的治療，還不如說她是死於鄉親們的冷眼和閒言。她愛家鄉的一草一木，尤其是那些隨意開放的紅花草，但是家鄉愛她嗎？她是在悲憤和郁郁中死去的。然而，櫻桃姐最喜愛唱的那首著名的外國民歌《紅河谷》的旋律卻始終縈繞在鄉間河畔，沁入人們乾涸的心田。從這如詩的旋律中，我們不僅聽到了櫻桃姐們的哭泣，而且也看到了這樣一個嚴峻的事實：當櫻桃姐們走出這片黃土地時，她們還能魂歸故里嗎？其實她們走的是一條不歸之路。「人們說你就要離開村莊，我們將懷念你的微笑……」人們懷念的是櫻桃姐們的微笑呢，還是懷念她們為家鄉所增添的物質財富？難怪櫻桃姐每每唱到這首歌的時候都是滿含熱淚——那可是城市異鄉者眷戀家鄉而被拋棄的至痛至苦！這很能使人聯想起那部曾在 80 年代初引起過巨大反響的日本影片《望鄉》，在金錢與倫理道德的天平上，人們總是毫不猶豫地選擇了前者；而在淳樸的鄉情親情與倫理道德的天平上，人們又總是毫不猶豫地選擇了後者。人們就是在這樣的悖論與怪圈中完成利益和意識形態選擇的，誰又能去體驗這一出賣肉體和色相群體的內心世界呢？當然，她們內心世界的痛苦也並不僅僅就是倫理道德帶來的壓力，更多的還是她們不再被那塊曾經養育過的鄉土所認同，她們成為隨風飄蕩的無根浮萍，肉體毀滅的悲劇只是表層的，她們最在意的是靈魂的家園被毀滅！作家所展現出的從農耕文明向城市文明轉型時的那種精神的陣痛是值得人們深思的。

保姆題材是近些年來的熱點，而項小米的《二的》（《人民文學》2005 年第 3 期）卻是翹楚之作，這不僅體現在輕盈的文體中所透露出來的作家的厚重人文關懷，而且也體現於作家在城鄉二元視角中穿行時所表現出的那種嚴肅的價值批判立場，讀後令人感動不已。從表層結構而言，我們完全可以將這個中篇當作一篇反抗壓迫和人性覺醒的作品來看。但是，從那個不是主角的主角人物二的死魂靈中，我們看到的是保姆滿目的心靈瘡痍——對鄉土性別歧視的反抗使她走進了城市，而城市的奸詐和隔膜又使她絕望。我們的主人公小白就是在這樣的悖論循環中，從一個夢想成為一個城市的女主人而變

成一個城市的流浪者的。小說描述小白的心靈歷程是很清晰的：開始對主婦單自雪的歧視是「瞧不上就瞧不上，咱鄉下人到城裏就是來掙錢的，不指望你順帶還讓你瞧上。咱出力，你給錢，就這麼簡單。但你不能侮辱咱，咱也是有人格的。」到後來「單自雪教會了她如何從一個村姑逐步成為一個都市人。小白進入城市生活的一切細節都是從這個家庭開始的，在這裡得到改造，淬火，蛻皮。」再後來，「小白就漸漸看懂了城裏人的表情。」但是，她很清楚她不是這個城市的主人：「這棟二百平米的複式樓層，這個有著沙拉娜大理石地面，有著鋼琴、電腦、等離子電視的城裏人的家，遠遠比不上她和二的共同嬉戲的那個山窪。在山窪裏，小白是主人，而在這裡，她不是。」但是，她難道就不想做城市的主人，做這個家庭的主人嗎？答案顯然是否定的。當她和主人一家到三亞亞龍灣的凱萊大酒店旅遊度假時，她的野心就是隨著城鄉和貧富的巨大落差而悄悄發生了變化：「睡上一個晚上的覺，就夠一個鄉下孩子交五年的學費了。小白突然感覺，她從來沒有像今天這樣覺得命運對自己是如此的不公平！」這也可以看作是她和男主人聶凱旋那段因緣最初的思想萌芽吧。作者沒有簡單地處理一個鄉下小保姆與城裏大律師之間的愛情孽緣，而是又一遍重溫了一個「城市姑娘」的「鴛蝴夢」，抑或是「灰姑娘」的城市夢。我們不能把她和聶凱旋的做愛看成是《雷雨》裏的保姆與主人始亂終棄的愛情模式，而把作品的意向簡單地引向反封建和階級論的主題。因為小白不僅僅在這個偷情的過程中品嘗著鄉土社會生活中從來不會出現過的「城市愛情」的甜蜜，雖然男主人聶凱旋還有些虛偽；更重要的是，小白天真地認為，通過聶凱旋死亡的婚姻，她看到做一個城裏人的希望了。「小白曾經無數次想像過她將會以何種方式抵達這個時刻，那一定是漫長和奇妙無比的。她盡自己少女的經驗幻想過無數可能，唯獨沒有想像過她未曾經歷任何風景就進入了最後的驛站。」無疑，那種初次的性快感使她忘乎所以，但更為重要的是：「自己的命運也許從此就改變了。」「單自雪和聶凱旋的夫妻運明擺著到頭了。離婚後聶凱旋的再娶，不就是順理成章的了嗎？自己從此就可以永遠逃離沒有暖氣、沒有熱水的噩夢般的老家，永遠不必違心地去和什麼狗剩或者國豆搭幫過日子，去為他們一個接一個地生兒，而是鯉魚躍龍門一樣，從此過上體面的城裏人的生活。關鍵是，這樣的一個結局，本來並不需要自己付出什麼，不需要付出鮮血、生命、苦役，甚至，不需要付出尊嚴，便可以體體面面得到這一切。要知道，多少女孩子為了過上這種生活，只能

去做二奶，爲了幾個錢像活在地洞裏的耗子一樣永無出頭之日，可就這樣的日子還被多少人羨慕哪！」但是，生活是無情的，當這個「城市姑娘」的美夢還沒有做到一半時就被嚴酷的現實粉碎了。聶凱旋對單自雪一句輕曼的解釋就足以把小白愛情和「入城」的理想擊倒：「我認爲她不過是在抒發自己對都市生活的種種感受，就像報紙上常說的那樣，一種『都市症候群』，不過如此而已」。也正如單自雪所言：「一個結過婚的男人的諾言，基本等同於謊言；相信男人的謊言最後受盡傷害，那不是男人的問題，是女人的問題。」對於一個遊走在都市裏的邊緣人，尤其是一個來自於鄉下的女人，如果對生活和愛情的期望值太高，她的命運就會愈加悲慘。小白想走進那個愛情的「圍城」，再通過婚姻的「入城」儀式，走進這個城市的紅地毯，可是，她與單自雪較量的失敗，正是她永遠不能理解的奧秘——即使沒有單自雪的存在，聶凱旋也不會娶她，因爲他和她在本質上不是一類人，在聶凱旋來說，那只是一場性遊戲而已，可憐小白卻沒有意識到鄉下的她與城裏的他原本就不是生活在同一精神空間之中的，他們之間沒有身份認同感，才是造成悲劇的眞正原因。作者在小說結尾雖然給小白的人性抹上了最後一道光彩，但還是遮掩不住一個幽靈遊蕩在這都市的上空而無所皈依的悲劇命運。就像鬼子在《瓦城上空的麥田》裏所描寫的那個遊走在都市裏的幽靈似的無名身份人物那樣，他（她）們已然是既被鄉村拋棄，又遭城市排斥的一群沒有命名的孤魂野鬼！鄉村給了他們低賤的身份，又不能給他們富足的物質；城市給了他們低廉的財富，卻又不能給他們證明身份的「綠卡」。可是誰又能夠發給他們一張「靈魂通行證」呢！〔註45〕這部小說是以批判農耕文明的男權意識開始，轉而又把批判的鋒芒指向城市文明的冷酷，無疑是很有深度的。然而，作家過份的美化小白的心靈，似乎缺少了一點文化批判的自省，阻礙了作品向更深層面的挖掘。

如果說小白沒能夠通過婚姻實現自己的城市之夢的話，那麼，邵麗的《明惠的聖誕》（《十月》2004 年第 6 期）中的明惠卻是在成爲一個城市主婦後遭到精神毀滅的典型人物。作品幾乎是用略帶淡淡惆悵的細膩筆調勾畫出了一個「城市灰姑娘」似的人物。可是我們在主人公走向死亡的最後時刻，看到的是肉體上已經成爲城裏人，而精神與靈魂還不能被城市文明所包容的悲劇下場！明惠自從走出鄉土以後，就抱著做一個城裏人的理想而奮鬥。爲了掙

〔註45〕 參見丁帆：《論近期小說中鄉土與都市的精神蛻變》，《文學評論》，2003 年第
　　　　 3 期。

更多的金錢，她終於更名「圓圓」做了妓女，但是，她掙錢的目的卻不是單純為了寄回鄉下炫耀，而實現自己在鄉間的自我人生的價值。她的理想是遠大的，充滿著高傲，也充滿著野心：「圓圓想，我要比徐二翠更有出息，我要把我的孩子生在城裏！我要他們做城裏人，我圓圓要做城裏人的媽！」好一個「城裏人的媽！」這正是每一個鄉下少女進城以後的玫瑰之夢，當圓圓投入離了婚的副局長李羊群的懷抱中，整天過著奢侈悠閒、無所事事的生活，滿以為自己就是一個地地道道的城裏人時，一場聖誕節聚會讓這個真實的肖明惠真切地體會到自己的邊緣地位，她其實並不屬於這個城市，並不屬於這個文化圈中的人，而那些舉止文雅的女人才是這個城市裏的真正主人，這個城市客廳裏並沒有那個鄉下少女明惠（抑或城市別名為「圓圓」的妓女）的座位！這就使我想起了莫泊桑筆下的《羊脂球》，那個遭受貴族世界冷眼的妓女。同時，更使我想起了恩格斯在給《城市姑娘》作者瑪・哈克奈斯的那封著名的信件，多少年來，我始終沒有弄清楚的問題是，恩格斯只提出了「典型環境中的典型性格」問題，而為什麼沒有指出作者在塑造人物時那個「城市姑娘」美夢破滅的原由所在呢？同樣，在《明惠的聖誕》中，明惠看到的圖景和瑪・哈克奈斯所描寫的場景是有異曲同工之妙的：「女士們是那麼的優越、放肆而又尊貴。她們有胖有瘦，有高有低，有黑有白。但她們無一例外地充滿自信，而自信讓她們漂亮和霸道。她們開心恣肆地說笑，她們是在自己的城市裏啊！她圓圓哪裏能與她們這個圈子裏的人交道？圓圓是圓圓，圓圓永遠都成不了他們中的任何一個！」就像那個渴望做一個真正的「城市姑娘」的女主人公那樣，當她一旦看到那個欺騙了她的感情的男人正和和睦睦與妻子孩兒歡笑之時，她的悲劇命運就來臨了。同樣，導致明惠自殺的根本原因就是她的希望的破滅，這個破滅不是肉體的，而是屬於精神的！它不是李羊群們所能拯救的，也不是明惠們可以自救的，更不是社會與道德，乃至於宗教可以救贖的人的靈魂歸屬問題。從這個意義上來說，作者給出的生活圖景是有文化批判意味的。

　　尋覓精神的歸屬已經成為一批鄉土小說作家自覺追求的主題目標，在這一點上，我寧願將王梓夫的《死謎》（《北京文學》2000 年第 12 期）看成是一篇尋找靈魂故鄉的詩章，也不把它當作一部「反腐題材」作品來看。小說中的主人公李小毛通過機緣和自己的努力，終於成為一個體面的城裏人，包括把未婚妻和師父接進了城裏，儼然是一個城市中的佼佼者。但是，他從骨子

裏都是一個用農耕文明的傳統眼光來看一切事物的，正因爲他的靈魂歸屬永遠是鄉土的，才造成了他最後的悲劇。李小毛在農耕文明和城市文明思維觀念的衝突和兩難中選擇了死亡，就是因爲一面是恩重如山的寧副縣長以「重義輕利」的農耕文明理念賦予的施捨，一面是腐化墮落的城市文明現實。作爲一個鄉下人，他既不能違背的是禮教中的信義；又不能冒犯的是道德的天條。就像他既不能逃脫肉欲的海拉爾的性誘惑，又感到對不起未婚妻菊花一樣，罪感是在倫理道德層面的兩難境地中生成的。李小毛從鄉下人成爲城裏人可謂質的變化，因爲他知道：「在農民眼睛裏，人只分兩類：一類是城裏人，一類是鄉下人。鄉下人生活在地上，城裏人生活在天堂。鄉下人看城裏人，得伸著脖子仰著臉。要是能從鄉下人熬上城裏人，那可是屎殼郎變知了——一步登天了。爲達到這個目的，有多少如花似玉的姑娘降價下嫁給城裏的二流子懶漢？有多少人爲了個農轉非的指標傾家蕩產低三下四？」那麼，成爲城裏人的李小毛爲什麼沒有進入城裏人的生活方式和精神世界中去呢？這是因爲鄉土的農耕文化印記已經滲透到了李小毛們的靈魂當中去了。就像李佩甫在《送你一朵苦楝花》裏所形容的鄉下男人永也洗不掉身上的特有氣味那樣：「他知道他洗不淨，這氣味來自養育他的鄉村和田野，已深深地浸入血液之中。城市女人是城市的當然管理者，每一個從鄉下走入城市的男人都必須服從城市女人的管理，服從意味著清洗，清洗意味著失去，徹底的清洗意味著徹底的失去。」但是，這種清洗不是一代人就可以完成的，他（她）如果是從鄉下進城的，那麼，他（她）就必須背負著這個農民身份的沉重十字架。儘管「城裏的月亮」給了農民無窮的想像空間：「城市在我們眼裏就是堆滿黃金的地方，城市在我們眼裏就是美女如雲的地方，城市就是金錢和美女伸手可及的地方。」（墨白：《事實眞相》）但是，在絕大多數作家的筆下流露出來的卻是無盡的苦難意識。從這些大量「進城」的鄉土小說創作中，我們看到的是作家過多的同情和憐憫，而在尋覓靈魂的皈依中缺少了一些更深刻的思索。那麼，當農民在無所皈依的情況下又會做出什麼樣的「壯舉」呢？王祥夫的《管道》（《鍾山》2005 年第 1 期）似乎想回答這個問題，作品中的主人公「管道覺著自己總有那麼一天也會住到城裏來，娶一個城裏姑娘在城裏過安逸日子，用他的話來說就是找一個城裏姑娘來日！管道他媽就說管道心太大，說一個鄉下人有那麼大的心思不會有什麼好處。這簡直就讓管道痛苦，同時又讓管道覺出了某種孤獨」。帶著這樣的心境來到城市，「一沒上過學，

二又沒個親戚在城裏。」管道能夠幹什麼呢？他只能在這個城市裏遊蕩，當他被妓女和雞頭欺騙毆打時，只會重複：「別惹我！誰也別惹我！」他把這個城市當作敵人，就像堂詰珂德與風車作戰那樣，他以一個鄉下人的邏輯去思考問題：「管道想過了，自己的錢既然是城裏女人拿走的，那最好還是讓這個城裏的女人把錢退還給自己。」所以，他才鋌而走險，不分對象地拿刀去對無辜的城市女人實施搶劫。他對城市的仇恨不是簡單的一個被侮辱和被損害的進城農民形象就可以詮釋的，我們在這場搶劫的背後，更要看清楚的是在農業文明與工業文明的交戰中，那些處於社會底層的弱勢群體在肉體和精神的夾縫中無所適從的失重心理狀態，以及靈魂沒有棲居的痛苦。

　　同樣，在阿寧的《災星》（《時代文學》2005 年第 2 期）中，當農民工福亮因為在「非典」時期染上了肺炎後，既怕被政府抓走，又怕自己的病感染給家人，於是就遊走在城市和鄉村之間。作者巧妙地運用了這種典型環境，給出了一個肉體和靈魂都無家可歸的農民工的悲慘生活結局。老實無言的福亮滿以為憑著自己一身的力氣就可以混跡於城市，為自己構築一個美麗的鄉土田園之夢：「他看見在遼闊的壩上草原上，一座漂亮的住宅建了起來。六間大瓦房，東西一邊兩間廂房，一個大院子。院子是用土坯壘起來的，用麥稭和成的泥土抹得平平整整，院門高大、寬敞。草原的藍天像透明似的，白雲棉絮般鋪展開，陽光下的紅瓦屋頂發出漂亮的紅光。」作為一個農民工的家園夢想，其實也並不難以實現，可是，上天不再給他機會了。整個故事的構成圍繞著福亮的命運而展開，作家把這個人物劈成了兩半，一半歸屬於城市，一半歸屬於鄉村。就像他的兩個女人一樣：月餅象徵著肉欲的城市；紅菱象徵著靈性的鄉土。「如果紅菱是他的愛，月餅就是他的欲望。」但是，欲望化的城市即使能夠給福亮帶來一些金錢，但是它對於農民工來說永遠是有一道天然的心理屏障的，只有鄉土才是他們惟一可以依靠的家園：「鄉間的一切在他眼裏是親切的。土道上散落的馬糞，草灘裏突然竄出的野兔，都會勾起他的鄉情。」「內地的空氣裏流淌著麥子生長的氣息，這裡是剛剛翻開的土壤的清香。田頭的一兩棵歪脖子樹，才剛剛抽出綠色的嫩葉，在他看來卻是更有春意了。」死也要死在家鄉，葉落歸根可能是農民工這一群體遵循農耕文明生死觀的行為準則，可能也是人類共通的人性中歸家情結的顯現。福亮費了千辛萬苦走近了家鄉：「路邊的樹下有塊石頭，他順著石頭坐下靠在樹上。畢竟是家鄉的樹，靠著就像靠在親人懷裏，不一會就似睡非睡了。」對於生他

養他的鄉土出生地而言，再貧窮再衰敗，也是有親和力的；而對於那個謀生的城市而言，再富足再豪華，也是陌生的。家鄉是農民工的靈魂棲居地，如果失去了，那就是孤魂野鬼，這才是農民工們的真正悲劇。無疑，家和鄉是聯繫在一起的，然而，這個名詞卻帶有濃厚的農耕文明色彩，因為農民的家是建立在鄉土之上的，如今，農民已經開始了大規模的遷徙，向著城市進軍！也許這一兩代農民魂歸故里的文化遺傳基因是難以消除的，但是他們的下一代是否還有鄉土情結呢？

就像美國的許多鄉土文學是建立在移民文學之上一樣，中國目前的鄉土文學在很大一塊被這些向城市進軍的「鄉土移民」的現實生存狀況所佔據，我們沒有理由不去關注和研究反映這一龐大「候鳥群」生活的文學存在。然而，從眾多的反映這一群體生活的作品來看，我們的作家僅僅站在感性的人性和人道的價值立場上，自上而下地去同情和憐憫農民工群體是遠遠不夠的，還缺乏那種強烈的文化批判意識，那種歐洲十九世紀批判現實主義作家清晰的理性批判眼光和鋒芒。更重要的還是需要鄉土小說作家們在農耕文明與城市文明的交戰中，用歷史的、辯證的理性思考去觀察一切人和事，才不至於陷入文化悖論的兩難選擇的怪圈之中不能自拔。因此，強化作品思辯理性的鈣質才是這類作品的急待解決的問題，而要做到這點，就要在提高作家人文意識的基礎上加強他們對歷史和社會的宏觀理性認識。是的，僅僅批判是不夠的，我們的鄉土小說作家還缺乏那種對三種文明形態的辯證認知，所以在鄉土小說的創作中還罕見那種超越感性層面、具有人類社會進步意識的深刻之作。我們期待這樣的作品出現。

第五節　論近期小說中鄉土與都市的精神蛻變

90 年代以來，隨著文學作品數量倍增，有許多作品遺漏在我們的視野之外。但就鄉土小說而言，在大量反映現實生活的作品中，它卻成為一個薄弱環節。有些評論家在 80 年代就曾預言：現代工業化的發展將使鄉土小說前景黯淡。這種悲觀心理一直左右著鄉土小說創作和研究。但是，讀了閻連科的《黑豬毛白豬毛》（原刊於《廣州文藝》2002 年第 10 期）和鬼子的《瓦城上空的麥田》（原刊於《人民文學》2002 年第 10 期）這兩篇小說後，我對鄉土小說創作的前景有了新的認識。

魯迅塑造的阿 Q 形象給 20 世紀的中國精神史提供了豐富的內涵。近 90

年過去了，阿 Q 在中國沒有死去，他作爲前現代農業社會的人性特徵依然存在。但是，阿 Q 的性格內容在歷史進程中的延伸與擴展卻沒有得到應有的凸顯——作爲承載文化意蘊的文學符號，他的精神內涵在這個越來越物質化的時代已經發生了裂變！對此，作家的哲學洞見和體察生活的藝術感悟力，是創造具有時代意義的人物形象的關鍵所在。而閻連科試圖以《黑豬毛白豬毛》這部短篇去揭示時代的歷史內容，其中一種近似黑色幽默的筆法所構成的反諷，使我們在有關人性的描寫中尋覓鄉村社會生活的癥結所在。

21 世紀的中國與 90 年前的五四時代已不可同日而語，在現代社會形態滲透於鄉土生活的時候，以官本位爲核心的鄉土宗法勢力卻仍有市場。閻連科在農村的日常生活裏，敏銳地捕捉到了時代巨變中那未變的部分，用一個變形故事作載體，再現了現代知識分子的啓蒙傳統，用黑色幽默的筆觸又一次掀起了「魯迅風」。但這決不是簡單的話語重複。當作品的人物已經變成比阿 Q 還要麻木，還要悲哀，還要可憐，還要不爭，還要不幸的「蟲豸」時，人們還能保持那份寫作的矜持與閱讀的瀟灑嗎？還能沉潛於純客觀的「零度情感」的冷漠遊戲之中嗎？

劉根寶這個生活在最底層的農民爲了家族延續，也爲生存的最基本的需求可以捨棄一切，因爲「實在說，沒人欺負根寶一家，可就是因爲他家單門獨院，沒有家族，沒有親戚，竟就讓根寶娶不上一門媳婦來」。爲了讓自己滿足做一回男人的自然本能的最低欲求，他所夢寐以求的就是爲酒後駕車軋死人的鎮長去坐牢！爲爭得這份「榮耀」，劉根寶在四人角逐中可以犧牲人的一切尊嚴，他在柱子面前的最後一跪，如其說是人向物質世界的臣服，毋寧說是一個新世紀的農民在向傳統的宗法勢力告饒。

門一開，根寶就撲通一下跪在柱子面前。

柱子忙朝後退一步，說，根寶，你要幹啥？你這是幹啥？

根寶說，柱子哥，你讓我去替鎮長蹲監吧，你好歹成過一次家，

知道做男人是啥滋味哩，可我根寶立馬就是三十歲，還不知道當男

人到底是啥味兒。

如果說阿 Q 的坐牢與被殺還是有著被壓迫者的無奈的話，那麼，根寶們的主動卻是對這個時代人性與人的尊嚴的命題提出的詰問和挑戰。21 世紀廣袤的鄉土社群裏還有阿 Q 的子孫，更令人悲哀的是這樣的子孫不是個別的，而普遍生活在貧困者之中。作品描寫去替鎮長坐牢就像辦大喜事一樣：

村裏是許多年月都沒有這樣送行的喜慶繁鬧了，就是偶而哪年誰家的孩娃入伍也沒有這麼張揚過，排場過，可今兒的根寶竟得著了這份排場和張揚。他心滿意足地朝村口走動著，到飯場那兒立下來，揚著手，連聲說著都回吧，回去吧，我去蹲監，又不是當兵。

然而無論他如何地解釋著說，人們還是不肯立住送他的腳。

讀到這裡，我們笑不起來，而辛酸背後的是徹骨的淒涼，是同情與憐憫的悲劇情感。鄉親們此時的情感是複雜的，但更多的是以為他們把根寶送進「天堂」——為鎮長坐牢獄而換取基本的生存權利，也尋覓到了做人的「尊嚴」，似乎從根寶的身上也看到自己的希望所在！如大夥說的：「根寶兄弟，奔前程了，千萬別忘了你哥啊。」正是這言行背後的黑色幽默味道，使我們於無聲處聽到了鄉土社會中精神異化的一聲驚雷！

然而，與「哀其不幸，怒其不爭」的五四鄉土小說的思想命題相比，與那種自上而下的知識分子視角相比，在閻連科這部同是有著強烈批判鋒芒的作品中，更深植了一種感同身受的悲憫，因而具有了一種超越具體時空的人性內容！

和許多同類作品相比較，也和閻連科以前的作品相比較，這部作品除了謀篇佈局中表現出的構思精巧外，我以為最能打動人的就是作者在不動聲色的冷峻敘述下所抒發出的對底層農民的人性關懷。如果拿這篇作品與《吶喊》的敘述風格及主題相比較，可以清晰地看出一個事實——魯迅尖銳、憤懣和哀惋的敘述風格，在閻連科的筆下逐漸化為以同情與憐憫為主調、以尖刻批判為輔調。這在一定程度上也反映出作者的寫作傾向，即在當今社會環境下，對於人性的關注光靠尖銳的批判與鞭撻還不夠；喚醒人性，使之成為民族性格的自覺，更要靠悲劇的力量來拯救靈魂的墮落，激烈的批判則是輔助性手段。這反映了閻連科小說的審美選擇。

作為短篇小說，除了筆墨的經濟外，那就是鄉土小說的風致所在——風俗畫、風景畫、風情畫的描寫：李屠戶的殺豬場景，村頭飯場上的生活素描，夜半抓鬮的情景，月夜與東鄰嫂子相親的談話，全體鄉親的送行場面……均構成了一幅幅有著濃烈鄉土氣息的畫面，為那個荒誕的黑色幽默故事作了十分殷實的鋪陳。

風景畫是中外所有經典小說的描寫精華所在，但是隨著都市欲望描寫的漫溢，風景畫描寫逐漸被直接的感官描寫所取代。這些直接影響到鄉土小說描寫特徵的「去風景」表現，這是對小說，尤其是鄉土小說傳統美學的顛覆

和挑戰。但可喜的是閻連科對恢復和改造鄉土風景畫描寫進行了新的探索。在這篇小說中,風景畫的描寫已不再是以傳統的分段方式將畫面與人物和人物心理分割開來了,而是將風景、場景,人物、人物心理融爲一體,具有了一種心理風景的意味。例如文章開頭的描寫就很有特點:

> 春天本該是春天的味道,如花的草的,藍藍淺淺的,悠忽地飄散。或者,綠綠的,濃濃的,鬱香兒撲鼻,似這深巷裏的酒呢。可是,落日時分,吳家坡人卻聞到一股血味,紅紅淋淋,腥濃著,從梁道上飄散下來,紫褐色,一團一團,像一片春日綠林裏夾裹著幾顆秋季的柿樹哩。誰說,你們聞,啥味兒?把夜飯端到村口飯場吃著的人們,便都在半空凝住手中的飯碗,抬起頭,吸著鼻子,也就一股腦兒,聞到了那股血味。

用通感的藝術手段來描寫景、物、人,這本身就使作品具有一種現代小說的品質,而且作者對美麗的春天的著色是獨特的,在淺淺的、淡淡的綠色中,作者染上了濃濃而耀眼的紅色,使其抹上了一層濃厚的主觀色彩,而這色彩給人的心理直覺卻是充滿著血腥味的。這就暗示出了這篇作品的基調——在沒有殺戮的悲劇中,仍舊能夠聞到血腥味:在平淡的描寫中,見出激越的吶喊;在無奇的色差中,看到靈魂的顫慄——那才是精神悲劇的深刻之處!

　　90年代雖有大量的農民進城的題材出現,但是,作家多是寫出了兩種文明衝突下生活在底層農民的生存痛苦與精神兩難,寫出了他們作爲都市「邊緣人」的憤怒和作爲鄉村「局外人」的尷尬,而沒有眞正地寫出他們靈魂深處「自我」精神家園的悲劇性失落。我以爲,90年代有一些很值得一看的鄉土小說,像《鄉村情感》《走過鄉村》《雇工歌謠》等,它們確實將筆觸深入到了社會的痛處,尤其是像《雇工歌謠》那種也是具有黑色幽默意味的鄉土佳作,可以稱之爲90年代鄉土小說創作的高峰。但是,對於鄉土個體靈魂在兩種文明擠壓下,「自我」異化與迷失的「現代性」病竈在那些作品中沒有得以確診。近年來這類題材又有所涉及,然而,作品所描寫的人物卻只有生存的痛苦與艱難,而少有生活在最底層的苦難者、孤獨者和絕望者的靈魂悲號。《瓦城上空的麥田》卻將聚焦對準這一層人物的生活狀態,放大了他們變形的靈魂,以及對這個世界的叩問!鬼子的創作終於從追求空洞的技術層面上回到了對人性的關注。同樣是用近於黑色幽默的藝術手法來表現荒誕,但是,作品寫出了鄉土社會遷徙者與都市文化發生碰撞時靈魂世界的至深悲劇。

　　李四是什麼？李四就是漂遊在城市上空的「死魂靈」！他們想融入這個高度物質文明的「現代的」或「後現代的」都市裏去，成為安裝在這龐然大物中的一顆小小的齒輪與螺絲釘。但是，這個被物質所麻木了的城市卻永遠拒絕了他們。作者給李四安排的第一次「錯死」還具有喜劇效果，但主人公最後的自殺使人毛骨悚然。因為第一次「錯死」，李四們真正看清了這個城市是拒絕親情、友情和愛情的，尤其是傳統的「鄉村情感」只能遭到嘲笑、謾罵與拒斥。其實，比阿 Q 還要阿 Q 的李四至死也沒有弄明白他的三個兒女為什麼拒絕親情。道理很簡單，李四的身份證丟了，他在這個城市裏已經沒有了證明自己的身份依據。作者用這個象徵性的「道具」，為李四開出了「死魂靈」的「身份證」！作為城市的「邊緣人」，李四企圖在物質化的城市裏找回屬於他的那份「鄉村情感」，而現實生活卻給他以致命的打擊。

　　主人公李四用一生心血培養自己的三個子女成為城市人，但就是為了向子女討一份自己六十大壽的生日情感，他闖入城市，卻丟失了「自我」，釀就了那個「歷史的必然悲劇」！如果說那個撿垃圾的「我父親」的死還有其偶然性的話，那麼李四的死卻是必然的。他在這個城市裏是找不到自己的生活位置的，他的思想、觀念以及行為方式都與城市的規範格格不入，「自我」得不到確認，便成為城市的「多餘人」！小說一步步將李四推向了城市的懸崖。當李四當街高聲唾罵他的三個子女的時候，「街上的行人都被他的罵聲嚇住了，都以為可能是個瘋子，也可能是個被拋棄的老人，都遠遠地閃開了」。其實，明眼人都可以看出小說的潛臺詞：是李四瘋了？還是這個城市瘋了？抑或是這個時代瘋了？！李四的悲劇就在於不甘心失敗，而一次又一次地想喚醒子女的情感記憶，事實證明那種記憶只是一種形式，一種不能走進生活，尤其無法走進人的內心生活的擺設而已。這就是物質化城市的病根所在！人與人的隔膜，我們在大量的外國現代派作品中司空見慣了，而在中國的鄉土小說裏得以如此深刻的表現，還是不多見的。

　　李四的悲劇還在於用傳統的倫理道德去打量城市的現實，他永遠活在「鄉村情感」中，而他的子女卻已融入「城市理性」的生活中。他為情感而活著，而子女們卻是為理性活著。這就是鄉村與城市的區別，這就是傳統與現代之分野，這就是人性與理性的搏殺。其實李四的三個子女並不都是良心泯滅的城市怪物，他們祭奠自己父母時的心情也是真誠的，可是他們永遠是沿著城市理性的軌道而慣性地滑行著。當李四一次又一次設計試圖讓他們認出自己

來，而他們卻執迷不悟：「惟獨沒有人想一想，他們的父親是不是眞的還活著。」物質化的城市吞噬了人性的正常思維，讓人變成了非人。「我和李四曾經想過，是不是跟他們的職業有關呢？是不是他們的職業把他們的腦子弄成了那樣？其實不是的」。李四們是找不到答案的，「城裏的很多事情，他也許到死都弄不清楚」。爲什麼李香、李瓦、李城只能面對那個死去的父母的靈位，而不能面對這個眞正活生生的父親呢？在李四來說，「我不相信他們眞的這麼麻木！」但不幸的是這種麻木已然成爲一種約定俗成的規則。作品巧妙地安排了一個細節，讓「我」與李四用小偷的伎倆潛入李香的家，試圖喚醒他們的「鄉村記憶」。「然而，我們進了一家又一家，而且往返進出了好幾次，我們從來都沒有碰到過哪家有人。我們在樓道上倒是碰到過幾次樓裏的鄰居，但沒有人把我們放在眼裏。我們在開門的時候也碰著有人上樓下樓，但沒有人懷疑我們是壞人，就連一絲懷疑的眼光都沒有。其實他們咳嗽一聲都能把我們嚇得半死，但他們見了我們，好像反而把嘴巴閉上了，閉得緊緊的」。人與人之間的隔膜與無情成爲都市的現代魔障，這才是橫亙在李四與其子女們之間不可逾越的大山！

　　可憐的李四最後試圖用法律手段解決情感問題，但他又錯了，他是個沒有「身份」和「身份證」的「黑人」，他的身份已經被現代文化註銷掉了，他的「自我」也已經在這個「人間」蒸發掉了。於是，作者爲一個荒誕的故事賦予了哲理內涵。

　　「李四的任何抗拒都顯得力不從心」，眞實的死一回才是他唯一的選擇！是城市這個怪獸的血盆大口堵死了他可以生存下去的通道，因爲那田園牧歌的鄉村之家的「歸路」也被摧毀了。作者爲整個悲劇設計了一個寓意綿長的情節——李四的老伴在聽到李四的死訊後悲憤而死，而李四家的房子作爲子女的遺產也被拆光賣掉了。「他的房子沒有了。他，一個六十歲的老頭，也在他孩子的心中死去了，往下，他該怎麼辦呢？」李四本是個「麥田守望者」，是鄉土的「麥田守望者」，但是，他錯就錯在把自己的三個子女也當作一片充滿親情的「麥田」，而他美麗的播種結出的卻是罌粟的果實。

　　　　我眼裏的一朵白雲變成了一塊麥田，我發現那塊麥田是從遠遠
　　的山裏飄過來的，飄呀飄呀，就飄到瓦城來了。

　　　　……

　　　　在每一個當父母的心中，他們的任何一個孩子，其實都是一塊

麥田，等你長大了，等你結了婚，等你有了小孩，你就什麼都知道了。從那以後，不管是送來我的李瓦，還是送來我的李城，送到後我都會到這裡來，我總是像現在這樣坐著，然後看一看天空，看一看天邊的白雲，我會覺得我心中的又一塊麥田，在飄呀飄呀，從山裏又遠遠地飄到了瓦城來了。那種感覺你可以想像是太幸福了，太幸福了。

這種具有浪漫詩意的想像曾經是每一個鄉土社會中人的精神需求。自 80 年代以來，社會的轉型給農民帶來了空前的機遇，但是，當這些「麥田守望者」真正進入城市的時候，就會發現社會生活的矛盾與落差，才是造成城鄉文化精神反差的原因所在。如丹尼爾‧貝爾在《資本主義文化矛盾》中描述的那樣：資本階段所存在著的文化和精神的矛盾是難以克服的。這就是作家在生活中敏銳發現的並能藝術地加以表現的哲理，作者站在關注人性的立場上來鋪衍自己的故事，讓小說為社會生活平添生命活力。

李四想用自殺來喚醒下一代，儘管他的死也是在萬般無奈之下別無選擇的選擇，死得如此悲壯慘烈！可又有什麼用呢？此舉絲毫沒有打動任何人，因為物化了的人麻木了！亦如「我」的感言：「這樣的故事，在瓦城不會新鮮太久，三五天我就能在垃圾堆裏撿到一個，不同的只是故事的真假。可誰能告訴他們故事的真假呢？你告訴給誰呢？」

作品的結尾更加強化了敘述母題的內涵。作者用「託夢」的手法，將一個「麥田守望者」的復仇吶喊演化為一個人性的命題：「我是冤死的我當然有仇，你一定要替我收拾他們。……你要是不替我報仇，我就死不瞑目。」一個從鄉土社會走向現代都市的農民，他的復仇指向不是扼殺他親手培育的「麥田」，而是指向了這個物化環境中人性的墮落！至此，這篇小說在揭示「城市邊緣人」和「鄉村局外人」的靈魂異化中，完成了對鄉土與都市的一次精神考察。

在這部中篇小說裏，鬼子設計了一個具有懸念的故事結構，這就使閱讀有了「看點」，但構思的巧妙並不能使其成為一部深刻的具有悲劇韻味的作品，就此而言，《瓦城上空的麥田》在荒誕的故事情節中所融進的帶有荒誕風格的語言至為重要，使這部小說在整體上達到了更為動人的悲劇效果。

同屬具有荒誕意味的小說，《黑豬毛白豬毛》和《瓦城上空的麥田》在敘述方式上卻各有不同，一個沉鬱，一個激越；一個大智若愚，一個尖刻犀利。

雖然在藝術描寫上還偶顯出粗糙，但它們在抒寫鄉土生活時那些得心應手的詩意性描寫，更爲作品抹上了一片斑斕的色彩，「還鄉詩人」的作者面影躍然紙上。而且，以這兩篇作品爲一個考察視角，或許能夠看到中國鄉土小說在進入新世紀後一個新的支撐點和新的走向。

第六節　文明衝突下的尋找與逃逸

　　自上個世紀 90 年代以來，中國鄉土文學進入了一個特殊的文化生存背景之中：顯然，幾千年來爲中華民族文學引以自豪的詩意的農耕文明與游牧文明書寫已經被擠入了邊緣，呈逐漸衰滅之勢；象徵著工業文明和後工業文明的城市文化形態已然成爲主流。而隨著農村人口向城市的大遷移，農耕文明（含游牧文明）與工業文明、後工業文明三種文明形態的交鋒與衝突，恐怕給鄉土文學的書寫觀念帶來的衝擊是巨大的。與 18 世紀以降的歐美鄉土文學背景相比，中國鄉土小說的轉型缺少的是那個漫長的、循序漸進的資本主義文化覆蓋過程；與中國 20 世紀二三十年代的鄉土文學背景相比，它增加的是與先進的資本主義一同遭遇到的後現代文化悖論的新課題。因此，當前中國的鄉土文學所面臨的不再僅僅是以農耕文明和游牧文明爲軸心的田園牧歌的詩化描寫與反封建主題的揭示了，它所呈現出的敘述形態的多元性和價值理念的複雜性是空前的，許多悖論性的問題困擾著許多鄉土小說作家。在這樣一個多元複雜的觀念世界裏，鄉土小說作家需要解決的並不是「寫什麼」的問題，而是需要考慮「怎麼寫」，怎樣才能獲得符合人類文明與歷史進步的價值理念。

一

　　也許，當我們在鄉村人口大量遷徙到城市中的事實還沒有足夠的心理準備時，其實城鄉歷史的轉型已經悄然形成了。「作爲自然的一種產物，人類居住的城市就像草原犬鼠的居住地和牡蠣居住的海底一樣所自然的過程。植物學家埃德加・安德森很長時間以來經常在《風景》這本雜誌上寫一些非常睿智而敏銳的文字，他把城市描述爲自然的一個形式。『在這個世界的很多地方，』他評述道，『人類被認爲是熱愛城市的生物。』他進一步指出，『在城市裏，觀察自然和在鄉村裏一樣容易；我們所需做的只是接受人是自然的一部分這樣一個事實。請記住，作爲智人（現代人的學名）的一個樣本，我們

無疑最有可能發現人類這個種類本身就是理解自然史的最好嚮導。』」「『城市的空氣帶來自由的感覺』，這是流行在中世紀的一種說法；的確，在那個時候，城市爲那些逃離出來的農奴帶來了自由。今天，城市依舊會給那些逃離出來的人帶來自由的感覺。那些人來自企業城鎮、農莊、工廠似的農場、僅夠維持生活的農場，大批採摘者擁擠的道路、來自礦業爲主的村莊、只有一個階層的郊區，等等。」〔註46〕

毫無疑問，中國城市化的進程正是中國不斷走向現代化的象徵，也是向全球化文化語境邁進的過程，大量的農民從土地中剝離出來，他們獲得的不僅是物質上的積累，而且也獲得了某種精神上的成長。然而，歷史上的每一次進步都必然是用血和污穢來作代價的，在某種程度上是要以傳統的真善美秩序的喪失爲代價，而以假惡醜爲槓杆來獲取歷史的進步。在農業文明與工業文明、後工業文明的對撞和擠壓下，那些進城的農民——城市的異鄉者們必須付出肉體和精神的雙重代價，他（她）們甚至要用幾代人的努力，才能獲得進入城市的「精神綠卡」，這一點已經成爲許多鄉土作家的共識：「城市文明作爲一種誘惑，一種目標，時時吸引著大批的鄉村追隨者；而鄉村追隨者爲使自己能融入城市，必須要經過一番脫胎換骨的思想蛻變歷程。」於是，「進入城市是生命的需要，反抗城市是心靈的需要。城市的吸引力和排斥力爲文學提供了深刻的主題和觀點。」〔註47〕從這個意義上來說，我們的許多鄉土小說作家並不缺乏對生活主題的提煉和加工，然而，必須指出的是：有相當一部分鄉土小說作家過於沉湎於那種矜持的中性客觀的敘述表達，模糊，甚至消解了作爲一個公共知識分子的最基本的價值立場的表達。如果「怎麼寫」的問題不能解決，鄉土小說作家就會失去一個最起碼的人文底線，連五四時期的老一代中國鄉土小說作家的人文水平線都不能達到。當然，在這個物欲橫流的時代裏，我們的鄉土小說創作並不缺少那種代表著人類永恒良知的人道主義的吶喊。

近代中國城市逐漸現代化以後，對城市生活的渴望，應該是每一個生活在農耕文明和游牧文明文化氛圍中的農牧民必然理想，即便是短暫地體驗一下城市風景，也是鄉下人的快慰——像阿Q那樣獲得心靈的滿足和炫耀的資

〔註46〕〔加拿大〕簡・雅各布斯：《美國大城市的死與生》，金衡山譯，譯林出版社2005年版，第498～499頁。

〔註47〕柳冬嫵：《從鄉村到城市的精神胎記——關於「打工詩歌」的白皮書》，《文藝爭鳴》2005年第3期，第36、42頁。

本。《狀告村長李木》（張繼著，《時代文學》2002 年第 1 期）用幽默揶揄的筆
調描寫了農民貴祥進城告狀過程中的種種文化錯位的事件。作者的目的不是
在寫遊戲式的告狀，而是寫貴祥在欣賞和體味城市風景時的那種特定的文化
心理：「我突然發現我的人物不乏走出去的欲望，他們羨慕城市人的生活，希
望到城市裏去看看，或者深入進去看得更仔細一些。已經是新世紀了，我們
自然不應該遏制他們，不是嗎？但是，關鍵的是這個社會為農民進城鋪設了
怎樣的道路。」「大家可能已經看出來了，我的目的不是要讓貴祥去告狀，而
是通過告狀這個過程去感受一下城市的氣息。貴祥看城市的視角，是他那個
村莊『牛莊』的視角，所以他的感覺有些奇異，有些可笑。」〔註 48〕貴祥的
種種行狀很能使我們想起魯迅筆下的阿 Q 和高曉聲筆下的陳奐生。文化的落
差與反差，讓貴祥的每一個行動舉止都蘊涵著滑稽與可笑。在這種滑稽與可
笑的背後，我們看到的是鄉土文化與城市文化的格格不入：農耕文明的真善
美特質，連同它的種種愚昧和弊端都一齊裸露在城市文明的面前；同樣，城
市文明的進步，連同它的種種假惡醜以及冷酷和缺憾也一道呈現在古老而富
有詩意的農耕文明的眼前。只有在兩者的比較中，我們才能感受到文明進步
所付出的代價。然而，我們的作家在書寫的過程中，過多地注重了過程的描
寫，而對人物內心的進一步深層開掘缺乏足夠的形上的藝術提煉和表現，可
惜的是形象塑造尚欠一點火候。

　　從鄉村走向城市，這幾乎是當今農民無可選擇的選擇。在趙光鳴的《兩
間房》（《綠洲》2005 年第 1 期）中，那些在封建農耕社會裏生活掙扎的青年
農民是決不會把青春拋灑在這塊熱土上的，因為農耕文明的風景線已經失去
了它的詩意和魅力：「在夕陽的餘暉照耀下，土坯壘起的馬蓮窩子村像一堆殘
牆斷垣的歷史陳跡。只有炊煙和隱約的牛羊叫聲，狗吠雞鳴，提醒人們，這
裡住著一群沙土地裏刨食吃的男女老少。」無疑，在作家的筆下，這種昔日
世外桃源的審美意象被置換成一片衰敗荒涼的景象，沉悶的邊疆小村生活已
經被那雙看見過外面精彩世界的眼睛所厭惡。所以，像油布、珍珍這樣的年
輕人「早就不想在馬蓮窩子呆了」「找不到工作，我就在城裏掏大糞、拾破爛，
我不信我油佈在城裏混不上口飯吃！」是的，油布到城裏後在建築工地當了
工頭，月薪八百，還有獎金，錢並不多，但這對於一個在邊疆小村靠種地苟
活的農民來說卻是個天文數字了。更重要的是，油布進城後拋棄了珍珍，找

<hr>

〔註 48〕張繼：《去城市裏看看》，《中篇小說選刊》2002 年第 4 期。

到了一個非常可愛的阿勒泰姑娘做女朋友。所有這些，使留在馬蓮窩子村的八里和珍珍們相形見絀，他們企圖在家鄉新建的高速公路旁開飯店的希望破滅後，才又不得不重新踏上進城尋找新生活的道路：「十五天後，八里和珍珍上路了。他們還是在蘆草鎮上的長途汽車，走的還是原來那條破破爛爛的路。」誠然，失去土地，失去留在故土的理由，是農民出走鄉村進入城市的直接因素，但是，對農耕文明的徹底失望的精神創傷，才是他們告別鄉村、告別過去的根本緣由。

　　在大量的鄉土小說的閱讀中，筆者發現了這樣一個帶有一定規律性的有趣命題：但凡走出去的農民，如果是衣錦還鄉，對鄉土和故鄉是沒有過多的情感眷戀的，如葉開在《衣錦還鄉》（《天涯》2005 年第 2 期）裏描寫了周毅在鄉土社會裏所遭受的種種文化尷尬，而這個從落後的農耕文明中走向城市的「新城市人」，對故鄉是充滿著怨恨情緒的；而只有到了鄉土出走者悲劇性的返鄉時，我們才能看到那種對故土的深刻眷戀。無論是鬼子在《瓦城上空的麥田》裏描寫的那個沒有任何命名的拾荒者；還是孫惠芬在《民工》（《當代》2002 年第 1 期）中描寫的那個在回鄉奔喪途中的鞠廣大，他們對鄉土的眷戀，不僅僅是停留在對故土自然風景與風物的親近感上，而更是表現在那種對鄉風民俗的精神皈依上。恐怕這不是一個農耕文明中「葉落歸根」的文化情結就可以解釋的。在《災星》（阿寧著，《時代文學》2005 年第 2 期）中，我們看到的是一個在「非典」時期遊蕩於城市和鄉村之間的農民福亮的飄泊靈魂，在死亡之際，他的選擇是何等的明確：在城市和故鄉的抉擇中，他選擇了魂歸故土；在城市臨時情人月餅和鄉村結髮妻子紅菱之間的抉擇中，他選擇了妻子的懷抱，因為「如果紅菱是他的愛，月餅就是他的欲望」其精神的向度是非常明確的：「鄉村的一切在他眼裏是親切的。土道上散落的馬糞，草灘裏突然竄出的野兔，都會勾起他的鄉情。村子正在越來越近，家越來越具體。他再也不用擔心死在外面，也不怕大鐵鉤子鉤他的下巴了。」一個面臨死亡的打工者，他的精神皈依卻是異常清楚的：「如果死的話，他願意死在紅菱的懷裏。離家越近，死好像離他越遠了。他在小三輪上看著四外的田野，昨天在松花江麵包車上他看見的是綠油油的麥田，現在卻是剛剛耕種的土地。內地的空氣裏流淌著麥子生長的氣息，這裡是剛剛翻開的土壤的清香。田頭的一兩棵歪脖子樹，才剛剛抽出綠色的嫩葉，在他看來卻是更有春意了。」這和趙光鳴的《兩

間房》中油布們眼中破敗的農耕文明景色有著截然不同的價值判斷，精神的皈依使歸鄉者所產生的對農耕文明的深刻眷戀，也使得人物主體的審美情緒發生了本質性的變化，這種詩意的選擇似乎更接近文學的選擇，但是，它是否更接近文明進步的選擇呢？！

　　如果說像孫惠珍（張學東著，《女人別哭》，《長城》2005 年第 4 期）這樣的女人一開始的婚姻沒有變故的話，那麼，她進入城市生活的美夢是完全可以實現的。但是，她的命運不濟，那個摸方向盤的丈夫孫大田偏偏又把命送到了車軲轆下面，成了寡婦的孫惠珍就在兩個人物中徘徊──一個是居住在城裏的有錢有勢、有情有貌的情人孫紅軍；另一個是生活在窮鄉僻壤的無錢無勢、有情而醜陋的救命恩人二麻子。作爲情人，孫惠珍在感情上離不開孫紅軍；而在居家過日子和眞情付出上，二麻子卻是無可挑剔的。在兩難之中，孫惠珍最後選擇了一貧如洗的二麻子，她試圖割斷與情人的瓜葛，實際上也是割斷與城市的聯繫，走進那種雖然貧窮，但是平靜的田園生活之中。然而，由於貧窮而引發的兇險，她又不得不回到孫紅軍的懷抱，或許只有城市生活才是眞正能夠使她獲得安全感的心靈停泊港灣，雖然她還不時回到農村去看望二麻子，但是那畢竟只是在贖買靈魂的債務而已。從二度走進鄉土、逃離城市，再到再度逃離鄉土、重入城市來看，孫惠珍在鄉土與城市的幾度選擇中，已經證明了一條顚撲不破的眞理：走向城市，已經不是一個簡單的兩種文明生活在精神層面的選擇，而是已經成爲人在物質生存狀態中的必然選擇，這種無奈正說明了傳統倫理價值在文學表現中的破滅，作爲一首對農耕文明禮贊的無盡輓歌，作家能夠看清楚這種文明的頹勢，將會給一種新的文明提供一次進步的機會，就是文學理念的巨大歷史進步。

　　無論是油布式的選擇，還是福亮式的選擇，抑或是孫惠珍式的選擇，我們會體察到這樣一個潛在的事實──在更多作家的筆下流淌出來的是一種對農耕文明詩意生活流逝的蒼涼感和萬般無奈。作爲對一種即將衰減，甚至消失的文明形態的無盡輓歌，作家的價值判斷是處於一個非常複雜的兩難悖論之中的。這也是許多鄉土作家作品中許多主人公所同樣面臨著的艱難選擇。我們不能苛求他們保持同一的審美向度，選擇單一的審美模式，但是，我們應該在作品中看到一種歷史的必然──在即將沉落的文明和一種新興文明之間，我們不能過份的沉湎於那種陳舊保守的詩意審美生活的文化語境之中，而放棄了對另一種文明形態的追尋。

　　當出走成爲農民的第一選擇的時候，我們在進城的農民隊伍中看到的又是一個個什麼樣的形象呢。

　　像《城市裏的一棵莊稼》（李鐵著，《十月》2004 年第 2 期）那樣，崔喜在走向通往城市的心靈道路中付出的代價是肉眼所看不見的：「崔喜從沒去過眞正的城市，但從那條汩汩流動的河水裏她看見了城市，看見了天堂一樣的生活。」「現在，已經成功嫁到城市的崔喜已不單單是城裏人的媳婦，還是城裏人的母親了。崔喜此時臉上的那層被鄉野火辣辣的陽光曬成的紅皮已經成功脫落，她的臉緊貼著兒子的臉，心裏湧動著一種很美妙的感覺。」但是，作爲一個嫁給城市再婚中年人的農村姑娘，這個城市並沒有在精神上接納她，她和城市人的精神交流還是格格不入的：「鄉下人和城裏人的區別是根深蒂固的，是很難因爲環境的改變而改變的」。其實，那種與生俱來的、滲透在血脈之中的行爲方式才是制約城鄉交流的根本障礙：「崔喜和城市人交談，總是對別人嘴裏的鄉村話題或者帶有鄉村字眼的話特別敏感，她總以爲別人在有意嘲諷她，而她自己一講話又免不了要提鄉村，用鄉村的一切作爲參照來評價城市。」亦如大春所言：「沒來城市時對城市充滿了幻想，後來在城市裏碰壁碰得多了，就自然而然地又想到了鄉村。」所以，她在城市裏找不到知音才是她眞正的苦悶，於是才有了與同是天涯淪落人的打工青年大春的那段水乳交融的戀情，才有了偷情時的萬般愉悅。「她知道，她對城市的渴望是勝過一切的，可城市是什麼呢？城市給了她什麼？城市對他不過是一種精神的象徵，而丈夫、家庭、舒適的生活等等都不過是這幕精神戲劇中的一個道具，它遠沒有男女之間的這種微妙的感受來得眞實。可是，她知道自己離不開城市了。」在精神和愛情上離不開鄉土，那裏似乎有更強烈的磁力在吸引著她，但是，一旦要她在家庭和城市生活做出最後選擇的關鍵時刻，她卻毫不猶豫地選擇了城市生活，而且還用了下流卑鄙的手段來制止農民工情人大春進入自己的生活領地。而作爲一心要搞一個城裏女人的打工者的大春，他一直把崔喜誤當作城市女人了，他也清楚地知曉這樣一個樸素的眞理：「鄉下雖好，可我還是嚮往城市，嚮往城市裏的人。」當崔喜的城市打手們要他「趕緊從這座城市消失」，試圖剝奪他的城市闖入者的身份時，他在心底裏發出的是反抗的聲音。但是，崔喜和大春的分離能夠成爲永別嗎？爲什麼崔喜不敢也不願意告訴大春自己也是一個鄉下妹子呢？所有這些不是謎團的謎團，正揭示了融入城市的鄉下人的文化精神選擇的艱難。作爲「城市裏的一棵莊稼」，崔

喜們是需要用兩代人的精神轉換，才能眞正融入城市文化，因爲在他們的血脈中還深藏著農耕文明的文化符碼，她只能冀望她的兒子成爲城市人，所以，她才不得不痛下毒手，把大春驅逐出她的生活圈。這種近乎於殘酷的文化選擇，無疑是農民們在走向城市的精神道路上所必須付出的贖買靈魂的學費。

二

那些走進城市的農民首先遭遇到的是「生計問題」，生存作爲人的第一需要，無疑是近年來許多作家所關注的焦點。作爲一個個「外地人」，在荊永鳴的民工系列的短篇小說中得到了淋漓盡致的再現，他的《外地人》（荊永鳴著，《陽光》2000 年第 5 期）雖然是四個短製合成，文字簡約，卻寫出了農民進城後生存艱辛的難度。「像千千萬萬來自五湖四海的外地人一樣，民生和小芹是從一個貧困的山村跑到這座城市裏來謀生的。那時候，他們在擁擠如罐頭盒一樣的火車廂裏煎熬了幾天幾夜，來到這座喧囂而陌生的城市。」（《走鬼》）但是，這個城市給他們留下的卻是無盡的恥辱與悲哀，他們就像一隻隨時都可能被捏死的蟲子：「王奔的腦子裏『轟』地一聲。還沒等他從驚愕中鎮靜下來，只見那兩個手指頭輕輕地一合，一拈，王奔就覺得把自己給捏死了。」（《蟲子》）這並不是小說所運用的普泛的比喻的修辭手法，而是通篇運用了荒誕的描寫手法，就像卡夫卡的《變形記》那樣，作者所要揭示的是農民在整個城市文化的大機器中只不過是一隻渺小的蟲子而已，雖然城市離不開以農民的名義爲它服務的「外地人」：「別看平時城裏人總抱怨外地人太多，可是當許多外地人回家過年的時候，不過幾天時間，許多問題就都來了：報紙看不到了，牛奶喝不上了，自行車壞了找不到人修，下水道堵了沒人通，甚至有的公共廁所也髒得幾乎進不去人了。總之，不知不覺中，這個城市對外地人有了太多的依賴，它已經離不開外地人。」（《保姆》）然而，城市給水秀這樣的小保姆們帶來的那種掩蓋在脈脈溫情下無名的侮辱，卻是城市文明中的人性盲點。水秀最後在死者面前的痛哭，並不是在爲失去自己的服務對象而悲傷，而是歌哭自己無法表述和無法安妥的靈魂。

同樣是荊永鳴的「外地人」系列，在《白水羊頭葫蘆絲》（《十月》2005年第 3 期）這個淒美的故事裏，作者所要表達的決不是「塑造出健康的站立著的打工者」，而是需要我們在「於無聲中聽驚雷」！那個憑吆喝吃飯的馬歡，一旦倒了嗓子，他的所有生活，包括他所期望的那個並不遙遠的愛情，還能

是像有些評論家所說的那樣：「痛並快樂著」嗎？無疑，馬歡，也包括生活在馬歡周圍的那些打工者族群，儘管他們勤勞善良，拼死拼活、沒日沒夜的幹活，但是，他們卻始終得不到最基本的生活保障：「在偌大的北京城裏要想找到一份合適的工作沒那麼容易。誰願意象個乞丐似的，整天餓著肚子在城市的大街小巷裏轉來轉去呢？」哪怕是最髒最苦最累的活兒也並不是能夠輕易找到的，只要能夠找到一份合適的工作，馬歡們就心滿意足了：「在鄉下，泥一把水一把的活就不用說了，就是到了北京之後，他什麼樣的苦沒吃過，什麼樣的罪沒受過呢？」是的，荊永鳴抒寫了馬歡在找到那份最適合自己的工作以後的歡樂情景，也許，作為農民工的主體而言，「只要自己感到的幸福就是幸福」的邏輯是可以成立的，然而，作家主體的價值理念的表達是不是停留在這個層面的呢？「荊永鳴在小說中著力刻畫的，正是馬歡和他周圍人們的辛酸、微笑、痛苦、幸福。二蛋是個雜工，沒事時向馬歡學些陝西的山曲，在馬歡倒了嗓子後，他卻憑著從馬歡那學來的山曲憑著自己的悟性登臺演出了。王鳳柱談戀愛被老闆炒了魷魚，他卻高高興興地領著已經『有了』的對象回老家結婚去了。這些生活在社會最底層的人們，他們雖然生活艱辛仍然對生活充滿熱情，他們希望憑著自己的努力來改變自己的生活狀況。」〔註49〕且不說王鳳柱們的「高高興興」是否充滿著阿 Q 式的愚昧或是自嘲，即便是「自己的生活狀況」也並非是由自己來「改變」的。在城市文化機器的血盆大口之下，馬歡們是不能掌控自己的命運前途的。評論家為了印證自己的觀點，引用了荊永鳴的這段話：「作為同類，這幾年我曾接觸了許許多多的外地人，他們大都處於生活的最底層，他們僅僅為了生存這一最基本的需要來到城市。他們最能吃苦也最本真，最艱苦也最執著，他們在希望與現實中默默地甚至不反抗地爭取著生存的地位和權利，然而願望卻常常被現實擊碎，不過他們又總是能從破碎中萌發新的希望。」〔註50〕我卻以為，恰恰是因為馬歡們的希望一次次被擊碎，又一次次飛蛾撲火似地走向生活的深淵，才有了民工們的悲劇，才使作品有了更為深刻的文化批判價值內涵。如果把作家的寫作目的僅僅理解為是止於「一群有著各自小毛病的善良的打工者」或「塑造出健康的站立著的打工者」的話，那麼，對荊永鳴「外地人」系列小說的批

〔註49〕 林雨：《荊永鳴中篇小說〈白水羊頭葫蘆絲〉：書寫站立的人》，《文藝報》2005
　　　　年7月5日第3版。

〔註50〕 林雨：《荊永鳴中篇小說〈白水羊頭葫蘆絲〉：書寫站立的人》，《文藝報》2005
　　　　年7月5日第3版。

判現實主義深刻內涵就是作出了平面化的解釋，我們也就不能在這書寫的彼岸看到小說在介入生活時的那個公共知識分子良知的面影了。我們如果沒能諦聽到小說結尾葫蘆絲「淒婉而憂傷」的旋律背後的形而上傾訴的話，那麼，我們就沒有領悟到作家的創作原旨，也就沒有體味和理解作品更為廣泛的價值理念與審美意蘊。

對農民工的全方位描寫，荊永鳴無疑是近年來抒寫這一題材的大成者，他的《創可貼》就是一部對農民工性饑渴進行深度反思的冷幽默傑作。作為人的基本需求，食色性是任何作家作品都迴避不了的描寫領域，然而，怎麼樣去描寫，從什麼樣的角度去描寫，才能更深刻地表達農民工生存狀況的本質，也許是荊永鳴首先考慮的問題。「創可貼」這個題目本身就充滿著冷幽默的意蘊──主人公胡三木拿著發下來的避孕套夾在鈔票裏企圖試探那個離了婚的翹屁股老闆娘，卻遭到這個女人並非本意的臭罵而得了腦血栓。農民工的這種生理病痛和靈魂病痛是任何「創可貼」都無法止痛和醫治的。城市為了保衛自身的安全，派社區女幹部給艾滋病發病的高危人群農民工們發放免費的避孕套，然而，具有諷刺意味的是，農民工們寧願去搶那「一盒十袋，一袋兩隻裝」的避孕套來滿足一次意淫，也根本不理睬什麼艾滋病的宣傳小冊子，因為處在性饑渴狀態下的人，首先考慮的是解決眼前的宣泄和釋放的問題，根本顧不上傳染病的問題，這也就是他們是高危人群的直接原因。其實，像胡三木這樣的農民，家裏有一個非常漂亮的米脂婆姨，但是為了生存，胡三木們不得不離開那種田園牧歌式的生活，離開那個充滿著浪漫氣息的鄉村性誘惑場景，是城市切斷了這一切，使性生活變得無序而雜亂無章、一塌糊塗；是這種枯燥的城市生活堵塞了胡三木們的性生活通道，使他們成為一個「廢人」。他們生活在城市裏，既有生理的殘疾，又有心理的殘疾。但是，造成這一切由性饑渴而引發的悲劇的兇手卻是隱形的，它是由許多看不見的手共同造成的，城市是地獄、他人是地獄，才是這些農民工對於城市的真實而深切的感受。

我寧願把《懸掛立交橋上的風景》（曹多勇著，《時代文學》2005 年第 1 期）看成是一個農民工的愛情幻想曲，也不簡單地將它看作一部反映農民工生活疾苦的鄉土小說來看。是城市和那些無形的手扼殺了農民工陳來財愛情的幻想，以及他那比愛情更輕賤的生命。陳來財是一個進了城的阿 Q，而城市卻無情地吞噬了他的善良與執著。從另一個角度來說，被陳來財誤以為是城市姑娘的那個愛情偶像娟子（其實就是陳來財的同鄉），卻已經被城市改造成了一個冷漠的

妓女，那個鄉村善良的村姑形象已經蕩然無存了，難道是城市把人變成了野獸？！亦如作者所言：「當我寫《懸掛立交橋上的風景》的時候，首先想到的是兩組詞語：金錢與貧窮、幻想與瘋狂。」「我沒有去考證『民工』一詞何時出現，又是何時形成席捲祖國大地的『民工潮』。成千上萬個農民外出謀生，是農民的無奈，是土地的無奈。當我們把視野拓展開來的時候，當我們把一個個農民當做一個個完整的人去尊重的時候，也許會發現我們目前社會發展的不如人意和某些失衡之處。」〔註51〕從這部中篇小說中，我們可以透過青年農民陳來財的城市愛情生活的破滅，乃至生命的毀滅，看到物質世界對於改變人的命運的根本作用。這是一種文明的消失，在農耕文明與城市文明的對撞中，我們遺憾地看到了農耕文明倫理道德的沉落：「當一種社會秩序垂死之時，它為其本身而悲痛，但就在這時，人們或許會指望所有在它之下遭受苦難的人們最終能夠釋放一下相反的情感：至少是寬慰；或者是重建信心；或者是欣喜。而我們的確已經聽見了所有這些聲音，在某個遙遠的地方，並且很高興已聽見了它們。但是，在像我自己一樣的一種文化緩慢的轉折點上，在那些豐富多彩地表現這種充滿活力的而現在卻是垂死的秩序的各種文化之中，我們的各種情感必然更加複雜，更加難懂。這些情感正在經歷相互交錯的各個階段。這是我們時代非常活躍、非常多樣卻難以理解地偏離中心的文化在結構上的現實。這些階段接著需要得到描述。」〔註52〕是的，當我們在描述一個文明沉落的時候，我們可能去尋找一種精神的慰藉，但是我們卻不能去掩蓋另一種文明給人帶來的肉體和精神的戕害。我們是處在一個十分複雜的文化語境中，我們的情感也同時處在一個十分複雜的悖論之中，作家的價值理念也就處在一個判斷十分困難的境地，在歷史與人性的兩難選擇中，要把握一個準確的向度，我以為既要考慮到歷史發展的因素，又要把人道的尺度作為文學創作的原旨。

三

如果說闕迪偉的中篇《仙女》是書寫遊走在鄉村與城市之間的農村婦女的婚內與婚外生活歷史的話，那麼，其小說主題的指向仍然是寫她們生活道路的艱辛，正如作者所言：「在新的歷史背景下，農民進城不再是神話。隨著市場經濟的深入，一大批農民急於想擺脫生活的困境，改變自己的命運，他

〔註51〕曹多勇：《作家眼中的風景》，《中篇小說選刊》，2005年第2期。
〔註52〕〔英〕雷蒙德·威廉斯著，周憲、許鈞主編「現代性研究譯叢」，閻嘉譯，《現代主義的政治》，商務印書館2002年出版，第138～139頁。

們衝破土地和傳統思想觀念對人的禁錮，渴求文化，追求文明富裕的生活，以積極向上勇於進取的精神湧進了城市。他們覺醒了。但是進入城市後，他們面臨的是市場經濟下的新的生存境遇，並不是誰都可以很快適應。他們融入城市談何容易！他們需要一個過程。這個過程使他們新的生活充滿了酸甜苦辣，尤其是女性，他們付出的犧牲代價就更大。」〔註 53〕因此，我們可以看到這樣一個創作現象：書寫進了城的農村婦女，尤其是新一代年輕婦女的生存狀況與精神世界，已經成為許多描寫這一題材作品的聚焦。

　　如果作家只是在完成對一個進城農民生存境遇的平面描寫的話，那麼他的寫作就缺乏更深刻的人的精神探尋。郭明輝的《陷阱》（《安徽文學》2001年第 10 期）描寫了鄉下女子何小英進城創業所付出的艱辛——一個完成做城裏人欲望的苦難史。誠然，城市的各種「陷阱」無處不在，從物欲到色欲，從肉體到精神：「欲望的驅使，不知多少次碰傷過人類痛苦的本質。但是人類欲望不止。《陷阱》中的何小英進城的初始欲望是想有個能吃飽飯的地方，有了能吃飽飯的地方以後，她就有點不滿足了。在吳老闆的欲望驅使下，何小英完成了做老闆的欲望，以致後來在李大朋的欲望中淪為陷阱中人。何小英第一次墮入吳老闆的色欲陷阱值得同情，第二次墮入李大朋的情慾陷阱不能不說是咎由自取。」〔註 54〕是的，欲望使得從農耕文明走出來的善良淳樸的農民也不得不變得複雜而醜惡。

　　毫無疑問，從土地裏出走的農村婦女是義無反顧地逃離鄉土「生死場」，而且永不「返鄉」的新一代農民形象，無論城市有多麼艱險，多麼醜惡，縱有千千萬萬個「陷阱」與火坑，她們都會用其美麗的身體為之畫出一道人生的彩虹，即使它是一道充滿著悲劇色彩的人生弧線，她們也在所不辭。因為，「明天，我會更像個人。」〔註 55〕「在不同的場合，這些年輕的農村女性們卻有類似的表述——在中國當代發展的情景下，農村成為他們想要掙脫和逃離的生死場，而不是希望的田野；希望的空間、做『人』的空間是城市。」〔註 56〕於是，像于紅紅（陳武著，《小說選刊》2004 年第 6 期）這樣純潔的村姑在進入城市的人生道路中所遇到的恥辱經歷就顯得平淡無奇了。從與表姐一起出來彈棉花開始就遭受表姐夫的強姦，到賣菜轉向賣水煮花生又遭受鹵菜店朱老闆的強暴，再

〔註53〕關迪偉：《民間的故事源》，《中篇小說選刊》2002 年第 6 期。
〔註54〕郭明輝：《讓我們把陷阱繞開》，《中篇小說選刊》2002 年第 1 期。
〔註55〕嚴海蓉：《虛空的農村和空虛的主體》，《讀書》2005 年第 5 期，第 74 頁。
〔註56〕嚴海蓉：《虛空的農村和空虛的主體》，《讀書》2005 年第 5 期，第 74 頁。

到最終尋找新的出路的失望——好友蔡小荣終於做了妓女，而一直寄予幻想的
那個出走遠方的表姐原來就在這個城市裏和她的情人開著妓館，做了鴇母。一
切都是陷阱，而一切又是那麼平常：「于紅紅茫然地走在大街上。大街上有許多
人。大街上還是陽光燦爛。于紅紅走在人群裏，一點也看不出她有什麼心思。
是啊，如果你走在大街上，你能看出一個陌生女孩的心思嗎？」是的，在于紅
紅們的心裏所掀起的人生狂潮在千千萬萬的女農民工的內心世界裏比比皆是，
城市是物質的，城市是無情的，城市不相信眼淚。你能爲于紅紅沒有走進妓院
而慶幸嗎？如果僅僅用道德倫理的標準去衡量主人公的命運，也許我們就很難
對其他進城的女性進行價值的評判了。因此，無論是做了「髮廊女」曉秋們（吳
玄著，《髮廊》，《花城》2002 年第 5 期）；還是直接做了妓女的櫻桃姐們（劉繼
明著，《送你一束紅花草》，《上海文學》2004 年第 12 期）都以她們頑強的生命
力在這個城市裏存活下來了，即便她們在作家的筆下有時還犧牲在傳統的倫理
道德觀念下，毀滅在悲劇的氛圍中，但是畢竟她們已經沒有了返鄉之路，她們
不再是關仁山《九月還鄉》中的那些返鄉參與農村改革大業的進城妓女的形象
了，她們已經融入了城市文化之中。即便是做了保姆的小白們（項小米著，《二
的》，《人民文學》2005 年第 3 期）和從良的妓女明惠們（邵麗著，《明惠的聖
誕》，《十月》2004 年第 6 期）都是在爲自己爭取一個合法合理的城市文化認同
而努力奮鬥著。她們爲此甚至付出了生命的代價也在所不惜。她們渴望融入城
市文化之中，就像明惠「要做城裏人的媽」和前面所提到的崔喜一心要僞裝成
爲一個城市主婦那樣，文化認同才是她們進入城市的「精神綠卡」。從這個角度
來看王手的《鄉下姑娘李美鳳》（《山花》2005 年第 8 期）我們就可以充分理解
這個近乎於阿 Q 的鄉下姑娘在忍受百般侮辱時的那種自我慰藉了：「她現在的
身份有些特殊，她在廖木鋸眼裏是工人又是小妾，她在老闆娘眼裏是工人又是
二奶，她在廖兒子的眼裏是工人又是他父親的小秘」。她在老闆娘的默許下做了
廖木鋸的二奶，成爲老闆廖木鋸的泄欲工具，還爲廖木鋸的利益忍受了鞋料店
阿榮的姦淫，更忍受了爲老闆兒子擺脫電腦的癡迷而獻身的尷尬。所有這些侮
辱，在李美鳳那裏都可以得到緩解的答案，她的精神勝利法能夠使她脫離苦海：
「不過，睡覺也能賺錢她在鄉下是沒有想到的，她的身體等於一個頂倆，等於
白天黑夜都在賺錢。」「她眞的覺得這樣下去也沒有什麼。這樣下去有什麼呢？
精神上受到摧殘了嗎？身體受到了損壞了嗎？都沒有。反而還因此融通了關
係，增加了收入。還有層意思是廖木鋸收留了她，使她很安心，一個鄉下人，

在溫州能新花樣地生活，她已經很滿足了。即使要走，李美鳳還是想讓廖木鋸再睡一睡的，廖木鋸這個人情她不能欠著，她沒有什麼報答他，惟有身體，惟有睡。他也不缺什麼東西，缺的就是這方面的補償。」就憑著這樣樸素的農耕文明倫理道德的信念和邏輯，李美鳳還有什麼樣的精神坎坷邁不過去呢？「經過這一系列事情，她對自己的身體有了新的認識，鄉下人的身體說白了就不是身體。她的身體可以是搞好關係的工具，也可以是結賬的誘餌。她和廖木鋸睡，她把自己當回事了嗎？她讓鞋料店的阿榮摸，她把身體當過身體嗎？既然不當身體，既然連廖木鋸都服務了，奉獻了，她再跟廖兒子接觸又有什麼大不了的。」一個鄉下姑娘來到溫州這樣一個充滿著欲望的物質城市裏，如果一味地沉湎於傳統倫理道德的束縛，那她就沒有任何精神的逃路了。作者為李美鳳設計的這個精神的逃路雖然是出於無奈，但是，我們在反諷的話語結構中足以諦聽到作者強烈的人道主義的吶喊：「對於鄉下人來說，時刻都有著奉獻的準備，奉獻不光是討好，也是為了自己的生存。」因為「在溫州，本地人和鄉下人永遠是對立的，這種對立是貧富差距引起的。溫州人好像天生的就是老闆，鄉下人好像生下來就是為他們打工的；溫州人開汽車，鄉下人騎的自行車也是從路邊撿來的；鄉下人辛苦勞累只能夠維持生計，溫州人的財富相反越積越多，還到處向外擴張，辦商場辦市場，更大規模地統治鄉下人；哪裏有壓迫，哪裏就有反抗，到了年關將近，鄉下人沒錢回家就萌生了發不義之財的念頭，於是溫州的治安就糟糕了起來，兩者的牴觸情緒就加重了一個程度，就像狹路相逢的仇人，分外眼紅。」由此可見，《鄉下姑娘李美鳳》既不是一個簡單地描寫二奶的故事；也不是描寫進城女工遭受凌辱的精神痛苦歷程的悲劇。而是通過性出賣的事實，來勾畫出一個鄉下姑娘從痛苦到麻木的死魂靈，呈現出這個死魂靈真正的社會價值和歷史價值的深刻內涵。作者為鄉下姑娘李美鳳所設計的這條精神的逃路，是在萬般無奈之下的對城市社會現實的無情鞭撻與嘲諷，充滿著一個公共知識分子的人性和良知。

正如傑里米・西布魯克所言：「窮人並不是居住在與富人分隔的文化中」，「他們必須生活在為了有錢人的利益而設計的同一世界上。經濟發展了，而他們卻更窮困了，正如經濟的衰退與零增長也加劇了他們的貧困。」〔註57〕

〔註57〕傑里米・西布魯克：《角逐財富：財富的人類代價》，貝辛斯托克，馬歇爾・皮克林出版公司1988年版。轉引自〔英〕齊格蒙特・鮑曼著，周憲、許鈞主編「現代性研究譯叢」，郭國良、徐建華譯，《全球化——人類的後果》，商務印書館2001年出版，第93頁。

這種貧困不僅是物質的，更是精神的。就像荊永鳴在《保姆》(《外地人》，《陽光》2000 年第 5 期）中描寫的那個受盡城市癱老頭侮辱而難以啓齒的水秀那樣，因爲「在巴中的大山上放牛放羊打草的水秀，就在這座城市裏過起了另一種生活」。農耕文明在擺脫物質貧困時，不得不吸附在城市文明這一龐大的工業機器上走向歷史發展的未來；而正是城市文明的這種優勢又迫使農耕文明屈從於它的精神統攝，將一切帶著醜與惡的倫理強加給人們。雖然「這個城市對外地人有了太多的依賴」，但是，它又有千千萬萬無形的手足以把千千萬萬個于紅紅、曉秋、明惠、小白、水秀和李美鳳們拉向這個被別人看來是深淵的城市生活，然而，誰又能夠理解她們又是心甘情願的接受這種文明衝擊的複雜心境呢？！如果人們注意到這樣一個鐵定的規律，我們就可以從這種文明的悖論中走出來，從中分離出文明衝擊後果帶來的利與弊，找到較爲準確的價值判斷來：「貧窮不可能被『治癒』，因爲它不是資本主義疾病的徵兆。恰恰相反，它正是資本主義身體健壯、奮力追求更多的積累和作出更大努力的明證，即使世界上最富有的人也會首先抱怨他們必須放棄的所有東西，即使是最有特權的人也不得不去承受渴望的折磨」〔註 58〕從這個意義上來說，城市文明是象徵著那個資本主義工業文明與後工業文明永不停止的運轉機器，它又隱寓著歷史前進的步伐不可阻擋，它以巨大的磁力吸引著來自鄉野的農民，是因爲相比農耕文明的封建性，「城市的空氣帶來自由的感覺」！就美國的城市文明史而言：「的確，在那個時候（指 18 世紀），城市爲那些逃離出來的農民帶來了自由。今天，城市依舊會給那些逃離出來的人帶來自由的感覺」。〔註 59〕就獲得城市自由的人而言，他（她）們所要付出的代價恰恰又是那種農耕文明長期積澱下來的傳統倫理美德。於是，許多作家就陷入了兩難的境地：一方面是城市文明進步的巨大誘惑；另一方面又是農耕文明美德的深刻眷戀。在這樣的抉擇中，我們的大多數作家會陷入對農耕文明浪漫的悲情傷感的描寫，而不能用辯證的方法來深刻地認識這一歷史的必然。「城市的調節功能是調節人與自然的關係，正因爲如此，才使得那種傷感情調有

〔註 58〕傑里米·西布魯克：《角逐財富：財富的人類代價》，貝辛斯托克，馬歇爾·皮克林出版公司 1988 年版。轉引自〔英〕齊格蒙特·鮑曼著，周憲、許鈞主編「現代性研究譯叢」，郭國良、徐建華譯，《全球化——人類的後果》，商務印書館 2001 年出版，第 76 頁。

〔註 59〕〔加拿大〕簡·雅各布斯：《美國大城市的死與生》，金衡山譯，譯林出版社 2005 年版，第 498～499 頁。

了廣泛流行的可能，『自然』被賦予了善良、高尚、純潔的特性，同樣，『自然的人』也就有了這樣的特性。城市不是虛偽，與這些想像中的純潔、高尚、善良格格不入，於是就會被視為是惡念橫行的地方，顯然，就是自然的敵人。一旦人們開始用這樣的眼光看待自然，自然似乎就成為一隻受孩子們喜愛的伯爾尼長毛狗」。〔註60〕「企圖從那些節奏緩慢的鄉村中，或者是那些單純的、自然狀態尚未消失的地方尋找解救城市社會良藥或許會讓人油然升起一種浪漫情懷，但那只是浪費時間。」〔註61〕也許，西方的鄉土與城市經驗並不完全適合目前的中國國情，但是，在社會發展的大體走向上來說，這種經驗是值得借鑒的。在幾種文明的衝突中，只有用辯證的歷史唯物主義的方法才能廓清一切社會現象，進入文學描寫的更深層次。

「與改革開放之初進入城市的農民相比，現在尋求城市就業的『新生代農村流動人口』主要是 25 歲以下的年輕人，大多數是從校門直接務工經商的，有的甚至連基本的務農常識和經歷都沒有。他們追求城市生活，有著很強的市場競爭意識，他們把外出務工經商作為改變生活和追求城市生活方式的一種途徑。這一代流動人口對鄉土認同感在減弱，對城市的認同感在增強，但又未被城市社會所接納，新生代農村流動人口的社會認同趨向不明確和不穩定，還會進一步催化和強化這一部分農村人口的流動性。新生代農村流動人口在流動地經濟不景氣，陷入失業困境時，不是回歸農村而是選擇繼續過著流動生活，容易成為一支不穩定的社會階層。」〔註 62〕面臨這樣一個社會現實，社會學家只從經濟動態來分析新生代農村流動人口對城市文化的衝擊，但是他們對這一部分人口的心理狀況的分析甚少，而且，他們只站在社會發展的角度來機械地分析其社會後果，而忽略了文明衝突下的精神后果，所以，其價值理念總不免有些偏頗。相比之下，我們的文學評論家們又過多地關注了小說形式層面的描寫，而忽略了作為在幾種文明衝擊下的人的複雜心理狀態，亦更加忽略了對幾種文明形態相互撞擊後果的價值評判，以及它們在歷史和人類進步中的作用的哲學批判。這無疑是值得我們深思的命題。

〔註60〕〔加拿大〕簡·雅各布斯：《美國大城市的死與生》，金衡山譯，譯林出版社 2005 年版，第 498～499 頁。

〔註61〕〔加拿大〕簡·雅各布斯：《美國大城市的死與生》，金衡山譯，譯林出版社 2005 年版，第 503 頁。

〔註62〕劉懷廉：《中國農民工問題（節選）》，《文藝報·文化副刊》2005 年 3 月 19 日 1 版。

第六章 共和國文學中的「風景」

第一節 西部文學與東部及中原文學的差序格局

　　新時期以來，西部文學經過了三代作家的努力，形成了良好的發展態勢，在80年代崛起的西部第二代作家有：張賢亮、邵振國、馮苓植、柏原、王家達、陸天明、肖亦農、唐棟、李奎斌、李本深、馬麗華、周濤、扎西達娃、阿來（80年代開始詩歌創作）等。自90年代後期以來，又一批崛起的作家有：紅柯、雪漠、郭文斌、董立勃、石舒清、漠月、唐達天、劉亮程、馮秋子、維色、張存學、盧一萍、風馬、娜夜、陽颺、人鄰、張子選、匡文留、古馬、高凱、周舟、高尚、牛慶國、南山牛、沙戈、沈葦、王鋒、秦安江、賀海濤、曲近、北野、才旺瑙乳、旺秀才丹、扎西才讓、班果、梅卓、馬非、馬丁、燎原、楊梓、楊森君、夢也等。新世紀以來又有一批新的作家在成長，《上海文學》推出的甘肅「八駿」是：王新軍、張存學、雪漠、閻強國、馬步升、葉舟、史生榮、和軍校，這8位作家的中短篇小說專號在文壇產生了廣泛影響。後又經過甘肅省作家與專家的評審，最終評定原「八駿」之王新軍、葉舟、馬步升、張存學、雪漠、和軍校6位作家和70後作家弋舟、女作家向春組成新「八駿」，完成了甘肅小說的新一輪「集結」。所有這些作家作品構寫了西部文學絢麗輝煌的風景線，為新時期以來的中國文學增添了燦爛的色彩。

　　當中國的大部分作家齊刷刷地把目光轉移和集中在那一個龐大的群體——「城市異鄉者」的農民工身上時，我們是否忽略了一個具有世界意義的文學描寫的重要元素——那個能夠創造浪漫主義和現實主義的富礦——原始的、

野性的自然形態和尚未完全被破壞的文化形態的審美觀照呢？

綜觀 90 年代以來的中國文學，我以爲，從文學地理的圖勢來看，前現代、現代和後現代的文學描寫樣式同時出現在中國當下的同一時空之中。即，它形成了三種題材交錯浮現的描寫景觀：農耕文明題材（含游牧文明題材）、工業文明題材和後工業文明題材（商業文明、消費文明）梯度分佈於西部、中原和內陸、東部的文學差序格局。

無疑，當下中國文學創作的主力軍都聚焦在湧入中國城市的農民工身上，當中國的東部和中部成爲世界的大工廠時，中國的工業文明才眞正地到來了。而這個大工廠裏的工人的大多數都是來自中西部脫去了農裝的農民，因此，描寫這些被工業資本和商業資本壓迫的「新工人」的生活也就成爲中國作家趨之若鶩的關注焦點，所以，20 世紀末以來，反映「農民工」題材的小說已經開始佔據了創作的中心位置。也許，隨著中國城市化的進程，隨著西部人口的大遷徙，西部農耕文明形態的寧靜已經被打破，尤其是家族社會的平靜已經不復存在，城市異鄉者的底層生活和鄉土空巢生活成爲整個「打工文學」的雙向組合，把視線隨著出走黃土地的農民世代鄉土家族生活，轉移到了城市中的「農民工」身上，應該是作家特別注重的農耕文明形態變異的生活題材。但是，我們可以發現這樣一個事實：統計一下那些描寫進入城市「打工者」生活的作家群體，卻出現了一種較爲奇特的創作現象，那就是這樣的書寫往往是集中在那些過去有過農村鄉土生活經驗但後來一直生活在大都市裏的作家，甚至乾脆就是那些沒有農耕文明生活經驗的作家身上。也許是農耕文明與工業文明下的商業文明的巨大落差使得他們更能感受和捕捉到那種時代的脈動，更能看到文明反差下的人性缺失之痛，諸如寫《北京候鳥》的作家荊永鳴。對於生活在農耕文明生態之中的作家，以及那些生活在西部邊疆鄉鎮和小城市的作家而言，他們僅憑著原始農耕文明的生活經驗已經遠遠不能適應兩種文明衝突下人的描寫了。於是，試圖借助與引進新的手法來進一步強化昔日傳統文學的輝煌，成爲他們的主要寫作套路。

然而，我以爲這批作家不應該「揚短避長」，放著活色生香的原始的、野性的鄉土生活題材和自然景觀描寫而不顧，走進文學的沙漠之中，千篇一律地去描寫同一題材。需要說明的是，我並非反對描寫所謂的城市底層生活，恰恰相反，這樣的底層生活書寫還處於一個相對幼稚而缺少人性深度探察的層面。而是更加以爲那些有著豐富農耕文明和游牧文明生活經驗的作家如果

放棄了足下的土地描寫和自然風景、風俗和風情的描寫，是對這個即將失落的文明的瀆職與犯罪。

西部雖然在經濟上處於落後，但是其自然生態和文化生態的破壞相對東部、中原和內陸而言較小，所以，它的文學地域自然條件優勢就愈加明顯。「大漠孤煙直，長河落日圓」的農耕文明和游牧文明的景觀還能夠見到，從某種意義上來說，愈是靜態的、原始的、凝固的文明形態，就愈是能夠突出文學的美學特徵。我個人以爲，文學品質的高低絕不是僅僅憑藉著外在的形式（所謂先鋒性）取勝，而主要是看作家能否在生活中發現美（包括醜）的生活，從而將它用最高的價值理念上升到人性的層面加以表現，當然，能夠找到最佳的表現方式則更好。但是，武器並不重要，因爲任何武器都能夠表演出它最爐火純青的一面來，就像賣油郎也能夠用油壺玩出他的絕活來一樣。所以，西部文學的出路並不在於趕潮流、追先鋒、玩形式，而是腳踏實地地去發現這片廣袤的土地上的生活之美，金礦就在腳下，我們不必遠行！而忽視了這塊土地上的大自然生態的描寫，忽視包括留守在這塊土地上的人們生活形態變化的描寫，一切向城市文學和所謂的「形式創新」看齊，卻成爲許多生活在這塊熱土上的作家，尤其是年輕作家的追求。這是幸還是不幸呢？固然，多樣的題材是值得去不斷發掘和拓墾的，但是，忽略和捨棄綿長而廣袤的西部土地上的金礦開拓，無疑會失去文學的根本，豐沃的文學資源——偉大的浪漫主義和現實主義的作品往往會在這樣的環境中產生，尤其是在工業文明和商業文明大潮席捲下，中國浪漫主義元素的創作已經瀕臨消亡，我們在文學的地平線上只能看到少量的浪漫主義的作品閃現，那都是西部作家筆下的最後掙扎，諸如阿來、董立勃、劉亮程、石舒清等一批浪漫主義的搶救者，他們的創作對中國文學的意義重大。無論是一個時代的悲劇還是喜劇，都將可能產生於這塊豐沃的土地上。我們期待著西部的作家能夠用自己的文學智慧和恒定的價值理念創作出無愧於一個大時代的大手筆的鴻篇巨製來！

也許，置身於西部的作家「身在此山中」，對文學的西部發展看法與大多數中國作家沒有特別之處，正如甘肅「新八駿」中的藏族作家嚴秀英在反思西部文學時所說：「從文學史的眼光看，從中國文學的全局觀照，『西部作家』這樣一種提法曾經是有意義也有意味的，但時光走到今天，我認爲已經不存在這樣一個整齊劃一的『西部作家』的群體。生活在西部的作家同樣面臨的是普遍的中國性境遇，沒有誰因爲『西部』而可以置身事外，逍遙在千年的

牧歌想像中，沒有誰不被裹挾進強大而盲目的現代化洪流中，從根本上說，『西部』本身已面目模糊。西部作家寫作時遇到的問題和別處的作家一樣，是千頭萬緒，難以一言以蔽之。若非要區別的話，可以說，西部作家更強烈地感受著山川河流痛失往日面貌的滋味，我們的問題、我們需要突破的地方也許都在這裡，即如何用手中之筆有力地表達我們失鄉、尋鄉的精神歷程。」不錯，我們需要表現這樣的「精神痛失」，但是，倘若我們將所有的筆力投注於和內地作家那樣的「城市異鄉者」的「精神痛失」上，也許我們並不能夠在書寫條件上佔據上風。或許，當我們堅守著這方土地上的生生死死的描寫，堅守著這方土地上的大自然原始生態的描寫，我們將獲得海闊天空的文學描寫場域。往往一種「堅持」就會獲得文學的永恒出路，也許堅持去描寫那不變的「長河落日」和「大漠孤煙」，就是在一個商業、消費時代裏的創新，其思想和美學的反差與落差一定會贏得世界文學的認同，其文學的含金量或許更高。因此，這個年輕作家的後半句話我是讚同的：「就算不以此爲顯性的主題元素，任何作家的創作裏，也都會毋庸置疑地留下自己植根故土的明顯胎記。而民族，更有著非凡的意義，她不光是一種記憶，一種滋養，更是一種血統，一種底色，一種支撐，一種信仰。我相信我的創作正在踐行著母族文化和故鄉熱土給我的饋贈。」這才是西部文學的資源所在和西部作家對文學的巨大貢獻！我們不希望那種捨本逐末、緣木求魚的創作在西部作家中出現，更不希望爲求形式的創新而重複所謂先鋒的崎嶇道路。

我更讚賞「新八駿」中弋舟的創作價值立場：「所謂的『西部寫作地域特色』，只是特定階段內的產物，這個『西部』和『特色』，只是特定時段裏的特定語境。如果我們承認時光在流傳，世界在改變，那麼，我們就應該承認『西部特色』也將是一個日新月異的所指。據說我國城市人口已經首次超過了農村人口，這便是今日我們面對的格局，文學描述的圖景隨之轉變，也是可以理解的了。當然，文學絕不會是日新月異的事情，那些亙古與恒常的準則，永遠會作用在我們的審美中。在這個意義上，我幾乎沒有將自己的寫作落實在某個『地域』的窠臼中。」「我個人覺得，生活在中國的西北，生活在中國的內陸，對於一個中國人而言，有利於其對於這個國度更本質地認識。作用在自己的寫作中，這樣的認識，意義就堪稱重大了——更本質地把握我們的國家，更本質地把握中國人的境遇，由此，便可以放眼整個人類的世態炎涼與愛恨情仇了。」在這裡，需要強調的是，在主題的表達中，堅持一個

中國作家應有的人性價值立場是毋庸置疑的；而在題材的多種選擇中，自然生態的描寫，風景、風情和風俗的描寫應該成爲我們的長項；而浪漫主義的描寫方法也應該成爲恢復中國現代文學此類缺失的重要元素。所有這些特質的揮發，一定會使西部文學的特徵予以凸顯，使其成爲中國文學發展新的迷人的風景線。

馬步升已是「甘肅小說八駿」的三朝元老，也許，他的生活經驗和創作經驗使他對西部文學有更深刻的認識：「在現代化視野，以及人們對未來世界的普遍設計中，文學的地域性色彩，好像會越來越淡薄，這種文學元素好像也越來越不合時宜了，其實，這是一種誤解，不是對某種文學現象的誤解，而是對歷史文化的錯判。相反，我認爲，城市化或者全球化，加速了文化的趨同性，而文化的趨同性越是充分，其差異性越會得到重視，沒有各種各樣的差異性做支撐，所謂趨同性是沒有基礎的，而文化的地域性正是體現差異性的前提性要素。」毋庸置疑，全球化和城市化的進程在消滅文化和文學的差異性，但是，由於經濟發展在各個不同地域裏已經形成了梯度性的落差，因此，文學的地域色彩的差異性也就會愈加凸顯，而我們的作家追求的並非是趨同性，不是追逐文學創作的 GDP，而是在經濟發展的落差與反差中尋覓到另一種即將失落的文明的最佳表現方式。這就是「差異性」給文學帶來的最好契機，爲什麼 20 世紀 30 年代以後，像沈從文那樣的作家能夠在文壇上有一席之地，而到了 80 年代又成爲受人追捧的「出土文物」呢？而他的學生汪曾祺也成爲 80 年代以來紅極一時的所謂「文化小說」作家呢？這都源自於他們利用了文化的「差異性」和文學的「差序格局」，將傳統審美經驗發揮到極致的結果。殊不知，就文學創作而言，愈是具有差異性的描寫就愈加富有異域審美的神秘感和誘惑力！理解了這一文學的普遍規律，我們就可以在這塊土地上發掘出讓世界驚異的作品來。

第二節　現代西部文學的美學價值

一部具有美學價值且可入史的文學作品多半是有地域色彩和文化內涵的，我們認爲這樣的美學眞諦不僅存在於農耕文化、游牧文化以及前工業文化審美時空之中，而且，也呈現在後現代文化語境的審美時空之中，正如赫姆林·加蘭所言：「顯然，藝術的地方色彩是文學生命的源泉，是文學一向獨

具的特點。地方色彩可以比作一個人無窮地、不斷地湧現出來的魅力。我們首先對差別發生興趣；雷同從來不能那樣吸引我們，不能像差別那樣有刺激性，那樣令人鼓舞。如果文學只是或主要是雷同，文學就要毀滅了。」〔註1〕倘若藝術的眞諦就在於它的審美內容是超越一切時空爲存在前提的話，那麼，文化的差異性和落差性就永遠是文學藝術表現的廣袤空間。

　　將現代西部文學置於中國、世界文學的整體格局來審視，其獨特的美學價值和文化內涵就會凸現出來。這不僅體現在西部文化的混合性以及西部宗教的獨特性與民族的多樣性所帶給現代西部文學的影響，即各少數民族游牧文化之間的衝撞與融合，以及游牧文化和內地農耕文化、現代都市文化的撞擊與融合上，而且也體現在不同身份和境遇的文本創作者的審美體驗和審美感受之中。

　　由於特殊的文明形態的決定和影響，現代西部文學的美學風格呈現出了絢麗斑斕的多種色彩。但總起來說可以用「三畫四彩」來簡要概括，這就是呈現爲外部審美要求的風景畫、風俗畫、風情畫這一美學形態，以及作爲內核的自然色彩、神性色彩、流寓色彩和悲情色彩這一美學基調。如果說「三畫」使現代西部文學具有了濃鬱的「地域色彩」和「風俗畫面」，是西部文學賴以存在的底色，那麼，「四彩」便是西部文學的精神和靈魂之所在。

　　作爲西部獨特的地域風情，風景畫屬於物化的自然美，它是游牧文化所特有美學特徵：「藍藍的天上白雲飄，白雲下面馬兒跑」、「風吹草低見牛羊」的風景畫是固有的動靜結合的畫面，猶如各種變焦的長鏡頭掃描，將「古道，西風，瘦馬，夕陽西下」、綿延的雪山、高聳的冰川、蒼莽的草原、烈風中的幡騎、烽火臺的殘垣等意象和景觀，以及自然的山光水色等，都一一融進了西部文學的廣角鏡中。作爲西部文學特有的美學風格，風景畫自始至終成爲許多西部文學作家描寫的自覺意識，它們與中原農耕文化和沿海都市文化忽視和遠離風景畫描寫所形成的反差與落差，儼然成爲西部文學賴以生存的巨大審美理由。

　　風俗畫是人化的自然美，那一幅幅流溢著動感和濃鬱的民俗色彩的長鏡頭，是社會風尚、生活習俗、文化傳統的凝固再現，是人與自然和諧統一的表述。如藏女、帳篷、炊煙、奶茶等的生活剪影，陌村、孤鎮、獨屋、蒼涼的行者所組成的意象，以及轉經輪的老人、叩長首的朝聖者、草原上的那達

〔註1〕　管衛中：《西部的象徵》，青海人民出版社1992年版，第160～162頁。

慕盛會、黃土高原的花兒會等圖景和儀式等等都如陳年老酒一樣，給西部文學帶來了醉人的芬芳，成為西部許多作家描寫的共同無意識，它所釋放出來的審美意蘊是其他地域文學描寫所可望而不可及的豐富美學資源。

風情畫與前面二者的不同就在於它更帶有「人事」與「地域風格」等方面的內涵，是帶著濃鬱的地域紋印的「風景畫」和「風俗畫」，以及在這一背景下的生活場景、生活方式、文化習俗、民族情感以及人的性情的呈現和外露。就此而言，風情畫就是那種有別於其他地域種群文化的特殊民族審美情感的表現。這種審美要素在西部文學創作中顯得更加明顯與突出，成為西部文學審美的強大磁場。

由此可見，「三畫」是形成現代西部文學美學品格的最基本的元素，它賦予了西部文學蒼涼、粗獷、孤寂、渾厚、遼闊、悲愴、堅韌、雄壯的美學風格，以及魅力四射的生命力度。

所以，西部作家極力追求重彩潑墨的風俗畫、風情畫與奇詭堂奧的人生的結合，不僅給人以審美享受，而且實現了對人性的深刻揭示。邵振國的《河曲，日落復日出》就是在廣袤的西北風俗畫中展開的人生畫卷，那個從河曲雪壩中走來的「造筏的人」，那個從九回的河曲彎道峽谷中走來的「淘金人」，那個從河曲下游漂泊而來的「首飾匠人」，粗獷中流溢著悲壯，細膩中蘊含著淒婉，閃爍著人性搏擊的光輝。王家達的《清凌凌的黃河水》、《血河》、《荒涼渡》等「黃河筏子客世家系列」，不但十分細緻地描繪了黃河上游的風物人情，而且活脫脫地推出了一系列充滿野性和血性的黃河兒女形象。其中既有鐵骨錚錚的筏子客，也有溫柔而又剛烈的女子，他們的共同點是活的率真、熱烈，果敢、舒展、自由，而不論生活多麼艱辛。他們的性情與奔騰咆哮、狂放不羈的黃河一樣，與顛簸穿行在暗礁和浪尖上的筏子一樣，是西部風情中最絢麗的一頁。「他們敢殺人，敢放火，敢相跟上情人到莊稼地裏睡覺，敢掐斷仇人的脖子，也敢果斷地結束自己的性命而決不受辱」，他們身上散發出的「其實就是任何既定的活法、規範框限不住，封建厚土壓抑不住的活潑潑的人性和個性。」〔註2〕

同時，自然的遼闊與生命的孤寂相對峙，原始的野性和生命的張力相輝映，在西部作家的筆下也是比比皆是：「戈壁。九千里方圓內／僅有一個販賣醉瓜的老頭兒／一輛篷車、一柄彎刀、一輪白日／佇候在駝隊窺望的／烽火

〔註2〕　管衛中：《西部的象徵》，青海人民出版社1992年版，第160～162頁。

墩旁」〔註3〕；「腳夫駱駝拉著兩匹真正的駱駝在戈壁灘上走著……乾巴巴的風不時揚起一股沙土，直往他的鼻眼裏和牙縫裏鑽……天就是瓦盆。你以為你用不了多久就可以走到天盡頭，可是，你耐著性子走吧，天永遠是個瓦盆，你永遠在瓦盆的正中哩。」〔註4〕色彩濃烈而又風格獨特、奇詭、多樣的西部地域風情，不僅僅是自然景觀給人的視覺印象，更重要的是西部多民族文化交融所形成的獨特的人文色彩所決定的，這使得西部文學的「三畫」與西部以外的東部文學的「三畫」形成了鮮明的差異性。

所謂「四彩」中的自然色彩與「三畫」有著密切的聯繫，它包含「隱」、「顯」兩個層面。一個是風景畫、風俗畫、風情畫的完美結合，這屬於顯性層面，是物化的自然與人化的自然的和諧統一在不同作家筆下的呈現；隱性層面是西部特有的生產方式、文化生態背景下的自然的人的存在，以及與之緊密相關的人的情感、思維方式、價值立場、世界觀等，是人與自然的關係的產物。《漢書·地理志》極為精闢地論述了自然環境對於人的影響：「凡民函五常之性，而其剛柔緩急，音聲不同，係水土之風氣，……好惡取捨，動靜之常，隨君上之情慾」。由此可見，自然環境在很大程度上制約著地域人種的文化心理和行為準則，正所謂「一方水土養一方人」，西部自然環境與西部人群特有的生存狀態和人文情感就造就了這樣的種性關係。在廣袤的西部，草原民族的性格與浩瀚的黃土高原的農民相去甚遠，其性格的差異性是很明顯的；同是游牧民族，藏族的內斂與蒙古族的奔放也形成了鮮明的差異性；同是信仰伊斯蘭教的民族，維吾爾族性情歡快，帶有游牧民族的開放個性特徵，而堅守在黃土高原深處的回族，則表現出了矜持、孤獨、沉默、憂鬱的性情。這就是西部自然環境對人的統攝所形成的西部民族多元的性格、氣質和思維方式。

因此，在這一層面上來反觀解析張承志的《黑駿馬》，審視它對兩種文化心理衝突的展示，其實就深嵌在美麗而憂傷的愛情故事的敘述中。「我」——白音寶力格，一個被寄養在蒙古包的受農耕漢文化滋養的青年，得知自己的心上人索米婭被無賴希拉糟蹋懷孕時「勃然大怒」，「痛苦而悲傷」，「絕望」和「悲憤」之下，拔出了蒙古刀想去找希拉復仇；奶奶「神色冷峻地」、「隔

〔註3〕　昌耀：《戈壁紀事——大山的囚徒》，《昌耀的詩》，人民文學出版社1998年版，第81頁。
〔註4〕　楊爭光：《賭徒》，北京出版社1998年版，第39～40頁。

膜地看著我」，奇怪地說：「怎麼孩子，難道爲了這件事也值得去殺人麼？」
「我」、索米亞、奶奶三個人截然不同的態度，是富含深意的，其巨大的差異
源自於自然環境與生存方式的不同對人的文化心理和性觀念的深刻影響。
「我」儘管是草原的養子，但骨子裏卻打下了農耕漢文化的烙印，這就是對
女子貞操的高度、畸形的敏感；而草原民族對生命的熱愛、呵護以及對生命
繁殖的崇拜遠遠大於對貞節的膜拜，因此，奶奶才會說這樣一番話：「不，孩
子。佛爺和牧人們都會反對你。希拉那狗東西……也沒有什麼太大的罪過。」
「女人──世世代代還不就是這樣嗎？嗯，知道索米亞能生養，也是件讓人
放心的事呀。」〔註5〕在這裡，形成了兩種文化的衝突，一方是「餓死事小，
失節爲大」的輕視生命的道德主義，另一方是生命至上的自然的人道主義。

　　不僅如此，即使是西部半荒漠半農耕區的文化與中原農耕區的文化也存
在較大差異，例如張賢亮的《綠化樹》《男人的一半是女人》中的女主人公馬
櫻花、黃香久等西部半農耕區的女性，其濃烈、潑辣的個性以及主動的性追
求，就深受西部游牧文化的影響，而較少受中原儒家文化的束縛和禁錮，這
是西部自然環境賦予的一種特有的氣質和情感。在她們身上充分體現了人性
的舒展之美、自然之美、眞實之美，而與之相對應的是中原農耕文化對人的
戕害和扭曲。所以，西部自然環境對西部人的宗教信仰、性格特徵、文化心
理、風俗習慣、民居建築等起著重要的塑造作用，亦如韓子勇所言：「沒有哪
塊地方像這裡一樣，自然的參與、自然的色彩對歷史文化發展進程的影響和
制約如此直捷了當地突現在歷史生活的表象和深層。」〔註6〕

　　現代西部文學中的神性色彩，與西部酷烈的物象、普泛化的自然崇拜、
隱秘的歷史、虔誠的宗教信仰密切相關，這使西部文學充滿了濃鬱的史詩性、
寓言性、神秘性。

　　道家追求的「天人合一」境界，在西部民族的日常生活中被世俗化和儀
式化。人們依附在大自然的統攝下，通過與自然的默契來感應自然的啓示，
所以，普泛化的自然崇拜，在西部表現的尤爲突出，從而使西部的人與自然
的關係抹上神秘色彩。一首描述蒙古包的民歌這樣唱到：「因爲仿照藍天的樣
子／才是圓圓的包頂／由於仿照白雲的顏色／才用羊毛氈製成／這就是穹廬

〔註5〕　張承志：《黑駿馬》，山東文藝出版社 2001 年版。
〔註6〕　韓子勇：《西部：邊遠省份的文學寫作》，百花文藝出版社 1998 年版，第 66
　　　　～67 頁。

——／我們蒙古人的家庭／因爲模擬蒼天的形體／天窗才是太陽的象徵／因爲模擬天體的星座／弔燈才是月亮的圓形……」這裡不厭其煩地引述這首古老的民歌，就是要說明西部民族的日常生活與自然的緊密關係，它反映了西部人對自然的基本態度和認識。也正是由於這樣的因素，在西部游牧民族眼中，天、地、日、月、山、水、火、草原、森林是他們賴以生存的母體，「萬物有靈」的自然崇拜便普泛性地化爲西部各民族的一種生活追求和風尚。在蒙古草原，天神「騰格里」生育萬物，因而是至高無上的神；大地女神是「愛土艮」，高山是地母的乳房。源於薩滿教的敖包更具典型意義，它由石頭和樹枝疊成，被認爲是諸神棲住之所在，祭祀敖包就是祈求神靈的保祐，是草原牧人與天神和地母實現靈魂交流和對話的儀式。所以，西部文學中的「泛神化」敘事與西部自然環境的酷烈、險惡、蠻荒、浩瀚以及不可知的自然災害有關，「它的荒誕、神秘、驚異不是針對正統的人文文化的一種民間性的反動和消解力量，而是落於塵埃，出沒荒野，多與自然有關的東西」，是「一種較爲粗陋、停留在曠野崇拜」〔註7〕的東西。周濤的詩文中比比皆是的神馬和雄鷹，張馳筆下的「水怪」、「馬妖」（《汗血馬》），趙玄筆下神奇的「白駝」（《紅月亮》）等意象，都充滿了神奇的寓意。唐棟、李本深、李斌奎、王宗仁等西部軍旅作家，爲空氣稀薄、環境惡劣的冰山和高原披上了神性色彩，使之與「戰士」的剛毅性格相吻合，從而爲英雄抹上了神性色彩，但這恰恰是人性的極致和完美的體現。

人神大戰、部族紛爭的傳說在西部四處散落，它與走馬燈般的民族融合連綴在一起，形成了西部獨有的歷史鏡像。所以，逼近遙遠而神秘的歷史，成爲了一種基本的西部敘事模式。反覆出現的「廢墟」意象、身世隱秘的孤獨行者、亙古不衰的英雄史詩、以及隱藏在沙海深處的古堡和宮殿，等等，都訴說著逝去的歷史和被歲月塵埃湮沒的記憶。因此，無論是一片古遺址，還是一首殘缺的古歌，抑或一個祭祀的場面，都被蒙上了奇詭、隱秘的色彩。也許，在西部以外的作家筆下，這僅僅是獲取歷史滄桑感的一種手段和策略，但是，這對於西部作家來說卻是一種無法迴避的歷史存在和滲入骨髓的烙印。

此外，神性色彩還體現在濃鬱的宗教色彩對現代作家寫作的影響。自然崇拜的繁盛使得西部各民族的原始宗教非常發達，橫貫北方草原的薩滿教和流行於雪域藏地的本教等只是其中的代表。儘管，藏傳佛教後來取代了薩滿

〔註7〕 韓子勇：《西部：邊遠省份的文學寫作》，百花文藝出版社 1998 年版，第 66
～67 頁。

和本教對於北方草原和藏地的統攝，但是，原始宗教還是沉澱在了這些民族的生活和信仰中，這就是藏傳佛教和本教在青藏高原上的融合，以及藏傳佛教和薩滿在蒙古草原上的融合。自公元七世紀以降傳入中國的伊斯蘭教，逐步取代了拜火教、襖教、佛教等對新疆的統治，進入青藏高原的邊緣和黃土高原腹地，並深深地扎下了根。所以，濃鬱的宗教氛圍和宗教文化使西部包裹上了神秘主義的色彩，使其不但成爲名副其實的宗教高地，而且成爲天然的文學富礦。張承志筆下神秘、肅穆、奇異的宗教禮俗和人的精神追求（如《心靈史》、《西省暗殺考》），扎西達娃的魔幻現實主義（如《西藏，隱秘歲月》等），都不只是藝術手法單純運用的結果，更重要的充溢著神性色彩的題材和故事的本身的魅力，以及作家自身對於宗教文化的深刻體悟，才是眞正成就他們走向藝術高原的原動力。

　　流寓色彩之所以成爲現代西部文學的一個重要的美學特徵，在於它與西部人的存在狀態密切相關。那麼西部人的存在狀態是什麼呢？一言以蔽之曰：在路上。我們以爲這是打開西部人心靈閘門的一把鑰匙。荷爾德林在《漫遊》一詩中這樣寫道：「離去兮情懷憂傷／安居之靈不復與本源爲鄰」。海德格爾對此作了進一步闡釋，他認爲接近「本源」的最佳狀態是接近故鄉，「還鄉就是返回與本源的親近」，所以，「那些被迫捨棄與本源的接近而離開故鄉的人，總是感到那麼惆悵悔恨。」〔註8〕這裡的「本源」，其實就是赫爾德林的「人充滿勞績，但還／詩意地安居於這塊大地之上」〔註9〕的存在境界。西部人之所以備嘗離開故鄉的流浪的痛楚，主要源於他們獨特的生存方式和安放心靈的方式，這就是流寓的生活，以及對故鄉和信仰彼岸的執著追尋。

　　西部游牧民族的生活方式是逐水草而居的遷徙，定居點的出現只是說明游牧者有了一個較爲固定的營地而已，但是，他們還得隨著季節變換不停地「轉場」到其他營地放牧（游牧民族有夏營地、冬營地、秋營地）。因此，對於游牧民族來說，「家」就是移動的牛皮帳篷或者包（藏包、蒙古包、裕固族包等），「家」就是馬背，這是一種被凝固的民族文化心理。「穹廬爲室兮氈爲牆，以肉爲食兮酪爲漿」，《細君公主歌》從衣食住行的角度也正好說明了游牧民族這一「行國」的特點。此外，還有歷史上的無數次的民族大遷移，如清朝

〔註8〕　海德格爾：《人，詩意地安居》，郜元寶譯，廣西師範大學出版社2000年版，第69頁。

〔註9〕　海德格爾：《人，詩意地安居》，郜元寶譯，廣西師範大學出版社2000年版，第73頁。

時的錫伯族，從東北的松花江畔遷移至新疆伊犁、土爾扈特蒙古從伏爾加河下游回遷伊犁等等，都說明西部游牧民族的生命歷程就是人「在路上」的遷徙和「轉場」，這是永遠也無法完成的還鄉之旅。如果這還不夠，那麼，中原漢文化在西部得以廣泛傳播並使之與西部各少數民族文化相融合的歷史是否可以對此給予佐證呢？從肩負漢文化西播者的身份來考察游牧者，主要有以下幾類人承擔：戍邊和屯墾的將士、貶謫的官員、流放和發配的罪犯、被動的移民、觀光遊歷者、現代支邊者，以及因躲避戰亂、災禍、饑荒而西行的流浪者，等等。隨之，「西出陽關無故人」和「一出玉門關，兩眼淚不乾」等充滿悲情色彩的詩句，更加重了西部文學的這一流寓、流亡情結。所以，「故鄉在遠方」的西去和出塞，便成了一條刑罰之路、一條流放之路、一條冒險之路、一條避禍之路，一次離開故地的「失根」之旅和心靈漫遊。正如楊牧在詩中寫的，「西口不是張家口／是百姓的口／真正的西口是在西／……朝西！朝西！口總是朝西／西風嗆得口齒打戰／不是為喝西北風／西北風喝得南方浮腫／這才西去／闖出了一路流浪漢……」〔註10〕。在現代作家中，新疆的趙光鳴是寫流浪漢的高手，他筆下的畢裁縫（《淨身》）、延壽（《絕活》）、花兒鐵（《石板屋》）、任英子（《逃亡》）等極盡了小人物的苦難命運，他們生存的艱難和心靈的熬煎，他們的卑微和絕望，讀之令人熱淚橫流，流溢著濃烈的人道主義色彩。

人「在路上」的流寓，心靈之旅的執守，還集中地體現在西部人對宗教信仰的堅守和追尋上。藏傳佛教和伊斯蘭教作為西部的兩類宗教朝聖奇觀，實際上就是西部人的一種精神存在方式，是西部人安放靈魂的世界。在雪域高原，一絲不苟的長叩頭是藏族人向拉薩聖地朝聖的足跡，縱是嚴寒酷暑也不會退縮，縱是荒灘連著草地連著綿延不斷的雪山也不會停步，有的人的一生甚至只為了這一次朝聖而存在；在乾旱、貧瘠的黃土高原，回族人將最乾淨的水用著舉禮時的大淨和小淨，將每一天的初聲獻給晨禮。他們的每一次宗教功課，都是一次真誠地進入與洞悟。他們將整個一生投入到近「主」的生命歷程中，他們心靈「還鄉」的方向永遠是麥加天方。這些安放心靈的信仰之旅，無疑給西部文學的流寓色彩塗上了一層神秘的油彩。

最後一點要說的是西部文學中的悲情色彩。就審美意義上的悲情而言，實際上就是酷烈的自然物象與人生際遇相結合所產生的孤獨感和悲愴感的集中呈現。是人在天涯的憂傷：「居常思土兮心內傷／願為黃鵠兮歸故鄉」（《細

〔註10〕楊牧：《走西口》，《邊魂》，作家出版社1987年，第45頁。

君公主歌》）；是命運無常的喟歎：「我是大地的士兵／命運，卻要使我成爲／大山的囚徒／六千個黃昏／不堪折磨的形骸，始終／拖著精神的無形鎖鏈」〔註11〕；是徹入骨髓的荒涼和孤獨。作家趙光鳴說：「新疆這塊土地浩瀚無邊、荒涼亦無邊。人站在它的蒼穹下面顯得過於渺小和孤單，精神時常感到過於空蕩和無所寄託。揣著無盡的鄉愁尋找家園，是這土地上遠離故鄉的人們的一種特有的心態。」〔註12〕他的這段話對理解西部文學的悲情色彩有一定的昭示意味。西部自然物象的酷烈、險惡和災變的頻仍與人的渺小，人對客觀選擇的局限和生命的無常，人對命運的不可把握等因素，加劇了人與自然對比的文化反差。如果說，中原文化給人的無常感更多地是宦海浮沉和名利場上的人際、人禍悲情色彩，那麼，西部文學中的悲情和無常感的產生，卻更多屬於生存的無常和命運的不可知，這是人與自然的基本衝突和相互改造的結果。因此，在西部人的覺醒和自覺意識中，充溢著濃烈的流寓、流亡色彩所帶來的悽惶、苦難和悲情理念，而西部人的隱忍、犧牲和決絕的抗爭，又帶著一種悲壯的殉道色彩。這一切貫注於作家作品中，就不僅是構成作品內涵的基本要素，而且也是形成西部文學敘述模式的重要元素之一。

　　當然，構成整個西部文學的元素是多元而複雜的，而且，隨著時代與社會更替和演進，因著許多因子的加速裂變，其元素的變化當然也就是在所難免的。但是，不管時代風雲如何變幻，西部文學的「三畫」「四彩」的美學特徵是很難抹殺的，它將成爲中國西部文學恒定的內在風格與外在敘述模態。

　　研究中國的西部文學的邏輯起點不是政治文化的要求，而是首先基於對於人類文化學角度的考慮，由此切近文學，可以看到不同尋常的美學風景線，「地域人種」（Local race）對文學的影響可視爲這一研究域亟待深入的領域，我們試圖由此切入，來整體觀照西部文學：「從地域學角度研究文藝的情況和變化，既可分析其靜態，也可考察其動態。這樣，文藝活動的社會現象就彷彿是名副其實的一個場……。作品後面的人不是一個而是一群，地域概括了這個群的活動場。那麼兼論時空的地域學研究才有意義。」〔註13〕同理，考察地域文學也是需要一個開闊的視野的，否則，我們就會陷入文學史一般性敘述的泥潭。

〔註11〕　昌耀：《戈壁紀事——大山的囚徒》，《昌耀的詩》，人民文學出版社1998年版，
　　　　　第158頁。
〔註12〕　趙光鳴：《遠巢·後記》，新疆人民出版社1989年版，第322頁。
〔註13〕　金克木：《文藝的地域學研究設想》，《讀書》，1986年第4期。

第三節　狼爲圖騰，人何以堪：價值觀退化以後的文化生態

　　作家「寫什麼」和「怎麼寫」是他的權力，批評家「評什麼」和「怎麼評」是他的自由，在兩種不同思維表達方式的思想角逐中，並非要決出一個勝負，而是要在人類思想文明史和藝術史上找出更符合地球和宇宙進化發展的道理來。

　　《狼圖騰》在中國和歐洲出版商的策劃和鼓噪下開始流佈於世界各地，我不知道一直以現代文明著稱的歐洲知識分子是否能夠通過翻譯的文字讀懂它，即便是讀懂了一部分，會不會對其極端的理念產生本能的「條件反射」？而在廣袤的中國大陸的文化土壤裏，面對發行量巨大的這本書籍，我們只聽到了少數知識分子的批評聲音，而更多的人是保持沉默。也許，正是這個消費時代的來臨，廣大的知識分子思想早已開始異化而自顧不暇了，哪有心思去讀這樣的「暢銷書」呢？恰恰有趣的是，我看到了另一種文化景觀——各個企業和商業（無論是國企還是民企）部門的老闆們都紛紛把這本書作爲他們單位的教科書發給其下屬的每一個員工。他們究竟想從中汲取什麼樣的精神營養呢？我曾經問過一個在辦公室裏手捧此書的招商房地產銷售員工從中讀懂了什麼，他不假思索的說：狼一樣的團隊精神！哦！我這才明白「商場如戰場」的眞諦，怪不得這些商場的商人們都一個個如狼似虎地使用一切突破人倫底線的手段去消滅對手和征服他們的「上帝」呢，原來老闆們是用狼性和獸性教育和薰陶他們，在他們的思想裏只有狼性和獸性佔據上風，而人性和理性退隱，才能取得最後的勝利。這種恐怖的現象習焉不察，終究成爲我們整個國家和民族的精神鴉片。鑒於此，我想就這一問題再作一次學術和學理層面的闡釋，以就教於方家與作者。

一、在達爾文的生物進化論與「狼是自然進化的發動機」之間

　　我要回答的第一個核心問題就是：狼圖騰崇拜的理論和達爾文主義的進化論並不相同，而是背道而馳的理論原點。

　　無疑，十九世紀中葉由於達爾文《物種起源》的發表，震動了整個世界，尤其是 1860 年英國科學促進會在劍橋大學召開的集會上，赫胥黎向 S・威爾伯福斯主教公開爲達爾文理論進行辯護時那段震撼世界的慷慨陳詞，爲人類

生物科學研究鋪平了道路：「如果有人問，在一隻可憐的猴子和一個天生高貴、有權有勢，但只會在嚴肅的科學討論會上把這些天賦和權勢變成笑柄的人之間，我選擇誰爲祖宗，我會毫不猶豫地選擇前者。」這個回答不僅僅是對主教人身攻擊的反擊，更重要的是，它「宣告科學已脫離神學而獨立。」〔註14〕從此，進化論成爲十九和二十世紀影響著一大批文史哲學家們價值觀念的龐大理論體系，儘管有許多學者並不認同達爾文主義的觀點，但是，它的文化影響卻是無處不在的。正如房龍所言：「在從 1810 年到 1840 年的短短 30 年中，在所有科學領域取得的進步已超過所有前人所做的總和。自從人類最初觀望星星並驚奇於爲什麼掛在那裏以來，已經過去了幾十萬年。對於在舊體制下接受教育的人們而言，這是個不幸的時代。我們可以理解他們對拉馬克和達爾文這一類人的仇恨心態。這兩人雖然並未明確地說人類是『猴子的後裔』（我們的祖輩把此看成是侮辱人類自身的一種罪狀），但認爲值得驕傲的人類是從一系列的祖先進化而來的，其家譜可追溯到我們星球的第一代居民——小小的水母。」〔註15〕人類進化說已經是不可逆轉的歷史事實，它無疑是摧毀《創世紀》神學中「上帝的精神存在於自然界，表現爲上帝創造了新的動物或植物物種，以取代滅絕的物種」〔註16〕理論的一枚炸彈。而赫胥黎的在 1892 年出版的《進化論與倫理學》（按，亦爲被最初翻譯到中國來時名爲《天演論》）也將科學理論與人文學科理論相勾連，大大地影響了一代五四中國現代思想家和文學家們，從而開創了五四「人的文學」之路。然而，一個世紀過去了，《狼圖騰》恰恰又是從反進化的角度，將「狼」請上了高於「人」位的神壇之上，正如此書「編者薦言」《享用狼圖騰的精神盛宴》一文中所言：「狼——特別是蒙古的草原狼——這個中國古代文明的圖騰崇拜和自然進化的發動機，就會像某些宇宙的暗物質一樣，遠離我們的地球和人類，漂浮在不可知的永遠裏，漠視著我們的無知愚昧。」且不說這種圖騰崇拜本身就充滿著無知和愚昧，即便是回到神性統治時代，這種將動物凌駕於人類之上的行爲也是可笑之極的，儘管我們知道作者是在隱喻著什麼——成吉思

〔註14〕　《不列顛百科全書》第 8 卷，中國大百科全書出版社 1999 年第 1 版，第 263頁。

〔註15〕　〔美〕亨德里克·威廉·房龍：《人類的故事》，徐船山譯，中國婦女出版社2004 年版。

〔註16〕　《不列顛百科全書》第 5 卷，中國大百科全書出版社 1999 年版，第 152～153頁。

汗式的團隊武力擴張精神。然而，這種「自然進化的發動機」究竟是歷史的
進化還是歷史的退化，恐怕就不言自明了。

　　也許，《狼圖騰》可以在達爾文主義「物競天存」的物種理論中找到自己
的理論根據。不可否認的事實表明，達爾文主義對世界科學的貢獻是巨大的，
二百年來科學技術的日新月異發展也與進化論有著密不可分的關聯，它帶領
科學研究從神壇上走下來，使科學研究富有了學理性和獨立的學術性。但是，
達爾文的核心理論同時也在新的科學技術歷史與人文歷史的進化中遭到了嚴
重的挑戰。按照達爾文的「自然選擇原理」，物種的進化是靠其內部的競爭實
現的：「1838 年 10 月達爾文讀了 T・馬爾薩斯的《人口原理》。馬爾薩斯認為
人口按幾何級數增加，而食物供應僅按算術級數增加，因此人口的增加總被
有限的食物供應所遏制。達爾文在他的〈自傳〉中回憶說，他認識到假設生
存鬥爭到處存在，則『有利的變異往往得以保存，而不利的變異則往往遭到
毀滅……其結果是新的物種的形成。』」〔註 17〕且不說馬爾薩斯人口理論中所
闡釋的人類並沒有因為食物的緊缺而遭到毀滅沒有得到印證，即便是想通過
戰爭來解決人口增長的理論也沒有得以證明其合理性，所以達爾文主義的物
種「內競爭」的理論也就遭到了質疑：「他認為自然世界捲入一場互相競爭的
個體間無盡無休的鬥爭之中，這些個體對環境的適應能力各不相同。其他人
也見過鬥爭，但只見過種間鬥爭，從未見過種內鬥爭。把對生物間鬥爭的認
識從種間鬥爭前進到種內競爭，達爾文引進了種群概念，這就是棲息於一個
局部地區的由一定物種的個體組成的群體，該群體中每一個個體均與其同胞
有所不同，他認識到，由於種內競爭，那些具有更適應環境的性狀的個體得
以生存，正是種內競爭最終造成新種的進化。」〔註 18〕顯然，達爾文所特指
的「種群內競爭」，而非「其他人」見過的「種間鬥爭」。前者的理論是否印
證了馬克思主義的人類階級鬥爭學說，那是另一個話題，暫且不表，我要說
的是，達爾文和赫胥黎的「物競天存」「優勝劣汰」理論是針對「種群內部」
的，也就是說，他將各個物種按類分開，人類是人類，動物類是動物類，植
物類是植物類，所有這些分類法都在他的許多著作中表明了。也就是說，達
爾文理論的原點主要闡釋的是物種「種間內競爭」，而非不同類別物種之間的

〔註 17〕《不列顛百科全書》第 5 卷，中國大百科全書出版社 1999 年版，第 152～153
　　　　頁。
〔註 18〕《不列顛百科全書》第 5 卷，中國大百科全書出版社 1999 年版，第 152～153
　　　　頁。

競爭。假如回到「種間鬥爭」的理論語境之中，比如人類和獸類之間的鬥爭，無疑，達爾文的進化論，絕不會倒向像狼一類的野獸一邊的，因為他理性地知道一個科學的常識──狼即使再兇惡狡猾，也競爭不過人類的智慧，在這場「種間鬥爭」中，人類終究是勝利者，一個科學家無須站在人性和人道主義的立場上就可以回答這個簡單的問題。至此，那種將狼捧上聖壇，而無視世界文明進化規律與常識的理論，還能有什麼價值呢？人們恰恰忽略了的是作品中揚狼抑人的反文明和反人類價值觀的可怖性和可悲性。

　　達爾文的「自然選擇原理」給工業革命，乃至於資本主義發展帶來了巨大的思想資源，它有著不可磨滅的貢獻，但是，不可否認的是，作為科學家的達爾文也忽略了人類在「內競爭」中所產生的許許多多非人性和人道的東西，更加上許多人歪曲和誤讀了進化論的基本原理內涵，產生出許許多多奇談怪論，致使科學原理走向了反人文主義的歧路，這才是文明值得注意的問題，尤其是在文學創作中所表現出的價值觀的紊亂，是需要進一步釐清的問題。

二、「人與獸」的選擇：人類進化過程中的倫理標準

　　首先，須得強調的是，我這裡所使用的「獸」和「獸性」是一個中性詞，完全是基於學術和學理的層面，沒有任何攻擊性的感性色彩。

　　如果按照人與自然界一切動植物一律平等競爭的原則來進行「種間競爭」的話，無疑就會出現這樣一個悖論：即，將人的種群放在一個特點的環境之中，例如還沒有冷兵器的原始社會中，人群未必能夠戰勝狼群，正如《狼圖騰》中一再宣揚的狼的團隊精神，甚至犧牲精神，是保住狼種群日益發達強盛的種群無意識（其實，大多數生存下來的種群都具備這樣的種群素質，否則它們在自然界的競爭中早已被淘汰了），兇惡往往是種群強盛的標誌，這就使我想起了恩格斯的那句名言：「惡是歷史進步的槓杆。」然而，歷史的發展並沒有按照這一「物競天存」的理路行進，這是因為人類歷史的發展進程要比其他物種的發展要迅速得多，人類的智慧終究戰勝了兇惡，思想是比原始兇惡還要強大的力量！如果有人將此也看成一種大惡，恐怕也是有一定道理的，因為人類利用他的智慧去幹不利於生態平衡發展的一些事情，過度地表現出和一切動物所擁有的相同的貪婪性，卻是值得自我批判的。但是，因此就拋棄了已經被歷史進化所證明了以人類思想與智慧為一切物種嚮導的核心理念，重新回到那種原始物种競爭的狀態之中，豈止是可笑，更是一種反歷史主義的行為。

　　從人性和獸性的價值取向上來看，《狼圖騰》全文都充滿了對狼性的膜拜與頌揚，狼是神狼，狼就是狼神！甚而把近代以來中國的衰敗和貧弱歸咎於缺乏狼性，認為只有具備了狼性才能使民族精神強盛起來。小說主人公名為陳陣的知識青年，經常扮演著作者代言人的角色，反反覆覆地謳歌狼和狼圖騰，其最終的目的就是為了倡揚充滿獸性魅力的武功，那種為了種群利益（上升到人類層面就是國家、民族利益）而不顧人類倫理的侵略性行徑：「他腦中靈光一閃：那位偉大的文盲軍事家成吉思汗，以及犬戎、匈奴、鮮卑、突厥、蒙古一直到女真族，那麼一大批文盲半文盲軍事統帥和將領，竟把出過世界兵聖孫子，世界兵典《孫子兵法》的華夏泱泱大國，打得山河破碎，乾坤顛倒，改朝換代。原來他們擁有這麼一大群偉大卓越的軍事教官；擁有優良清晰直觀的實戰觀摩課堂；還擁有與這麼精銳的狼軍隊長期作戰的實踐……他從小就癡迷歷史，也一直想弄清這個世界歷史上的最大謎團之一──曾橫掃歐亞，創造了世界歷史上最大版圖的蒙古大帝國的小民族，他們的軍事才華從何而來？……陳陣肅然起敬──向草原狼和崇拜狼圖騰的草原民族。」「為什麼成吉思汗及其子孫，竟然僅用區區十幾萬騎兵就能橫掃歐亞？消滅西夏幾十位鐵騎、大金國百萬大軍、南宋百多萬水師和步騎、俄羅斯欽察聯軍、羅馬條頓騎士團；攻佔中亞、匈牙利、波蘭、整個俄羅斯，並打垮波斯、伊朗、中國、印度等文明大國？還迫使東羅馬皇帝採用中國朝代的和親政策，把瑪麗公主屈嫁給成吉思汗的曾孫。是蒙古人創造了人類有史以來世界上版圖最大的帝國。這個一開始連自己的文字和鐵箭頭都還沒有，用獸骨做箭頭的原始落後的小民族，怎麼會有那麼巨大的軍事能量和軍事智慧？這已成了世界歷史最不可思議的千古之謎。而且，成吉思汗及其子孫的軍事成就和奇跡，不是以多勝少，以力取勝，而恰恰是以少勝多，以智取勝。難道他們靠的是狼的智慧和馬的速度？狼的素質和性格？以及由狼圖騰所滋養和激發出來的強悍民族精神？」毫無疑問，「唐宗宋祖，稍遜風騷，一代天驕，成吉思汗，只識彎弓射大雕」的征服欲望，曾經滿足了許許多多人力比多爆發的夢想，但是，這也和那種「種群內鬥爭」所表現出的「兇惡」倫理範疇緊緊相連，和其狹隘的民族主義，甚至是民粹主義相勾連。就 20 世紀歐洲的納粹主義而言，其許多價值理念是與此相通的，包括日本軍國主義在內的「武運長久」也同樣是所謂的「武功」精神的體現，他們製造慘絕人寰的南京大屠殺，其思想根源也來自於用「武功」來締造一個「大東亞共榮圈」，可謂將其「狼性」發揮到了極致。

　　「整個 20 世紀被許多歐洲知識分子張開臂膀大加歡迎，正如無數的『民族解放』運動很快轉變成傳統的暴政，給全球不幸的人們帶來災難。整個世紀歐洲的自由民主被用魔鬼的字眼描繪成僭主的眞正家園──資本的、帝國主義的、尊奉資產階級的（bourgeois conformity）、『形而上學的』、『權力的』甚至是『語言的』僭主政治。」〔註 19〕由此可見，國家主義、民族主義、民粹主義發展到一定的階段就是軍國主義，而軍國主義往往使知識分子對法西斯的獸性和獸行頂禮膜拜，這就是法西斯主義之所以能夠在尼采、斯賓格勒、海德格爾、施米特等大思想家那裏能夠找到共同思想答案的緣由。有一個十分耐人尋味的歷史史實是，在法西斯納粹發動的慘無人道的二戰中，其中用毒氣所殺戮的猶太人就達 600 萬之多，然而，許多納粹分子卻是「素食主義者」，他們禁止對動物的「活體解剖」，卻毫不留情地進行人體的「活體解剖」，毫無疑問，他們是把動物物種生命置於人類（他們所指的劣等的人類種群）生命之上的，他們拯救人類的方式就是採用暴力手段消滅本種群內的「異己」，寧可殺戮同胞，也不殺異類種群的思想根源就在於那種來自原始獸性間的「種間鬥爭」，以及任何動物（包括人類）身上所固有的征服欲和暴力傾向。在動物的高級階段的人類，把這種傾向經過放大和誇張以後，作為一種征服者和勝利者的炫耀，乃至一種審美的取向，就違背了作為物種最高級階段的、有思想的人類的人性底線和倫理底線。從這個角度來看，《狼圖騰》充斥了這樣的尚武精神，無疑是對文明的挑戰。正如《狼圖騰》中的主人公陳陣所闡釋的那種謬論那樣：「歷朝歷代，沒有武功，哪來的文治？沒有武功，再燦爛的文化也會成為一堆瓦礫。漢唐的文治是建立在武功的基礎上的。世界歷史上許多文明古國大國，不是被武功強大的落後民族徹底消滅了嗎？連文字語言種族都滅亡消失了。你說漢族文化征服了落後的草原民族，那也不全對，蒙古民族就長期保留自己的語言文字、圖騰信仰、民族習俗，至今堅守著草原。要是蒙古民族接受了漢族文化，把蒙古大草原開墾成大農田，那中原的華夏文明可能早就被黃沙吞沒了。」「華夏的小農經濟是害怕競爭的和平勞動；儒家的綱領是臣臣君君父父子子，強調的是上尊下卑，論資排輩，無條件服從，以專制暴力消滅競爭，來維護皇權和農業的和平。華夏的小農經濟和儒家文化，從存在和意識兩個方面，軟化了華夏民族的性格，華夏民族雖

〔註 19〕　〔美〕馬克・里拉：《當知識分子遇到政治》，鄧曉菁、王笑紅譯，新星出版社 2010 年版。

然也曾創造了燦爛的古代文明，但那是以犧牲民族性格爲代價的，也就犧牲了民族發展的後勁。當世界歷史越過了農業文明的低級階段，中國注定了落後挨打。不過，咱們還算幸運，趕上了蒙古草原原始游牧生活的最後一段尾巴，沒準能找到西方民族崛起的秘密也說不定？」

且不說幾近是作者代言人的陳陣說出的這些話中一些歷史常識的錯誤，就其精神的謬誤也是很容易攻破的：首先，歷史文明的進化發展已經證明，封建的農耕文明要比原始的游牧文明更先進、更強大。我們不否認封建文明存在著許許多多弊端，那是相對於現代民主社會而言的，然而，在歷史發展的環鏈中，它比原始的游牧文明要高一個等級，相比較而言，游牧文明卻是一個更低級的文明階段，而作品硬是要跳躍式地把它凌駕於封建文明之上，無非就是要突出原始文明的獸性和「武功」的一面，凸顯它的進攻性。

其次，「武功」可以在競爭中得到發展，那麼，「文治」就取消「內競爭」了嗎？武力只能打天下（且不說這個「打天下」是否合理？是否具有侵略性），而「文治」卻是長久治理天下的策略，而文明的延續手段主要是靠治理，但作品中和陳陣對話的另一個知識青年楊克的一段話就更加離譜了：「游牧民族文明發展程度雖然沒有不如農耕民族高，可是一旦得到發展條件，那趕超農耕民族的速度要比野馬跑得還要快。忽必烈、康熙、乾隆等帝王學習和掌握漢文化，絕對比大部分漢族皇帝厲害得多，功績和作爲也大得多，可惜他們學的是古代漢文化，如果他們學的是古希臘古羅馬或近代的西方文化，那就更了不得了。」且不說歷史倒錯的邏輯混亂所造成的自相矛盾──近代西方文化是比游牧文化高兩個檔次的文明等級，作品無意中又承認了游牧文明的次等級，而就對古希臘和古羅馬文化的青睞而言，除非你的蒙古草原文化「武功蓋世」，長驅直入，直搗歐洲，侵佔他們大片的國土，你才可以坐在侵略者的高位上享用向他們學習先進文化和文明的盛宴。但是，作品恰恰忽略了一個最大也是最關鍵的本質問題──一個民族和國家的強大不是他所擁有的武力，而是取決於它的文化和文明程度內驅力，你學習別人，就證明別人的文化比你強大，忽必烈、康熙、乾隆採取的不正是文化投降的政策嗎？因爲他們懂得文化的強大才是眞正的強大，而武力最終不是解決問題的根本，康熙和乾隆最終沒有看見大清帝國的覆滅，但是他們的後裔們最終也沒有悟出這樣一個常識性的眞理：冷兵器時代的武功永遠追趕不上現代科學技術的發展，大刀長矛和十八般武藝輕描淡寫地就被一顆小小的子彈就撂倒了（這樣

的理念早在上一世紀 80 年代諸如《神鞭》那樣的作品中就呈現過了），而現代電子戰爭更是一觸按鈕就完事，根本無需面對面的施展什麼「武功」，冷兵器時代早已被戰爭史所淘汰。如果連這些常識都忽略的話，作品的戰爭理念價值就很難說了。

最後要說明的是，西方民族崛起的秘密不是用武功征服其他國家和民族，殖民統治雖然給資本主義貪婪地掠奪資源、創造原始積累提供了條件，但是，最終起決定作用的還是在 200 多年中的科學技術和民主制度突飛猛進的歷史發展。

文明的發展並不否認在歷史的環鏈中暴力和武功對社會的進化起著的重要作用，但是它只是在原始社會向奴隸社會、奴隸社會向封建社會轉型時，才有進步意義，而將此置於一個現代社會之中，其理論無疑就呈現出其反動性了。隨著現代和後現代文明的發展，科學技術日新月異地突進，不僅游牧民族的生活方式和生活場景即將消逝，即使是農耕文明也會消逝在各國和各民族的地平線上。「文化制約人類」的理論早在上一世紀的 80 年代就被中國作家們預支了，如果至今《狼圖騰》的作者還執迷不悟，說什麼草原文化的堅韌性，而看不到這種文化已經被現代文明所同化和覆蓋的事實，那我們只能面對其歷史的無知而無語了。其實，大清帝國入關後，其滿族文化被迅速同化的歷史史實不就說明了一切。這些就無需贅言了。

三、在審美與文明價值的座標上：藝術創造元素和歷史進化之間的衝突

毋庸置疑，在許多作家那裏，處理人與自然的關係時，往往是自然至上，甚至是原始至上的理念占上風，因爲在他們的潛意識之中，藝術的審美是第一位的，恰恰弔詭的是，越是崇尙對大自然的描寫，其藝術價值就越高，這就形成了一種普泛的理念：凡是對自然的禮贊，凡是對原始的謳歌，那就是藝術的上乘之作。然而，人們卻忽略了一個藝術的基本常識：藝術欣賞的主體種群是人類，其他種群是不具備這樣的功能的，所以，無論你如何描寫，都會有意無意地透露出其中的人文價值理念的。在這裡，我要排除的是那種用某種動物來作畫之類的所謂「藝術行爲」（更確切地說是「行爲藝術」），因爲動物種群主體對藝術絕對不會有繪畫思維和欣賞能力的。因此，如何處理創作過程中價值觀念滲透就是一個不容忽視的眞問題了。

在西方文學藝術史上，尤其是 19 世紀末至 20 世紀初歐洲的一些貴族文學藝術家對自然主義、原始主義和浪漫主義的深刻眷戀，造成了人們對這些流派的識別誤區，我們可以看到這樣一個史實——但凡文學藝術創作進入了向歷史反方向發展的行進理路，就很容易成爲引人矚目的藝術大師和藝術流派。

我們必須考慮這樣一個不容迴避的問題：「T・S・艾略特的美學理論中有一個觀點：眞正的藝術作品是永恒的，不同於轉瞬即逝的商業文化。這種觀點與克萊夫・貝爾 1914 年宣稱的那種藝術是神聖的『宗教』信仰，很容易結合在一起。貝爾明確指出，藝術家無須爲人類的命運煩惱，因爲『審美喜悅』會自己證明它正確有效。這種藝術家和知識分子應該遠離純粹的人性關懷的觀點，也吸引了埃茲拉・龐德。他使這個觀點變得更爲專橫，因爲他告誡說，藝術家是天生的統治者，『生而爲王』，他們將很快接管整個世界。」〔註 20〕循著這樣的理路下去，我們對《狼圖騰》裏那種充滿著對自然形態的草原文化氛圍描寫就很容易產生一種近乎於宗教感的審美情趣——「大漠孤煙直，長河落日圓」似乎永遠是一種靜態之美，認爲游牧民族的生存氛圍是藝術表現的最高級階段，應該是傳統審美的一個誤區。其實這些描寫只是爲《狼圖騰》這樣的作品塗上了一層保護色。和克萊夫・貝爾相同的觀點就在於「藝術家無須爲人類的命運煩惱」，「藝術家和知識分子應該遠離純粹的人性關懷」成爲他們理論的共同原點；而不同的是，貝爾把它落實在純藝術的「審美愉悅」上；而《狼圖騰》的作者卻將它落實在狼性（即獸性）的弘揚上。其價值的偏差雖然不是很大，但是後者更有其攻擊性，因爲他所關心的不是人類，而是獸類，更準確地說是對血腥獸性的審美。從這一點來看，《狼圖騰》的作者似乎比貝爾、艾略特、伍爾夫等文學藝術的貴族走得更遠。

我們不要以爲只要是具有獸性特徵的人就和思想家、文學家、藝術家不搭界，事實有時恰恰相反，不僅許多大家都充滿著獸性特質，而且也有許多充滿著獸性和暴力傾向的人也同樣具備藝術的天份和氣質，正如約翰・凱里在大量引證希特勒自傳《我的奮鬥》時所言：「希特勒本人確實具有知識分子的傾向。他從圖書館成打地借有關藝術、建築、宗教和哲學類的書回家，並

〔註20〕〔英〕約翰・凱里：《知識分子與大眾：文學知識界的傲慢與偏見，1880～1939》，吳慶宏譯，譯林出版社 2008 年版。

常把尼采掛在嘴邊，還能整頁地引用叔本華的著述。他對塞萬提斯、笛福、斯威夫特、歌德和卡萊爾的作品十分欣賞，並對莫扎特、布魯克納、海頓和巴赫等音樂家非常欽佩，甚至把瓦格納當作偶像。在繪畫方面，他對那些古代大師，尤其是倫勃朗和魯本斯的成就也是拍手稱贊。」他也「對美國粗俗物質主義的輕蔑」，和英國的貴族知識分子持有同樣的態度：「他堅信藝術比科學或哲學更高級，更有價值，比政治學更永恒。『戰爭過後，唯一存在的是人類天才的傑作。這就是我熱愛藝術的原因。』音樂和建築紀錄了人類提升的道路。沒有任何東西能取代偉大的畫家或詩人的地位。藝術創造是最高的境界。一個國家的內在動力就源於對天才人物的崇拜。」〔註 21〕從這裡，我們看到的是另一個希特勒，一個有著貴族血統的、一個有著藝術氣質的思想者。但是從他的一切暴行中，我們看到的是最殘忍的獸性，他們對人類的憎恨超出了人們的想像力，而其思想資源卻來自尼采的「強力意志說」，來自於納粹對「種群內鬥爭」的熱衷。所有這些，促使我們不能不在回眸 21 世紀初在中國這塊充滿著儒道釋思想的國族土壤裏開出來的這一朵「惡之花」時，和歷史上的許多反文明、反文化、反人性的理論聯繫起來。

　　當然，資本主義時代工業化和商業化經濟雖然給人類帶來了巨大的利益和享受，卻同時也帶來了生態環境的嚴重惡化，從這個意義來說，人們從文學藝術作品中攫取對農耕文明，乃至游牧文明的嚮往和眷戀之情，是完全可以理解的。同時也就從歷史進步的一面敲響了資本主義發展的警鐘，雖然許多作家並不是有意識地再現和表現這一點。但是，文明必須認識到，在價值觀念的確立中，我們的文學藝術家們應該清楚地意識到，自然生態的藝術描寫終究是要體現作家的人文理念的，不管你是有意還是無意，你的任何藝術行為都會留下「人」的痕跡，更為重要的是，在這樣的大自然的描寫中，究竟的以人為中心，還是以物為中心，的確是一個文學藝術的「是生，還是死」的問題。歷史已經無情地告訴我們：離開了人類，這個地球物種的滅絕只會加速，全是「狼」的世界，將是一切物種更加迅速毀滅的時代！雖然，人類在自身的發展中也對大自然的生態環境有所犯罪，但是，只有人類能夠有思想能力去反思他的罪過，從而去改正錯誤，這是其他任何物種都不可能具備的條件。所以，「人類中心主義」才是拯救大自然的唯一理論靠山。就像弗

〔註21〕　〔英〕約翰・凱里：《知識分子與大眾：文學知識界的傲慢與偏見，1880～1939》，吳慶宏譯，譯林出版社 2008 年版。

朗西斯‧培根所說的那樣：「如果我們注意終極因由，人類可以被看作世界中心，因為如果把人類從這個世界抽取出去，餘下的就會亂套，漫無目的。」〔註 22〕亦如基思‧托馬斯所言：「人類高於自然界的權力幾乎是無限的。」「人類文明實際上的確就是征服自然的同義詞。」〔註 23〕雖然從基督教原理來說：「人類高於野獸、低於天使」〔註 24〕尚有不合理的因素，但是，從人類文明進化到現代以來，只有人類才能拯救世界的理念已經成為普遍的常識了。

　　進入 21 世紀以來，許多作家在題材選擇上瞄準了「生態文學」，這無疑是一個文學創作上的進步，它大大豐富了文學內部的「物種競爭」，但是，怎樣把握創作過程中流淌出來的價值理念，卻是中國作家急需解決的問題。《狼圖騰》的出版標誌著中國生態小說創作進入了一個文學倫理的大轉變時期，同時，也隨著電影《可可西里》的環境保護意識張揚以及近年來學術界對生態倫理大辯論的興起，促成了一批生態小說對歷史價值與現實價值之間的悖論進行了重新思考，甚至有的作家對經由現代文明形成的人本主義立場的價值理念進行著顛覆性反撥。這一切由此而引發的創作理念和價值理念的震動是文化進步的表現，但是，如何確定正確的價值理念就成為創作中的難題，因此，對它們重新作出既符合歷史又有利於現實發展的理論釐定和價值定位成為當務之急。也許這種努力並不能根本改變生態文學創作的倫理軌跡，但是，我卻相信，確立符合歷史發展和人類發展的價值觀念是有助於文學創作朝著更加合理的軌跡前行的基本保證。

　　我們並不否定人類所面臨的生態危機，甚至連其他行星撞擊地球而帶來人類毀滅的可能都不排除，但是，這並不意味著人類就要停止發展，停止對一切資源的開發。應當承認：「現代文明社會的發展，有造成現代生態危機的可能性。對自然資源的掠奪式開發，造成森林覆蓋面積減少、草原退化、水土流失、沙漠擴大等嚴重後果。再加上人類對自然環境的嚴重污染，可致使氣候異常、生態平衡破壞、『文明疾病』加劇等。生態危機又導致了經濟的惡性循環，並觸發了一系列政治危機，因此，人們稱生態危機是危機中的危機。

〔註 22〕　〔英〕基思‧托馬斯：《人類與自然世界——1500～1800 年間英國觀念的變化》，宋麗麗譯，譯林出版社 2009 年版。

〔註 23〕　〔英〕基思‧托馬斯：《人類與自然世界——1500～1800 年間英國觀念的變化》，宋麗麗譯，譯林出版社 2009 年版。

〔註 24〕　〔英〕基思‧托馬斯：《人類與自然世界——1500～1800 年間英國觀念的變化》，宋麗麗譯，譯林出版社 2009 年版。

生態危機有局部地區性的，也有全球性的。」〔註 25〕我們應該承認這些現象的存在，但是，我仍然鮮明地讚同「人類中心論」，就是因為只有人類才能用聰明的智慧去把握地球和宇宙的歷史發展走向，而其他物種是沒有這樣的能力的，因為它們的思維還沒有進化到能夠思想的層面，人類科技進步足以為其他物種的發展與平衡做出最優化的選擇，歷史發展的權力掌握在人類的手裏，因為道理很簡單，非人類是沒有能力保持生態平衡的。所以，在「人與獸」之間，「動物中心主義」和「人類與其他物種平等」的理論是不堪一擊的，它不僅不能拯救其他物種，反而會適得其反，進一步惡化生態的不平衡發展，直至地球物種大量的毀滅。

　　無疑，大自然是美麗的，但是「林地是動物的家，不是人的家。」「只有把人類從森林中帶出來，才使之走向文明。」洛克把「『城市裏彬彬有禮的理性』居民與『森林』中的『非理性、沒有受過教育的』居民比較」〔註 26〕得出的當然是人與獸、野蠻與文明之間的差別。儘管「森林」體現了大自然之美：「自然界中最崇高景物之一就是古老、茂密的森林，覆蓋整個山坡。」作為大自然的一種喻指和代稱，「森林」之美並不能留住人類的走出蠻荒的腳步。「上帝造鄉村，人類造城市」是一些文學藝術家形成的傳統理念，雖然「早在 1802 年以前，人們就已長期普遍認為鄉村比城市更美麗。1784 年 W・申斯通寫道：『沒有人會覺得街道比草地或樹林更美；如果把城鎮建成一個極樂世界，詩人們不會感到有多大誘惑力。』產生這種觀點的部分原因在於城市物質環境惡化。」但是，托馬斯批判了這種理想主義的幻想：「人們越來越貶低城市生活，而把鄉村生活看作天真的象徵，這種傾向建立在一系列幻想之上。它包括對所有田園潛在的鄉村社會關係完全錯誤的認識。」〔註 27〕在這個悖論中，我們不能因為現代工業社會破壞了大自然的生態環境，就判定其文學藝術審美的場域就消逝在城市的空間之中。同樣的道理，人類創造的城市之美，也是值得文學藝術家們去發現的，問題是，如果抱著陳腐守舊的理念，就永遠發現不了城市之美，而只能從蠻荒的「森林」中去尋找自然之美。在這個問題上，我保持的是中立的態度，既承認現代「城市」之美，同時，又

〔註 25〕王治河主編：《後現代主義辭典》，中央編譯出版社 2004 年版，第 558 頁。
〔註 26〕〔英〕基思・托馬斯：《人類與自然世界——1500～1800 年間英國觀念的變化》，宋麗麗譯，譯林出版社 2009 年版。
〔註 27〕〔英〕基思・托馬斯：《人類與自然世界——1500～1800 年間英國觀念的變化》，宋麗麗譯，譯林出版社 2009 年版。

不否定蠻荒的「森林」之美。從這個角度來考察《狼圖騰》的草原景物描寫，我以爲這是其全書最有藝術價值的部分。

文明的進化往往會對一些藝術做出很殘酷的解釋，而這種解釋又是不以人們意志爲轉移的：「Civilization（文明）不僅表達這種歷史過程的意涵，而且凸顯了現代性的相關意涵：一種確立的優雅、秩序狀態。浪漫主義是針對『文明』的一種反動。在浪漫主義時期，另外的字彙被選用來表達其他方面的人類發展及作爲衡量人類福祉其他標準；Culture（文化）這個字是個明顯的例子。」〔註28〕從這個意義上來說，浪漫主義的文學藝術在某種程度上也是對人類文明的一種落伍地表現藝術。當然，我不完全同意這樣的觀點，因爲尤其是在中國，浪漫主義在現代文學史中的發展空間本來就很小，過份地強調它對文明的反動性，反而扼殺了這種藝術風格在中國土壤裏的可塑性。

狼崇拜的情結，究其緣由，正如「編者薦言」中所提升概括的那樣：「蒙古狼帶他穿過了歷史的千年迷霧，徑直來到謎團的中心。是狼的狡點和智慧、狼的軍事天才和頑強不屈的性格、草原人對狼的愛和恨、狼的神奇魔力，使姜戎與狼結下了不解之緣。狼是草原民族的獸祖、宗師、戰神與楷模；狼的團隊精神和家族責任感；狼的智慧、頑強和尊嚴；狼對蒙古鐵騎的訓導和對草原生態的保護；游牧民族千萬年來對於狼的至尊崇拜。」所有這些，就形成了作者揚牧抑農，揚武抑文，揚蒙抑漢，揚狼抑人的主題闡釋主旨，這種向後看的歷史的選擇無論是對一個國家，還是一個民族，乃至整個世界的大自然來看，都是有害而無利的。要進化，還是要退化？原本不是一個問題的問題，卻已然成爲當今中國社會的一個眞命題，而非僞命題，這是文學藝術的進步還是悲哀呢？！游牧文明→農耕文明→工業文明→後工業文明，這個社會歷史進化的環鏈是絕不可以顛倒和置換的，其發展是從野蠻向文明逐步進化的過程，人類最終是爲了消滅武功和暴力，而走向和平繁榮，倘若在一個現代文明高速發展的世界裏，試圖宣揚那種用原始的武力去征服世界和其他國族的理念，抑或是一種倒行逆施的反文化、反文明、反人類的文學藝術行爲。這是一種不和諧的音符，但願它成爲一種噪音消失，否則一旦注入文明民族的血脈之中，那將成爲一種新的民族劣根性而不能自拔。

〔註28〕雷蒙・威廉士：《關鍵詞：文化與社會的詞彙》，劉建基譯，巨流圖書有限公司 2004 年版，第 37 頁。

第四節　人性與生態的悖論：鄉土小說轉型中的文化倫理蛻變

一

在開始論述問題之前，有必要先強調「藝術的目的不是成爲眞理的助手」的理論〔註 29〕，然而，也有充分證據表明，謬誤的藝術或藝術的謬誤卻是眞理、正義的敵人〔註 30〕。藝術的謬誤，其中的「藝術」成分或多或少、「藝術」手腕或高或低，就其本質來講，在於其本身在思想認識上存在的誤區大小。在新世紀中國的文化思想領域內，就有像《狼圖騰》那樣戴著文學的面具，公開倡揚其反文化、反文明和反人類倫理的「傳聲筒」式的小說出現，而且得到了最廣泛的傳播和張揚。

伯格森指出：「學究氣並不是別的什麼東西，只不過是自以爲勝過自然的那套技藝罷了」，而技藝則是「自然與藝術之間的中間境界」〔註 31〕。如果我們以最大的善意揣測《狼圖騰》作者的用意，可以認爲他畢竟在一個民族的歷史和未來層面上作嚴肅的文化思考，可是即便如此，在最低限度上他也難免受到文學修養不足的指責。作者在「自然與藝術之間的中間境界」上的欠缺，讓他的言論變成學究氣的讕語，甚至淪落爲文化偏執的狂言狷語，從而悖離了自然（即眞理）和藝術（即正義）的文化與文學的闡釋軸心。鑒於諸多批評者已經指出這部小說藝術上的粗糙和低劣，所以本文就將類似的問題忽略不計，僅就其反文明、反文化的倫理觀念進行分析，只把它作爲新世紀以來鄉土小說轉型中的許多同類文本中的一個樣本，以此來歸納和剖析鄉土小說新的文化思想形態。

如果把《狼圖騰》這樣的作品從兩大邏輯板塊——生態闡釋和人文闡釋來理解，我們就可以清晰地看到這個時代文化倫理的突變。但是，必須指出的是，這種倫理的「突變」，暗含著的卻是一種歷史的退化，其本質上就是倒退到「弱肉強食」的原始文化倫理基點上。

〔註 29〕蘇珊・桑塔格：《反對闡釋》，程巍譯，上海譯文出版社 2003 年版，第 33 頁。
〔註 30〕如果作個區分，那麼「謬誤的藝術」可以里芬斯塔爾的紀錄片《意志的勝利》爲代表，在這位天才的女攝影家實地記敘了德國國社黨紐倫堡大會的「盛況」之後，即使她是無意，也在事實上成爲法西斯的「幫忙」者；「藝術的謬誤」可以色情狂薩德爲代表，在他精緻也不乏精彩的藝術底下，是反文明、反文化的病態情趣和鄙俗思想。
〔註 31〕伯格森：《笑》，徐繼曾譯，北京十月文藝出版社 2005 年版，第 32 頁。

　　我們並不否認，在五四新文化運動中，那些新文化的先驅者們曾經張揚「獸行」，主張進化，以此去掉那種因封建文化專制而積澱在中國人民心理深處的奴性。在經歷了近代自鴉片戰爭以來的種種民族創痛以後，人們普遍認為積貧積弱的中國需要青春的活力，需要強大的野性來改變民族精神之現狀，一掃萎靡不振的國民劣根性。從這種意義上來說，這種「獸性」的倡導是有著那個時代特殊內涵的，應該說是有振聾發聵的人類歷史進化意義的。

　　魯迅說，「人不過是人，不再夾雜著別的東西，當然再好沒有了。倘不得已，我以為還不如帶些獸性」〔註32〕。在人類文明發展到當今這種水平的狀況下，「人類向何處去」的方向、目的問題經過反反覆覆驚心動魄的歷史實踐的檢驗，已經成為無可爭辯的共識——人類作為文明的存在、文化的產兒，必然有別於奉行叢林法則的野生動物，人性和人道才是他的行為法則和天條。而《狼圖騰》迷惑眾多讀者的關鍵之處就是在其「狼子野心」外面包裹了一個渴望人與動物和諧相處的生態平衡的美麗外衣。

　　毫無疑問，上世紀90年代以來，在「生態革命」的文化浪潮席捲全球之時，現代和後現代的「生態倫理」文化哲學觀念給中國鄉土文學帶來的並不是一個全新的清晰理念，而是更加混亂的悖論，因為忽視了中國所處的特殊文化語境，而不加辨析地橫向移植和採用西方工業文明與後工業文明的生態文明話語，肯定會加深對本土文化的隔膜和對人性的扭曲。

　　「所謂生態革命，是指人們對地球環境和生態系統及人在其中地位和作用的認識發生了根本性的轉變，並由此而引發的一系列生產方式、生活方式、價值觀念和倫理規範等社會結構和文化生活的變革。這場革命的導火線是1962年美國生物學家卡遜發表的《寂靜的春天》」。「生態革命是繼歷史上發生的農業革命、工業革命之後，又一個具有重大轉折意義的社會革命。農業革命使人類有了豐足的食物，解決了人類的生存問題；工業革命使人類大規模開發，轉變自然界的物質、能量和信息的可能，解決了人類社會福利和經濟增長問題，同時也在全球範圍引發了生態環境危機；環境或生態革命不僅局限於人類生存和福利，而且擴展了人們認識的範圍，包括整個地球環境和其他非人類生命的持續」〔註33〕。

〔註32〕魯迅：《略論中國人的臉》，《魯迅全集》第3卷，人民文學出版社1981年版，第414頁。

〔註33〕王治河主編：《後現代主義辭典》，中央編譯出版社2004年版，第549頁。

　　從生態革命的本意來看，它的出發點是好的，其目標也是合情合理的。但是，它忽略了兩個最重要的前提：一是各國在人類歷史發展的環鏈中並非同步，前工業文明，包括游牧文明和農業文明還不同程度地分佈於地球的各個國家和地區之中；二是在人類與非人類的資源爭奪上還存在著互為矛盾的文化境遇。因此，以同一的高標準價值尺度來衡量人與生態的關係，肯定會出問題。

　　毋庸置疑，生態革命的立論基礎是站在後現代的視點上來反對現代性和傳統文化倫理的，也就是站在後工業文明的基礎上來反對工業文明和農業文明所造成的種種弊端。美國著名生態女權主義理論家查倫・斯普瑞特奈克所創的「生態後現代主義」認為：「在許多深層意義上，現代性並沒有實現它所許諾的『更好的生活』。它既沒像它所許諾的那樣帶來一個『和平的世界』，也沒像它所許諾的那樣帶來一個『自由的世界』。正是由於現代性沒能實現它的承諾，並且帶來如此多的問題，才導致後現代主義的產生。」「尋找另外的生存方式的動力孵育了生態後現代主義」。「我們被迫尋找新的，或許是已被發現的理解自然以及我們與自然關係的方式」。〔註34〕

　　作為一個享受了西方工業文明的人，他為了追求更高文化生活目標就更容易產生出對後現代「生態自由」的欲望與渴求，然而，這種呼籲對那些還掙扎在由游牧文明與農業文明向工業文明過渡境況下的人們來說卻又是完全不公平的：前者看到的是滿眼現代文明的弊病，所以，急於回到高質量的生活狀態和滿足那種近乎宗教式的對非人類物質同情和憐憫的心理需求，成為他們的生態文化選擇；而後者急於擺脫游牧文明和農業文明落後的生產方式與生存方式給他們帶來的物質匱乏的痛苦，因此，現代工業文明與後工業文明的物質享受和精神刺激對他們來說是一個有著巨大的誘惑「場域」，它是人類生存所無法抗拒的資本化歷史過程。如果我們不加區分地一味鼓吹所謂的「生態革命」和「生態自由」，勢必會造成世界不平等競爭的加劇，造成價值理念的更大錯位與混亂。

　　我們不能不看到這樣的生態理念也波及和影響到了中國的作家和中國的文學，尤其是影響了一些看不清楚中國國情而一味地追求新理念的鄉土文學作家。

　　2004 年出版的《狼圖騰》標誌著中國生態小說創作進入了一個鄉土文學倫理的大轉變時期，同時，隨著環境保護意識的張揚以及近年來學術界對生

〔註34〕王治河主編：《後現代主義辭典》，中央編譯出版社 2004 年版，第 550 頁。

態倫理大辯論的興起，促成了一批鄉土小說作家對鄉土小說的歷史價值與現實價值進行重新思考。《狼圖騰》能夠在中國這樣一個複雜的社會轉型期裏出現，並不是一個奇怪的現象。且不說這部小說在藝術上並沒有什麼新的創造，它在某種程度上甚至表現出藝術結構上的幼稚與粗糙。但是，就其所表現出的對現代文明價值顛覆的創作理念，足以令人震驚與深思。它在中國前現代、現代、後現代並置交錯的複雜的文化語境下問世，似乎又是一個歷史必然的產物。同時，它又在成功的商業化的炒作下，實現了銷售突破幾百萬冊的記錄，這在新世紀的圖書市場上堪稱奇跡。而且，它還以誇張的文化姿態，把一種反人類、反文明、反文化的理念輸出到全世界，它會不會動搖西方的人文主義理念？它會不會以回歸原始、弱肉強食的文化姿態與後現代生態文化倫理合流，而對人性的指向進行根本的顛覆？這些顧慮是顯而易見的。據報導，企鵝出版集團買斷了《狼圖騰》的全球英文版權，這就意味著中國的鄉土生態小說以其獨特的價值理念與西方生態文明與倫理相互滲透、融合與衝撞，我們尚不能預料它的命運與後果，它會不會引發西方文明世界對生態倫理的進一步反思？然而，理清它在中國社會意識形態中所處的理論位置，以及它對鄉土小說創作的倫理影響，是當下中國鄉土小說必須面對的問題。

應當承認：「現代文明社會的發展，有造成現代生態危機的可能性。對自然資源的掠奪式開發，造成森林覆蓋面積減少、草原退化、水土流失、沙漠擴大等嚴重後果。再加上人類對自然環境的嚴重污染，可致使氣候異常、生態平衡破壞、『文明疾病』加劇等。生態危機又導致了經濟的惡性循環，並觸發了一系列政治危機，因此，人們稱生態危機是危機中的危機。生態危機有局部地區性的，也有全球性的。」〔註35〕我們承認這些現象的存在，但是，我們仍然明確地讚同「人類中心論」，因為它是人類發展的基石，同時也是非人類發展的保證。道理很簡單，非人類是沒有能力保持生態平衡的。而人類的發展必須考慮到各國和各地區的歷史、社會、經濟、資源等因素的不平衡性，採取分類保護措施，而不能一刀切。也就是說，一切生態的發展都應該圍繞著人類的總體利益而有步驟、有區別地進行，不能以理想主義的標準去苛求人類對生態的合理需求。

如果從這個角度去思考問題，像《狼圖騰》這樣被許多人認為是一部具有生態保護主旨的小說就有了許多價值上的問題。揚游牧抑農耕，揚武抑文，

〔註35〕王治河主編：《後現代主義辭典》，中央編譯出版社 2004 年版，第 558 頁。

中 篇
第六章　共和國文學中的「風景」

揚蒙抑漢，揚狼抑人，成為這部小說主題的邏輯起點，也是它在文化、文明
倫理觀點上一系列謬誤的集中表現。

二

　　首先，從歷史價值觀的角度來看，《狼圖騰》的立意是很清楚的，整部著作
都充滿著對游牧文明的無限嚮往和崇拜，而貶低和藐視農耕文明對人的精神與
性格的養育。小說這樣寫道：「他感到草原民族不僅在軍事智慧上，剛強勇猛的
性格上遠遠強過農耕民族，而且在許多觀念上也遠勝於農耕民族。這些古老的
草原邏輯，一下子就抓住了食肉民族與食草民族、幾千年來殺得你死我活的根
本。」（第29頁）「這（指騸馬）真是人類歷史發展的偉大一步，要比中國人的
四大發明早得多，也重要得多。」（第195頁）類似的或牽強或荒謬的議論在書
中比比皆是，讓人覺得啼笑皆非而又不免觸目驚心。《狼圖騰》著力渲染「狼性」，
附帶闡明了草原上人與狼相處的法則，然而，小說的一個盲點是，草原上人們
的社會生活溢出其視線。除了蒙族人招待知青的熱情說明他們帶些「社會人」
的色彩，剩下的竟然就只有生產上的勞動協作。作者自然有權利表現他試圖竭
力表現的東西而將其餘部分付之闕如，可是問題在於，這種有意或無意的遺漏
與作品所欲達致的目標恰恰相反，它最終只是在人的動物式存活層面上盤桓。

　　這裡有必要聲明，魯迅也曾被認為「有一種『人得要生活』的單純的生
物學的信念」〔註36〕，不過，這只是一種誤解，因為魯迅認為「想在現今的
世界上，協同生長，掙一地位，即須有相當的進步的智識，道德，品格，思
想」〔註37〕，他極其看重社會的人、歷史的人所應具備的文化質素。卡西爾
認為，「人的突出特徵，人與眾不同的標誌，既不是他的形而上學本性也不是
他的物理本性，而是人的勞作（work）」，而「人的所有勞作都是在特定的歷
史和社會條件下產生的」〔註38〕。文字裏的草原社會，逐水草而居，帶來的
是「詩意的棲居」的美好幻象，可是現實中的草原社會卻停滯不前，千百年
如一地單調，這樣的社會自然談不上活力，更談不上創造力。《狼圖騰》無視
這個基本事實，揚游牧抑農耕，正在於其反文化傾向。

〔註36〕李長之：《魯迅批判》，北京出版社2003年版，第153頁。
〔註37〕魯迅：《隨感錄·三十六》，《魯迅全集》第1卷，人民文學出版社1981年版，
　　　　第307頁。
〔註38〕恩斯特·卡西爾：《人論》，甘陽譯，上海譯文出版社2003年版，第107、108
　　　　頁。

　　當然，從現代性的角度來看，封建專制的農業文明的確給中國人的國民性帶來了奴化的創傷，尤其是近代以來的沉痛歷史教訓值得我們深思。但是，相比之下，農業文明比起游牧文明來說畢竟是一次歷史的進步，我們不能因為漫長的中國農業文明所帶來的種種弊端而陷入反歷史、反文化的怪圈。殊不知，歷史發展的環鏈是不能拆解的，如果違背歷史進化的常識，人類就無法面對現實和未來。

　　其次，作者的文化倫理幾乎就是建立在尚武精神的基礎之上。就像小說中的主人公陳陣所說的：「在歷史上人類的爭鬥中，確實相當公開或隱蔽地貫徹了人對人是狼的法則。」（第55頁）可以說，《狼圖騰》的字裏行間都充滿了對強悍武力的頂禮膜拜。我們知道，雖說「自我保存是最基本的道德事實」，但這絕不應該「導致暴力、戰爭和死亡的非正義和錯誤」〔註39〕。《狼圖騰》的誤區，就在於它宣揚的生存哲學不過是赤裸裸的動物求生法則，完全排斥人類文明發展進程中產生的道德的約束和價值準則，而將「自我保存」的本能擴張到了極致，似乎為了存活下去，任何事都可以去做。這就是一種公然的反文明話語。

　　再者，從人性和獸性的價值取向看，《狼圖騰》滿紙都是對狼性的膜拜與頌揚。狼是神狼，狼簡直就是狼神！作品甚而把近代以來中國的衰敗和貧弱歸咎於缺乏狼性，認為只有具備了狼性才能使民族精神強盛起來。小說主人公是那個叫做陳陣的知識青年，他經常扮演著作者的代言人角色，反反覆覆地謳歌狼和狼圖騰的草原民族：「他腦中靈光一閃：那位偉大的文盲軍事家成吉思汗，以及犬戎、匈奴、鮮卑、突厥、蒙古一直到女真族，那麼一大批文盲半文盲軍事統帥和將領，竟把出過世界兵聖孫子，世界兵典《孫子兵法》的華夏泱泱大國，打得山河破碎，乾坤顛倒，改朝換代。原來他們擁有這麼一大群偉大卓越的軍事教官；擁有優良清晰直觀的實戰觀摩課堂；還擁有與這麼精銳的狼軍隊長期作戰的實踐。他從小就癡迷歷史，也一直想弄清這個世界歷史上的最大謎團之一──曾橫掃歐亞，創造了世界歷史上最大版圖的蒙古大帝國的小民族，他們的軍事才華從何而來？陳陣肅然起敬──向草原狼和崇拜狼圖騰的草原民族。」（第19頁）「為什麼成吉思汗及其子孫，竟然用區區十幾萬騎兵就能橫掃歐亞？消滅西夏幾十位鐵騎、大金國百萬大

〔註39〕弗朗西斯・福山：《歷史的終結及最後之人》，黃聖強、許銘原譯，中國社會科學出版社2003年版，第177頁。

軍、南宋百多萬水師和步騎、俄羅斯欽察聯軍、羅馬條頓騎士團；攻佔中亞、
匈牙利、波蘭、整個俄羅斯，並打垮波斯、伊朗、中國、印度等文明大國？
還迫使東羅馬皇帝採用中國朝代的和親政策，把瑪麗公主屈嫁給成吉思汗的
曾孫。是蒙古人創造了人類有史以來世界上版圖最大的帝國。這個一開始連
自己的文字和鐵箭頭都還沒有，用獸骨做箭頭的原始落後的小民族，怎麼會
有那麼巨大的軍事能量和軍事智慧？這已成了世界歷史最不可思議的千古之
謎。而且，成吉思汗及其子孫的軍事成就和奇跡，不是以多勝少，以力取勝，
而恰恰是以少勝多，以智取勝。難道他們靠的是狼的智慧和馬的速度？狼的
素質和性格？以及由狼圖騰所滋養和激發出來的強悍民族精神？」（第61～62
頁）其實，作者的答案是再也清楚不過了的。這樣的觀念同樣出現在五四先
驅者之口：「儒者不尚力爭，何況於戰？老氏之教，不尚賢，使民不爭，以任
兵爲不祥之器；故中土自西漢以來，黷武窮兵，國之大戒，佛徒去殺，益墮
健鬥之風。」「若西洋諸民族，好戰健鬥，根諸天性，成爲風俗，以小抗大，
以鮮血爭自由，吾料其人之國終不淪亡。其力抗艱難之氣骨，東洋民族或目
爲狂易；但能肖其萬一，愛平和尙安息雍容文雅之劣等東洋民族，何至處於
今日之被征服地位？」〔註40〕無疑，五四文化精神中的確存在著一種反歷史、
反文化、反文明的因子，但是，它的立足點恰恰是爲了徹底地顚覆幾千年來
的封建文化，所以無所不用其極，採取了矯枉過正的文化姿態。它既不是林
毓生們所形容的與「文革」精神一脈相承的反人性的階級鬥爭精神，因爲五
四精神就是以人性和個性爲首要前提的；又和姜戎們所提倡的狼性有著本質
上的區別，因爲五四的過激往往表現在借鍾馗打鬼的策略上。

　　狼崇拜的情結，究其緣由，正如「編者薦言」中所概括的那樣：「如果不
是因爲此書，狼——特別是蒙古的草原狼——這個中國古代文明的圖騰崇拜
和自然進化的發動機，就會像某些宇宙的暗物質一樣，遠離我們的地球和人
類，漂浮在不可知的永遠裏，漠視著我們的無知和愚昧。」「蒙古狼帶他穿過
了歷史的千年迷霧，徑直來到謎團的中心。是狼的狡黠和智慧、狼的軍事天
才和頑強不屈的性格、草原人對狼的愛和恨、狼的神奇魔力，使姜戎與狼結
下了不解之緣。狼是草原民族的獸祖、宗師、戰神與楷模；狼的團隊精神和
家族責任感；狼的智慧、頑強和尊嚴；狼對蒙古鐵騎的訓導和對草原生態的

〔註40〕陳獨秀：《東西民族根本思想之差異》，原載《新青年》第 1 卷第 4 號（1915
　　　　年 12 月 15 日）

保護；游牧民族千萬年來對於狼的至尊崇拜」（第1～2頁）。至此，我們已經不難看出作者和編者在炒作著一種什麼樣的文化倫理了。

最後，也有必要簡略涉及這部作品的揚蒙抑漢傾向。列維・斯特勞斯認為，「每一個社會都在既存人類諸種的可能性範圍之內做了它自己的某種選擇，而那些各種不同的選擇之間無從加以比較：所有那些選擇全都同樣眞實有效」，可是他也同時承認，這有導致「大折衷主義（eclecticism）的危險」，致使「我們對一個文化中的任何習俗都無法加以譴責，連殘酷、不義和貧窮這些任何爲之所困所苦的社會本身都會加以抗議的現象，都無法施以譴責」〔註41〕。斯特勞斯在這裡透露了後來的文化多元主義者的一個困境，即如果存在的就是合理的，那麼任何一種文明的改造、任何一個社會的改革就都成爲多餘的了。我們認爲，在中國這個具體的社會文化語境當中，我們自然首先要警惕大漢族主義，但是不能因而跳到相反的一極，幾乎將漢族幾千年的文化、文明說成一無是處。《狼圖騰》富有激情的誇張，不僅實際上形成反歷史的認識謬誤，也構成對不同民族文化有機共存這個文化準則的偏離，從而造成價值立場的混亂與下滑。

三

在不久前的一個「文學事件」中，德國漢學家顧彬對中國當代文學的批評中有一個被大家忽略了的重要觀點，這就是他認爲，《狼圖騰》對「德國人來說是法西斯主義，這本書讓中國丟臉」。顧彬的指責自然有充分的證據，比如，小說有這樣的說法：「人類的歷史在本質上就是爭奪和捍衛生存空間的歷史。」（第233頁）這句話我們的的確確很熟悉，德國法西斯主義正是從此出發實施其種族滅絕計劃的。假如我們站到一個較高的位置，不放過書中的眾多的謬論，將之彙聚起來並且審視它們，可以爲《狼圖騰》反文化、反文明、反人類的思想脈絡繪製一幅草圖。

檢閱當下中國的文化思想地圖，略作觀察即可發現，在自由主義、新左派、文化保守主義這些精英知識分子論域的底層，潛伏著一道民族主義的暗流。在當下的語境裏，這股民族主義思潮不再像20世紀前半葉那樣從精英階層裏生長出來致力於民族國家的建構，同時也無心深入民族精神結構內部作

〔註41〕列維・斯特勞斯：《憂鬱的熱帶》，王志明譯，北京三聯書店2005年版，第502頁。

條分縷析的探索，恰恰相反，它一面以民間的、底層的眩惑面目贏得輿論的支持，一面又結合了國家主義將病態的自尊在新的形勢下「發揚光大」。

同時，國家主義化的民族主義又極易和文化保守主義結盟。就實際狀況來看，中國的文化保守主義始終找不到有效的方式對現實發言，不能起到應有的平衡社會的功能。我們承認而且也願意看到，具有悠久歷史與深厚積澱的傳統文化在當代社會能夠發揮這樣的作用，然而，具有制衡功效的傳統必然是一個流動的活的傳統，絕不可能是一個僵化固守的東西。正是在這一點上，文化保守主義與民族主義找到了共同語言——前者守護的是實物，後者則將這個實物理想化，當作精神圖騰。

從總體效應來看，不論是新左派對它的利用還是文化保守主義對它的縱容，都會在事實上形成對中國現代化進程的一種阻遏。如果將當下的民族主義拆解為「民族」與「主義」兩個組件的話，新左派因其政治訴求而在學理上強化了民族主義的「主義」部分，文化保守主義因其文化色彩而在現實中強化了民族主義的「民族」部分。就民族主義思潮來看，它在更多地接受了新左派、文化保守主義的影響以後，呈現為經濟上的平等主義與文化上的傳統主義。因為是社會不公正導致經濟不平等，所以民族主義有反特權的傾向，然而遺憾的是，這種傾向被一部分人誤導從而削弱了其現實功能；傳統文化蘊含的文化傳統無疑仍然是我們現在可以開發的一種資源，但應該明確，這只是資源的部分，而不是全部，可是文化上的傳統主義則唯傳統文化是從，排斥其他選擇，因而民族主義也就阻礙了對世界其他文明優秀文化成果的借鑒和運用。

在我們對當代中國思想作出簡單勾勒並對民族主義有一個基本的定位以後，再來看以《狼圖騰》為代表的思想，問題就較為清晰了。《狼圖騰》發行量巨大，該書「編輯薦言」的標題是「享用狼圖騰的精神盛宴」，雖然這在很大程度上是商業法則的一次勝利，但還是可以認為它代表著一種浮躁的情緒，所以我們要不辭繁冗地描摹一番中國的思想現狀，以便為這個「精神」作個估價。《狼圖騰》處處生硬指責作為農耕文明代表的漢民族的懦弱與委靡，而又隨時隨地在指責後面追加解決問題的「藥方」，似乎吞下這一劑劑解藥，整個民族精神也就得救了。

《狼圖騰》思想混亂甚至矛盾的地方比比皆是，就總體而言，這句話可以概括其主旨：「歷史證明，在政治經濟上不能復古，否則就是倒退，但在民

族精神和性格上必須經常『復古』。」（第 378 頁）這是典型的文化民族主義的表達。剖解這句話的關鍵，是必須追問它的動機和結果。哈耶克認為：「民族主義既是人們竭力追求自上而下地對社會進行刻意組織的誘因，也是這種追求的結果。」〔註 42〕「在民族精神和性格上必須經常『復古』」的主要目的或說功能，就是「對社會進行刻意組織」，正是在這一點上，《狼圖騰》亮出了鮮明的民族主義底色。

非常遺憾的是，「『狼圖騰』是以一當十、當百、當千、當萬的強大精神力量」（第 189 頁），只不過是生存競爭中赤裸裸的「強力意志」的橫溢，甚至一度表現爲「文革」時期的「鬥爭哲學」，而絕不是魯迅所謂「國民之敵」的「個人的自大」者作爲先知的「狂氣」〔註 43〕，因此也不可能眞正有效地施行國民性批判，進而達到改造國民精神的啓蒙目標。相反，這股「強大精神力量」集合起來，倒有橫掃一切文化成果的野蠻衝動，這正如顧彬批評《狼圖騰》的「法西斯主義」傾向所表明的那樣，它必將產生難以估量的破壞力。「群體僅僅能夠把感情提升到極高和──或相反──極低的境界」〔註 44〕，這種「強大精神力量」，往往陷入後一種境地，是徹底反文化的。

不過，《狼圖騰》具有「爲了證明對當前社會的批判的正當性而將過去浪漫化的趨勢」〔註 45〕，因而也帶有「羅曼蒂克」的色彩。中國的農耕社會因爲封閉性而陷入文明的停滯，週期循環態勢；在可類比的程度上，游牧社會也受制於類似的因素陷入停頓狀態。這兩種前現代文明形態，都「不是因爲進一步發展的各種可能性已被完全拭盡，而是因爲人們根據其現有的知識成功地控制了其所有的行動及其當下的境勢，以至於完全扼殺了促使新知識出現的機會」〔註 46〕。因此，農耕文明與游牧文明在發展停滯的原因和性質上有共同之處。《狼圖騰》誇大游牧文明的優點，將草原生存智慧浪漫化，直接向文明的基本常識挑戰，實在是「勇敢」到了顚倒黑白的地步。

〔註 42〕 F・A・哈耶克：《個人主義與經濟秩序》，鄧正來譯，北京三聯書店 2003 年版，第 38 頁。

〔註 43〕 魯迅：《隨感錄・三十八》，《魯迅全集》第 1 卷，第 311 頁。

〔註 44〕 古斯塔夫・勒龐：《烏合之眾》，馮克利譯，中央編譯出版社 2004 年版，第 35 頁。

〔註 45〕 C・W・沃特森：《多元文化主義》，葉興藝譯，吉林人民出版社 2005 年版，第 73 頁。

〔註 46〕 弗里德利希・馮・哈耶克：《自由秩序原理》，鄧正來譯，北京三聯書店 1997 年版，第 39 頁。

　　在人類文明發展、進步的征程中，如果說文明的歸宿是一個已經證偽了的命題，那麼，盡可能地保障作爲自然存在的人的生活、保證作爲社會存在的人的自由，則是文明的目的；從另一個向度來說，人是萬物的尺度，不僅是一種價值立場，在其最基本的意義上，也是一種事實判斷。在前現代、現代、後現代同時共存的中國，就人的自然存在而言，推進物質現代化的工作依然任重道遠，就人的社會存在而論，如何在充分實現人的自由的過程中避免「資本主義文化矛盾」帶來的諸種弊端，也是一個需要仔細辨析並謹愼對待的問題。

　　雅斯貝爾斯告誡說：「關於我們能夠認識總體之歷史眞相及當下眞相的觀點是錯誤的」〔註47〕。我們將《狼圖騰》定性爲文化民族主義，是以中國當下的思想現實爲背景做出的判斷。我們願意坦率承認，這只是一種個人的主觀立場，並非是對雅斯貝爾斯說法的有意輕視，而是在同樣的意義上強調，對歪曲事實的荒謬言論有堅決反對的責任和義務。列維・斯特勞斯描述了「文明的矛盾」，認爲「文明的迷人之處主要來自沉澱其中的各種不純之物，然而這並不表明我們就可藉此放棄清理文明溪流的責任」〔註48〕。列維・斯特勞斯作爲某種文明的外部觀察者對文明本身得出了這樣的結論，從任何一種文明內部來說，「清理文明溪流」的歷史即如文明本身的歷史一樣長久。我們認爲，文化民族主義對異域文明、文化，特別是已經被證明爲優秀的人類成果的程度不同的拒絕是反歷史的，而以《狼圖騰》爲代表的更爲簡單、粗率的文化民族主義思想，將文明之「源」簡化爲自我保存的動物性，不僅是反歷史的認識謬誤，更是反人類的價值倒置。

　　本來，在中國現代化的旅程中，就一直存在「普遍主義」與「特殊主義」之爭；應該說，這也是任何一個後發國家所共同面對的文化命題。簡而言之，特殊主義強調每一種文明的獨特性，主張更多保留本民族的傳統，而普遍主義則更多從整個人類的角度看待問題，認爲世界的同一化趨勢不可避免，所謂傳統不可能封閉地傳承下去。其實這並不是一個二選一的問題。如果從文明、文化保障人的自由這個目的來看，就完全可以採取靈活的姿態在不同時間、不同地點採取不同的策略。我們認爲，目前的中國更應該站到普遍主義

〔註47〕卡爾・雅斯貝爾斯：《時代的精神狀況》，王德峰譯，上海譯文出版社 2003 年版，第 28 頁。
〔註48〕列維・斯特勞斯：《憂鬱的熱帶》，王志明譯，北京三聯書店 2005 年版，第 500 頁。

的立場上，首先融入人類文明發展的長河之中去，就需要我們對有悖於這種潮流的各種言論保持一定的警惕。

在辨析了《狼圖騰》的性質及其在中國當前思想界的位置之後，我們再把它作爲一個鄉土小說的樣本解剖一番，看看它在文學上能帶給我們怎樣的經驗教訓。

<h2 style="text-align:center">四</h2>

君特‧格拉斯以德國經驗得出一個普遍結論：「在一個國家裏，如果詩歌、小說、戲劇——不管是按照左派的用途，還是按照右派的用途——首先研究的是它們的功利效益，那麼，在這個國家裏是不會有任何新東西的。」〔註49〕我們讚同這個論斷，並且老老實實承認，把《狼圖騰》拿來作爲思想材料分析就表明也肯定一個事實：在中國的許多文學論爭不過是老調重彈，並沒有出現「新東西」。以《狼圖騰》爲代表的思想創作傾向的確爲我們分析鄉土小說轉型的一種倫理突變提供了重要的個案。

《狼圖騰》當中有許多論述，從外表上看十分契合我們這個時代的某種理念，這就包括前面提及的生態倫理。小說在以下幾個方面表達了對生態的一定程度的思考。一是對古老草原生態均衡的理想化描述，這當然也帶著對草原人的讚美之情：「草原人其實都是運用草原辯證法的高手，還特別精通草原的『中庸之道』。不像漢人喜歡走極端，鼓吹不是東風壓倒西風，就是西風壓倒東風。」（第252頁）二是對不熟悉草原具體環境而蠻乾硬幹作風的批評。比如「戰天鬥地」的幹部包順貴說：「要想給黨和國家多創造財富，就一定要結束這種落後的原始游牧生活。」（第163頁）與之針鋒相對，蒙族幹部烏力吉則看到了後果的嚴重：「他的幹勁越大，草原就越危險。」（第164頁）三是對草原生態逐步惡化的敘述，在客觀上提醒人們注意到事態的嚴峻。就這些觀察和思考本身來看，它無疑有相當的合理性，然而我們須臾不可忘記，這只不過是作品論述草原人智慧的例證，而如果結合了作品本身的反文化、反文明的傾向看，作品裏對生態問題的思考，竟然轉而站到相反的立場，在事實上成爲其拒絕進步的擋箭牌。

正是在這一點上顯示了問題的複雜性。在「進步」聲名似乎不佳的今天，我們用「進步」這一觀念來作反駁的根據，難免招來非議，然而正如哈耶克

〔註49〕君特‧格拉斯：《與烏托邦賽跑》，上海譯文出版社2005年版，第55頁。

所言，「如果把進步視爲一種人對其智力進行組合和修正的過程，亦即一種調適和學習的進程」〔註 50〕，排斥其線形的方向、目標訴求而將其看作人的自由領域不斷擴大的過程，那麼它就仍然是一個合理的價值衡量標準。但是，在上述「生態革命」從西方發達國家漸次蔓延到中國以後，許多人不顧及現實狀況，完全接受了這種對中國而言屬於超前的理論，從而與滯後的現實之間形成巨大的反差，造成價值立場的混亂，不可避免地對現象的評判產生失誤。《狼圖騰》在一部分人那裏之所以受到歡迎，也許就是出於這樣的誤識：極端的落後竟然成了極端的先進！

堅持理論的「高標準」自然有其積極意義，特別在中國現代化過程裏存在單純地追逐經濟價值的情況下，更應該主動地採取防範措施，避免重蹈西方在發展中曾經出現過的誤區。所以，即便以「人」爲中心，著重點也不當僅僅是經濟人，而應該是均衡的「生態人」。「經濟人與自然的道德相對立，受工業和效用合理性支配，把自然作爲外在的『它』來思維和行事。生態人則將自然包括進來作爲社會整體的要素，在利用自然基礎上取得可持續的發展」。〔註 51〕這對積極融入世界文明之潮的中國來說，不啻一種提前的告誡。

問題在於，這種理論的高姿態所張揚的理念雖然是令人嚮往的，但是如果它與現實狀況特別是人的實際生存情況發生牴牾，那麼，應該犧牲的只能是理論本身。在我們看來，這絕不是兩難的問題，而是始終堅持以人爲中心的惟一選擇。如果簡單地從生態和諧發展的理論出發，爲了所謂「更加美好」的明天，限制人的生存、發展願望，那麼，它與封建時代道學家「以理殺人」有什麼區別呢？令人覺得十分遺憾的是，這種理論的借鑒作爲『『後現代性』預支」〔註 52〕並沒有促使知識人在理想和現實之間保持恰當的張力以起到應有的警示作用，相反，一些人卻把理論教條化，從而爲《狼圖騰》傳播的錯誤思想張目。

《狼圖騰》雖然有後現代觀念護航並披上「生態文學」的迷彩服，但不能抹去其文化民族主義的印記，也不能掩蓋其事實上反現代文明的灰暗色調。隨著中國的現代化在廣度和力度上的逐步強化，人的物化程度加深也更

〔註 50〕 弗里德利希・馮・哈耶克：《自由秩序原理》，鄧正來譯，北京三聯書店 1997 年版，第 44 頁。
〔註 51〕 王治河主編：《後現代主義辭典》，中央編譯出版社 2004 年版，第 558 頁。
〔註 52〕 丁帆：《「現代性」與「後現代性」同步滲透中的文學》，載《文學評論》2001 年第 3 期。

進一步加劇了人的失落感。在對人的詩意棲居的懷想與未來可能性的探索
裏，當代文學也有著對現代病的反思，也在不斷地尋找出路。然而，如果把
《狼圖騰》放在文學發展的流脈當中，我們發現以它爲代表的創作不僅在觀
念層面站不住腳，在文學上也沒有提供「新東西」。

昆德拉指出：「小說審視的不是現實，而是存在。而存在並非已經發生的，
存在屬於人類可能性的領域，所有人類可能成爲的，所有人類做得出來的。
小說家畫出存在地圖，從而發現這樣或那樣一種人類可能性。但還是要強調
一遍：存在，意味著：『世界中的存在。』所以必須把人物與他所處的世界都
看作是可能性。」〔註 53〕就《狼圖騰》的主題形態來說，對華夏農耕文明的
批判和對蒙族游牧文明的歌頌，是同一個問題的兩個方面，究其實際仍然沒
有脫離或歌頌或批判的鄉土書寫經驗。當然，它的目光甚至更爲褊狹，幾乎
沒有（後）工業文明作爲參照系，而中國鄉土文學早已提供的既有經驗，是
「作家所面臨的價值選擇並非是往常的非 A 即 B 的簡單選項，在『哀其不幸，
怒其不爭』的憤懣中，須考慮另一種文明所隱含著的歷史進步作用；而他們
在選擇書寫『田園牧歌』時，也不得不顧及對靜態之美的農耕文明意識形態
的無情批判」〔註 54〕。《狼圖騰》對生態問題的敘述就因爲它並不能提供「新
東西」或「可能性」而失去大部分意義。

至此，我們不妨說：《狼圖騰》對人性的理解是錯誤的，對生態的意見其
實也並不新鮮。當《狼圖騰》爲代表的思潮在後現代思想的「提攜」下以「先
進」的面目躍入公眾視野裏的時候，它對生態的一點基本常識也因爲大量的
對人性的誤解、篡改而支離破碎。

問題有意義的地方在於，恰如「樣板戲」在後現代那裏是一個反抗資本主
義文化病的代表那樣，《狼圖騰》作爲一個樣本也同樣凸顯了當代中國的文化「演
義」邏輯。這種演義法則，就是本土的落後觀念在後現代主義拔苗助長的鼓吹
下，像美麗的肥皂泡一樣絢麗──雖然這個肥皂泡很快就會破滅。不應忽略的
是，在《狼圖騰》之後，一批更爲低俗的「動物」小說充斥圖書市場，既是對
商業規則的敏感，也是對這一文化法則的更爲直接的演繹和模仿。

〔註 53〕 米蘭・昆德拉：《小說的藝術》，董強譯，上海譯文出版社 2004 年版，第 54
頁。

〔註 54〕 丁帆：《中國鄉土小說生存的特殊背景與價值的失範》，載《文藝研究》2005
年第 8 期。

　　在當下及未來相當長的一段時期裏，人性與生態的衝突必將是一個突出的問題，而文學對它的思考和表述也將持續進行。尤其對鄉土文學而言，當作為人類「棲居地」的整個生態環境都不堪重負的時候，一個嚴肅的作家該怎樣實踐「文學是人學」的宗旨呢？在新的時空語境裏對鄉村、對農民或歌頌或批判或兩者兼而有之的評判傳統和作派並沒有根本改變，顯然昭示了作家在巨大的社會變遷當中無所適從的迷茫，而撤除那些泡沫之後，我們看到，中國鄉土文學整體陷入低迷是一個不爭的事實。

　　實事求是地看，解決之道既不是拘泥於本土經驗美化遙遠的「田園牧歌」，也不是借助於超前的文化理念建構虛假的生態和諧圖畫，更不是運用文學技巧以神秘主義手段將自然「復魅」——須知，在現代性的袪魅運動之後，逝去的美好不可能再度重現了。事實上，也不可能有具備大規模操作的有效辦法。我們以為，重要的其實也並不是拿出一個具體的方法，而是在堅持以人為本的前提下，堅守人文倫理，正視現實，靈活應對。

　　哈耶克認為，「新的可能性只有經過使少數人的成就逐漸為多數人所接受和分享這一緩慢和漸進的過程，方能成為共有物」〔註55〕，人類文明的進步就是這樣一個不斷「試錯」又不停「糾偏」從而分享成功的過程。對真正關心生態問題的鄉土文學作家來說，當然不應該停留在口號式的呼籲上，重要的恐怕在於將個人的生命體驗即所謂「內自然」融合到對「外自然」的敘述之中，生命與生態及二者的相關性只有在個體經驗的燭照下，才能獲得詩意的昇華。當然，即使出現了較為成功的關於生態問題的創作，這種經驗也不具有可複製性，原因很簡單，那就是個人的生活經歷和情感體驗不可能具有完全的相似性。正因為如此，文學才真正具有迷人的色彩，也才是名副其實的「人學」。

第五節　新世紀中國文學應該如何表現「風景」

一、「風景」在文學描寫中已成為一個弔詭的文化難題

　　新世紀文學中的「風景描寫」為什麼在一天天地消逝？也許我們可以在溫迪‧J‧達比的《風景與認同——英國民族與階級地理》一書中對自然「風景」和文學「風景」所做出的有效文化闡釋裏找到些許答案，毋庸置疑，其

〔註55〕弗里德利希‧馮‧哈耶克：《自由秩序原理》，鄧正來譯，北京三聯書店1997年版，第46頁。

中有許多經驗性的文化理論是值得我們借鑒的，當然，其中也有許多並不適應中國國情的社會文化理論，或者是與文學的「風景描寫」相去甚遠的文化學和人類學理論，沒有太多的借鑒意義，這也是我們完全可以忽略不計的，但是其中許多與文學相關的論述卻是對我們當下的中國文學創作有著不可忽視的裨益作用。此文旨在對照其理論，針對新世紀的中國文學對「風景描寫」的狀況做出分析，試圖引起文學創作界的注意。

我之所以要將「風景」一詞打上引號，就是要凸顯其深刻的文化內涵和不可忽視的文學描寫的美學價值。正是因為我們對「風景」背後的文化內涵認知的模糊，以及逐漸淡化和降低了「風景」描寫在文學中的地位，所以，才有必要把這個亟待解決的文學和文化的命題提上議事日程上來。

從上個世紀初至今，對文學中「風景畫」的描寫持一種什麼樣的價值立場，確實是中國現代文學自啟蒙運動以來一直沒有理清楚的一個充滿弔詭的悖論：一方面，對農業文明的一種深刻的眷戀和對工業文明的無限抗拒與仇恨，使得像沈從文那樣的作家成為中國現代文學中一種反現代文化和反現代文明的「風景描寫」風格旗幟，人們誤以為回到原始、回到自然就是最高的浪漫主義和理想主義文學境界，這種價值理念一直延伸至今，遂又與後現代的生態主義文學理念匯合，成為文藝理論的一種時尚；另一方面，工業文明和後工業文明胎生出來的消費文化的種種致命誘惑，又給人們的價值觀帶來精神的眩惑和審美的疲憊，城市的摩天大樓和鋼筋水泥森林覆蓋和遮蔽了廣袤無垠的美麗田野和農莊，甚至覆蓋和遮蔽了寫滿原始詩意的藍天和白雲，衝擊著農耕文明與游牧文明給予這個社會遺留下來的物質的和非物質的文化風俗遺產，使一個生活在視野狹小的、沒有文化傳統承傳的空間之中的現代人充滿著懷舊的「鄉愁」，城市和都市裏只有機械的時間在流動，只有人工構築的死寂物質空間的壓迫，是一個被溫迪・J・達比稱作沒有「風景」的「地方」。因此，人在「風景」裏的文化構圖也就隨之消逝，因為「人」也是「風景」組成的一個部分，而且是一個更重要的畫面組成部分。那麼，人們不禁就要叩問：工業文明與後工業文明給人帶來的僅僅是物質上的豐盈嗎？它一定須得人類付出昂貴的代價——消弭大自然賜予人類的美麗自然「風景」，消弭民族歷史記憶中的文化「風景線」嗎？所有這些，誰又能給出一個清晰的答案呢？！用達比的觀點來說就是：「弔詭的是，啟蒙運動的進步主義卻把進步的對立面鮮明引入知識分子視線：未改善的、落後的、離奇的——這些都是所有古董家、民俗學者、如畫風景追隨者備感興

趣的東西。啓蒙運動所信奉的進化模式由實體與虛體構成，二者相互依存。就風景和農業實踐而論，在啓蒙計劃看來需要予以改進和現代化的東西，正是另一種人眼裏的共同體的堡壘和活文化寶庫。中心移向北部山區——英格蘭湖區，標誌著對進步的英格蘭的另一層反抗產生了，美學與情感聯合確定了本地風景的連續性和傳統。具有家長作風和仁慈之心的土地主精神和道德價值觀，與進步的、倡導改良的土地主和農民形成對比。圈地運動與驅逐行爲打破了農業共同體歷史悠久的互惠關係。當然，這種互惠的紐帶以前已被破壞過許多次，也許在 16 世紀全國範圍的圈地運動中，這種破壞格外顯著。」〔註56〕毫無疑問，人類文明進步是需要付出代價的，但是，這種代價能否降低到最低程度，卻是取決於人們保護「自然風景」和保存這種民族文化記憶中「風景線」的力度，所以，達比引用了特林佩納的說法：「對楊格而言，愛爾蘭是新未來的顯現之地。在民族主義者看來，愛爾蘭是楊格尚能瞥見過去的輪廓的地方；透過現代人眼中所見的表象，依然能夠感受到隱匿於風景裏的歷史傳統和情感。這類表象堪稱一個民族不斷增生的年鑒，負載許多世紀以來人類持續在場的種種印記……當口傳和書寫的傳統遭到強制性的遏止時，民族的風景就變得非常重要，成爲另一個選擇，它不像歷史記錄那麼容易被毀棄。農業改革會抹去鄉村的表象特徵，造出一種經濟和政治的白板，從而威脅到文化記憶的留存。」〔註57〕雖然達比忽略了「人」對「自然風景」的保護，而只強調農業文明中「風景」的歷史記憶，但就這一點也是我們值得重視的。從這個角度而言，民族的文化記憶和文學的本土經驗是有助於「風景」描寫植根在有特色的中國文學之中的最佳助推器，因此，溫迪·J·達比所描繪的雖然是 18 世紀英格蘭的「風景」狀況，但是，這樣的「風景」如果消逝在 21 世紀的中國文學描寫之中，無疑也是中國作家的失職。然而恰恰不幸的是，這樣的事實已經發生和正在發生於新世紀的中國文學創作潮流之中，作家們普遍忽視了「風景」這一描寫元素在文學場域中的巨大作用。

如何確立正確的「風景」描寫的價值觀念，確實已經成爲新世紀中國文學創作中的一個本不應該成爲問題的艱難命題。因此，在當下中國遭遇到歐

〔註56〕〔美〕溫迪·J·達比：《風景與認同——英國民族與階級地理》，張箭飛、趙紅英譯，譯林出版社 2011 年版，第 80 頁。

〔註57〕〔美〕溫迪·J·達比：《風景與認同——英國民族與階級地理》，張箭飛、趙紅英譯，譯林出版社 2011 年版，第 80～81 頁。

美在現代化過程中同樣的文化和文學難題時，我們將做出怎樣的價值選擇與審美選擇，的確是需要深入思考的民族文化記憶的文學命題，也更是一個人文知識分子都應該重視的文化命題。

二、「風景」的歷史沿革與概念論域的重新界定

顯然，在歐洲人文學者的眼裏，所有的「風景」都是社會、政治、文化積累與和諧的自然景觀互動之下形成的人類關係的總和，因此，溫迪·J·達比才把「風景」定位在這樣幾種元素之中：「風景中古舊或衰老的成分（可能是人物也可能是建築物），田間頹塌的紀念碑、珍奇之物如古樹或『靈石』，以及言語、穿著和舉止的傳統，逐漸加入這種世界觀的生成。」〔註58〕從這個角度來說，我們可以將它理解爲，「風景」的美學內涵除了區別於「它地」（也即所謂「異域情調」）所引發的審美衝動以外，還有一個更重要的元素就是它對已經逝去的「風景」的民族歷史記憶。除去自然景觀外，歐洲的學者更強調的是人文內涵和人文意識賦予自然景觀的物象呈現。而將言語習俗和行爲舉止上升至人的世界觀的認知高度，則是對「風景」嵌入人文內涵的深刻見解，更重要的是，他們試圖將「風景」的闡釋還上升到哲學命題的高度。所有這些顯然都是與歐洲「風景如畫風格」畫派闡釋「風景」的審美觀念相一致的：「Picturesque style 風景如畫風格 18 世紀後期、19 世紀初期以英國爲主的一種建築風尚，是仿哥特式風格的先驅。18 世紀初，有一種在形式上拘泥於科學和數學的精確性的傾向，風景如畫風格就是爲反對這種傾向而興起的。講求比例和柱式的基本建築原則被推翻，而強調自然感和多樣化，反對千篇一律。T·沃特利所著《現代園藝漫談》（1770）是闡述風景如畫的早期著作。這種風格通過英國園林設計獲得發展。園林，或更一般地說即環境，對風景如畫風格的應用起著主要作用。這一時期最引人注目的結果之一，是作爲環境一部分的建築，也受到該風格的影響，英國傑出的建築師和城市設計家 J·納什（1752～1835）後來創造了第一個『花園城』和一些極典型的作品。他在薩洛普的阿查姆設計了假山（1802），其非對稱的輪廓足以說明風景如畫風格酷似不規則變化。納什設計的布萊斯村莊（1811）是新式屋頂『村舍』採用不規則群體佈局的樣板。J·倫威克在華盛頓（哥倫比亞特區）設計的史密森學會，四周景色優美如畫，是風景如畫風格

〔註58〕 〔美〕溫迪·J·達比：《風景與認同——英國民族與階級地理》，張箭飛、趙紅英譯，譯林出版社 2011 年版，第 81 頁。

的又一典範。」〔註 59〕就「風景如畫風格派」而言，強調在自然風景中注入人文元素，則是一個不可忽視的審美標準。「作爲一種繪畫流派，風景畫經歷了巨大的轉變，起初，它以恢弘的景象激發觀看宗教性或準宗教性的體驗，後來則轉化爲更具世俗意味的古典化的田園牧歌。」〔註 60〕由此可見，歐洲由畫派所奠定的美學風範和價值理念是深深地影響到了後來的諸多文學創作，已然成爲歐洲文學藝術約定俗成的共同規範和守則。

　　和西方人對「風景」的認知有所區別的是，中國的傳統學者往往將「風景」看成是與「風俗」、「風情」對舉的一種並列的邏輯關係，而非種屬關係，也就是將其劃分得更爲細緻，然而卻沒有一個更加形上的宏觀的認知。一般來說，中國人往往是把「風景」當作一種純自然的景觀，與人文景觀對應，是不將兩者合一的：「風景：風光，景色。《世說新語・言語》：『過江諸人，每至美日，輒相邀新亭，藉卉飲宴。周侯中坐而歎曰：風景不殊，正自有山河之異。』王勃《滕王閣序》：『儼驂騑於上路，訪風景於崇阿。』」〔註 61〕所以，在中國人的「風景」觀念中，自然景觀與人文景觀是兩種不同的理念與模式，它在中國人的審美世界裏，「風景」就是自然風光之謂，至多是王維式的「畫中有詩，詩中有畫」的「道法自然」意境。

　　五四新文學運動以後，即使將「風景」和人文內涵相呼應，也就僅僅是在文學爲政治服務的狹隘層面進行勾連而已，而非與大文化以及整個民族文化記憶相契合，更談不上在「人」的哲學層面作深入的思考了。從這個角度來說，我們的五四啓蒙者們沒有更深刻地認識到「風景」在文化和文學中更爲深遠宏大的人文意義。也許，沒有更深文化根基的美國學者的觀念更加能夠應合我們對鄉土文學中「風景」的理解：「顯然，藝術的地方色彩是文學的生命力的源泉。是文學一向獨具的特點。地方色彩可以比作一個人無窮地、不斷地湧現出來的魅力。我們首先對差別發生興趣；雷同從來不能吸引我們，不能像差別那樣有刺激性，那樣令人鼓舞。如果文學只是或主要是雷同，文學就要毀滅了。」〔註 62〕強調地域色彩的「風景」美感往往成爲後來大家對

〔註 59〕《不列顛百科全書》，第 13 卷，中國大百科全書出版社 1999 年版，第 273 頁。
〔註 60〕〔美〕溫迪・J・達比：《風景與認同──英國民族與階級地理》，張箭飛、趙紅英譯，譯林出版社 2011 年版，第 14 頁。
〔註 61〕《辭海》〔下〕，上海辭書出版社 1979 年版，第 3500 頁。
〔註 62〕〔美〕赫姆林・加蘭：《破碎的偶像》，《美國作家論文學》，劉保端等譯，北京三聯書店 1984 年版，第 89 頁。

「風景描寫」主要元素的參照。從文學局部審美，尤其是對鄉土文學題材作品而言，這固然是不錯的，但是，只是強調地方色彩的審美差異性，而忽略了對「自然風景」的敬畏之心，忽略了它在民族文化記憶中的抵抗物質壓迫的人文元素，尤其是無視它必須上升到哲學層面的表達內涵，這樣的「風景描寫」也只能是一種平面化的「風景」書寫。

當然，五四時期的先驅者當中也有人注意到了歐洲學者對「風景」的理解：「風土與住民有密切的關係，大家都是知道的：所以各國文學各有特色，就是一國之中也可以因了地域顯出一種不同的風格，譬如法國的南方普洛凡斯的文人作品，與北法蘭西便有不同。在中國這樣廣大的國土當然更是如此。」〔註63〕在這裡，周作人十分強調不同地區文化的差異性和「異域情調」，並要求作家「自由地發表那從土裏滋長出來的個性」，「我們所希望的，便是擺脫了一切的束縛，任情地歌唱，……只要是遺傳、環境所融合而成的我的真的心搏，……這樣的作品，自然的具有他應具的特徵，便是國民性、地方性與個性，也即是他的生命。」〔註64〕至少，在強調地域性的同時，周作人注意到了「風土」、「國民性」、「個性」等更大的人文元素與內涵。也正如周作人在1921年8月翻譯英國作家勞斯（W·H·D·Rouee）《希臘島小說集》譯序中所闡述的：「本國的民俗研究也是必要，這雖然是人類學範圍內的學問，卻與文學有極重要的關係。」將民俗，也就是人類學融入文學表現之中，顯然是擴大了「風景」的內涵，但是，這樣的理論在中國的啓蒙時代沒有得到彰顯，而是進入了另一種闡釋空間之中。

茅盾早期對「風景」的定義卻只是與美國學者加蘭的觀念趨同，他在與李達、李大白所編寫的《文學小辭典》中加上了「地方色」的詞條：「地方色就是地方底特色。一處的習慣風俗不相同，就一處有一處底特色，一處有一處底性格，即個性。」〔註65〕

以此來定位鄉土文學中的「風景」，為日後許多現代作家對「風景」的理解提供了一條較為狹窄的審美通道。我們知道，茅盾最後也將「風景」定位在世界觀上，但是，他的定位是一種政治性的訴求：「關於『鄉土文學』，我以為單

〔註63〕周作人：《地方與文藝》，《談龍集》（《周作人自編文集》），河北教育出版社2001年9月版，第10～12頁。

〔註64〕周作人：《地方與文藝》，《談龍集》（《周作人自編文集》），河北教育出版社2001年9月版，第10～12頁。

〔註65〕《民國日報·覺悟》，1921年5月31日。

有了特殊的風土人情的描寫，只不過像看一幅異域圖畫，雖能引起我們的驚異，然而給我們的，只是好奇心的饜足。因此在特殊的風土人情而外，應當還有普遍性的與我們共同的對於運命的掙扎。一個只具有遊歷家的眼光的作者，往往只能給我們以前者；必須是一個具有一定的世界觀與人生觀的作者方能把後者作爲主要的一點而給與了我們。」〔註66〕顯然，這一時期的文藝理論家茅盾已經是1930年代「左翼文學」的實踐者和理論家，他所說的「世界觀與人生觀」和社會學家溫迪・J・達比所說的「世界觀」是不盡相同的，一個是定位在「文學爲政治服務」的功能上，一個卻是定位在「民族的歷史記憶」的文化闡釋功能上，層次不同，也就顯示出文學的審美觀念的差異和對待「風景描寫」的文化視界的落差上。顯然，茅盾「修正」了自己前期對「風景」的定義，對其中「風土人情」和「異域情調」的美學「饜足」進行了遮蔽與降格，而強調的是「運命的掙扎」，當然，對於這種革命現實主義理念的張揚，在當時是無可厚非的，也是有一定審美意義的，文學史也不應該忘記他對「社會剖析派」鄉土小說「風景描寫」審美理論的貢獻，但是將此作爲橫貫20世紀，乃至於滲透於21世紀的爲即時政治服務的金科玉律卻是不足爲取的。顯然，當「風景描寫」在不同的歷史條件的時空之中，其描寫的對象已經物是人非時，舊有的狹隘的「風景描寫」和「爲政治服務」的「風景描寫」就遠遠不能適應時代的審美需求了。比如在今天，當「風景」的長鏡頭對準底層生活時，則會出現一個千變萬化的民族歷史記憶描寫場景了，就會出現許許多多弔詭的悖論現象，這是狹隘的理論無法解釋的文學現象和審美現象。

　　因此，當中國社會進入了一個轉型時期時，我們既不能再延用舊有的理論觀念去解釋我們文化和文學中的「風景」，卻又不得不汲取舊有理論中合理的方法，否則，我們就無法面對我們的民族文化的歷史記憶，當然更加愧對大自然恩賜給人類的這份「風景」的遺產。

　　無疑，在歐洲知識分子和藝術家那裏的「風景畫」概念定義顯然是和我們的理念界定是有區別的，源於繪畫藝術的「風景」在一切文學藝術表現領域內都應該遵循的法則，就是融自然屬性的「風景畫」與人文屬性的「風俗畫」爲一爐的理念：「genre painting風俗畫自日常生活取材、一般用寫實手法

〔註66〕茅盾：《關於鄉土文學》，《茅盾論中國現代作家作品》，北京大學出版社1980
　　　　年版，第241頁。

描繪普通人工或娛樂的圖畫。風俗畫與風景畫、肖像畫、靜物畫、宗教題材畫、歷史事件畫或者任何傳統上理想化題材的畫均不相同。風俗畫的主題幾乎一成不變地是日常生活中習見情景。它排除想像的因素和理想的事物，而把注意力集中於對類型、服飾和背景的機敏觀察。這一術語起源於 18 世紀的法國，指專門畫一類題材（如花卉、動物或中產階級生活）的畫家，被用作貶意。到 19 世紀下半葉，當批評家 J・伯克哈德所著《荷蘭的風俗畫》（1874）一書出版後，這一名詞增加了褒意，也限定在當前流行的意義上。人們仍然極普遍地使用此詞，用來描述 17 世紀一些荷蘭和弗蘭德斯畫家的作品。後來的風俗畫大師則包括多方面的藝術家。」〔註 67〕顯然，在歐洲文學藝術家那裏，「風景」和「風俗」是融合在一個統一的畫面之中的，是一個不可分割的整體性審美經驗的結晶，因此，才會由此而形成特殊的文學流派：「costumbrismo 風俗主義西班牙文學作品的一類，著重描寫某一特定地點的人民的日常生活和習俗。雖然風俗主義的根源可以追溯到 16 和 17 世紀的『黃金時代』，然而卻是在 19 世紀上半葉才發展爲一股主要力量，最初在詩歌然後在叫做『風俗畫』的散文素描中，強調對地區性典型人物和社會行爲作細節的描寫，往往帶有諷刺的或哲學的旨趣。M・J・德・拉臘 R・德・梅索內羅・羅馬諾斯，P・A・德・阿拉爾孔均爲風俗主義作家，他們對西班牙和拉丁美洲的地方派作家有一定影響。」〔註68〕可見，「風俗畫」只是「風景畫」中的一個重要元素，是「風景畫」種概念下的一個屬概念，於是，強調「風景畫」中的風俗描寫，就是對人文元素的張揚，上升至哲學思考，則是文學藝術大家的手筆，成爲歐洲文學藝術家共同追求的「風景描寫」的最高境界。

　　雖然中國 20 世紀後半葉也強調「風景畫」的描寫，但是將其功能限制在狹隘的爲政治服務的領域內。自 20 世紀 30 年代的「左翼文學」至今的「風景描寫」之中，一切的「風景」除了服務於狹隘的政治需求外，至多就是止於對人物心境的呼應而已，絕無大視野哲學內涵的思考。就此而言，在當下整個「風景描寫」的退潮期不僅僅是止於恢復「風景描寫」，更爲艱巨的使命就在於將「風景描寫」提升到與歐洲文學藝術家對待「風景描寫」的同樣高度與深度來認知這個問題，只有這樣才能將中國文學發展到一個新的歷史高度上，否則，文學將會在「風景」的消逝中更加墮落下去。

〔註67〕 《不列顛百科全書》第 7 卷，中國大百科全書出版社 1999 年版，第 61 頁。
〔註68〕 《不列顛百科全書》第 4 卷，中國大百科全書出版社 1999 年出版，第 512 頁。

在中國文學史上，「風景描寫」一直被認爲是純技術性的方法和形式，並沒有將它上升到與整個作品的人文、主題、格調，乃至於民族文化記憶的層面來認知，這無疑是降低了作品的藝術品位和主題內涵。殊不知，最好的文學作品應該是將「風景」和主題表達結合得天衣無縫、水乳交融的佳構，這樣的作品才有可能成爲最好的審美選擇。從世界文學史的範疇來看，許多著名作家的名著都出現出了這樣的特徵，像托爾斯泰、屠格涅夫、莫泊桑、哈代、海明威……這樣的作家作品所透露出來的「風景描寫」就爲今天的中國新世紀的作家作品提供了最好的典範，因爲他們作品的藝術生命力之所以永恒，其中最重要的元素就在於他們對「風景」的定格有著不同凡響的見地。

三、在浪漫與現實之間：「風景」的雙重選擇

一般說來，「風景」描寫都是與浪漫主義相連，但其絕非是平面的「風景」描寫，它往往被定義爲一種反現代文化與文學的思潮，用溫迪‧J‧達比引用威廉斯的理論就是：「一種浪漫的情感結構得以產生：提倡自然、反對工業，提倡詩歌、反對貿易；人類與共同體隔絕進入文化理念之中，反對時代現實的壓力。我們可以確切地從布萊克、華茲華斯及雪萊的詩歌中聽見其反響。（威廉斯 1973：79）」〔註69〕反文化制約，緩解和釋放現代文明社會的現實壓力，成爲文學藝術家們青睞「風景描寫」的最本質的目的。

「鄉村或田園詩歌和雕版風景畫確認了如畫風景美學，而如畫風景又影響了湖畔詩人的早期作品。在被稱爲『國內人類學』（貝維爾 1989）的詩歌中，華茲華斯使我們看見湖區到處都是邊緣化的人們：瘸腿的士兵、瞎眼的乞丐、隱居者、瘋癲的婦女、吉普賽人、流浪漢，換言之，到處都是被早期農業和工業革命拋棄的流離失所的苦命人。」〔註70〕就此而言，自五四以來，尤其是 1949 年以後，我們的一部分作家和理論家們對「風景描寫」也有著較深的曲解，認爲「風景」就是純粹的自然風光的描摹，其畫面就是排人物性的，就是「借景抒情」式「風景談」，從上個世紀 40 年代開始的茅盾的「白楊禮讚」式的散文創作模式，一直蔓延至 60 年代的「雪浪花」抒情模式，幾乎是

〔註69〕〔美〕溫迪‧J‧達比：《風景與認同——英國民族與階級地理》，張箭飛、趙紅英譯，譯林出版社 2011 年版，第 87 頁。

〔註70〕〔美〕溫迪‧J‧達比：《風景與認同——英國民族與階級地理》，張箭飛、趙紅英譯，譯林出版社 2011 年版，第 89 頁。

影響了中國幾代作家對「風景描寫」的認知，當 90 年代商品化大潮襲來之時，在文學漸漸脫離了為政治服務的羈絆時，遮蔽「風景」和去除「風景」成為文學作品的潛規則，在文學描寫的範疇裏，就連那種以往止於與人物心境相對應的明朗或灰暗色調的「風景」暗示描寫也不復存在了。而在這個關鍵問題上，達比借著華茲華斯的筆墨闡釋出了一個浪漫主義也不可逾越的真諦：那種與「風景」看似毫不相干的「風景」中的人物，同樣是構成「風景畫面」不可或缺的重要元素！

　　說實話，我對達比作為一個社會學家喋喋不休地嘮叨什麼湖區改造等社會學內容毫無興趣，而對他發現知識分子的價值觀的位移卻更有興味：「一種新型的、史無前例的價值觀彙聚到這一空間，其價值由於知識分子和藝術精英的闡發而不斷升值，就因為它不同於資本的新集中（在城市）。」[註71] 同樣，在中國文學界，也存在著知識分子對「風景中的人」的價值觀錯位：一方面就是像五四一大批鄉土小說作家那樣，用亞里士多德式的自上而下的「同情和憐憫」悲劇美學觀來描寫「底層小人物」，而根本忽略了人物所依傍的「風景」，在這一點上，魯迅先生卻與大多數鄉土小說作家不同，他注意到了「風景」在小說中所起著的重要作用，即便是「安特萊夫式的陰冷」，也是透著一份哲學深度的表達，這才是魯迅小說與眾多鄉土題材作家的殊異之處——不忽視「風景」在整個作品中所起的對人物、情節和主題的定調作用；另一方面就是近乎於浪漫主義唯美風格的作家所主張的沉潛於純自然的「風景」之中，鑄造一個童話般美麗的「世外桃源」，從廢名到沈從文，再到孫犁的「荷花澱派」，再到 80 年代汪曾祺的「散文化」小說創作，以及張承志早期的「草原風景」小說和葉蔚林等人的「風景畫」描寫，即便是模仿抄襲了俄羅斯作家，但是其唯美的風格卻是大家所公認的上品之作。這種被大家稱作「散文化」的純美寫作，幾乎是建構了 80 年代以後中國本土書寫經驗中的強大「風景線」，構成了中國式「風景」的固定認知理念。但是，人們卻忽略了一個重要的「風景描寫」原則——「風景」之中的「人物」才是一切作品，尤其是小說作品中的主體性建構，其對應的「自然風景」並非只是浪漫主義元素的附加物，而是與人物血肉相連、不可分割的作品靈魂的一部分，它們之間是魂與魄的關係。

〔註71〕〔美〕溫迪·J·達比：《風景與認同——英國民族與階級地理》，張箭飛、趙紅英譯，譯林出版社 2011 年版，第 92 頁。

　　針對浪漫與現實／形上與形下的選擇，「風景」在不同的作家和不同的理論家那裏，誰都會用不同的世界觀來進行適合自己審美口味的理論闡釋，卻從來沒有將它們作爲一個作品的整體系統來考慮過。其實，無論浪漫主義還是現實主義的創作方法，都不應該離開對「風景」的惠顧，更爲重要的是，無論你的作品涉及「風景描寫」的多與少，都不能忽略「風景描寫」之中、之下或之上的哲學內涵的表達，無論你的表達是淺是深，是直露還是隱晦，是豪放還是婉約，都不該悖離「風景描寫」的深度表達。

四、「風景描寫」的分佈地圖及其地域特徵

　　隨著中國城市化的進程加快，20 世紀以前的那種大一統的文學「風景描寫」觀念和方法已經開始發生了巨大的分化，很明顯，代表著農業文明形態的「風景描寫」逐步被擠向邊緣，集中在沿海城市的作家成爲中國作家隊伍的主流，他們在快節奏的工業文明和後工業文明形態的城市生活中扮演著百年前反映工業文明將人異化爲機器的影片《摩登時代》裏卓別林的角色。他們根本無暇顧及和瀏覽身邊的「風景」，而把描寫的焦點集中在情節製造的流水線上，關注在人物命運的構築上，更有甚之，則是將描寫的力點放在活動場面的摹寫上，或是熱衷於對人物的精神世界進行無止境的重複和雜亂的絮叨上。當然，這些都是某種小說合理性的操作方式，但是，對「風景」的屏蔽，最終帶來的卻是文學失卻其最具美學價值的元素。因此我們應該特別提醒生活在沿海城市和大城市的中國作家，不能只見水泥森林式的摩天大廈，而不見藍天白雲、江河湖海和山川草木，不能放棄人物對大自然的本能親近的渴望。否則，不僅他筆下的人物是僵死的，就連他自己也會成爲一個被現代文明所異化了的「死魂靈」。正如溫迪·J·達比引用阿普爾頓所說的話那樣：「我們渴望文明的舒適和便利，但是如果這意味著徹底擯棄與我們依舊歸屬的棲居地的視覺象徵的聯繫，那麼我們可能變得像籠中獅子一樣……只能淪爲在籠子裏神經質地踱步，以爲東西根本錯了。——阿普爾頓 1986：119～122」〔註72〕

　　無疑，在中國遼闊的西部地區，由於現代化的水平進程較爲緩慢，其農業文明和游牧文明的文化生態保存得相對較好，所以那裏的作家面對的是廣

─────────────

〔註72〕〔美〕溫迪·J·達比：《風景與認同——英國民族與階級地理》，張箭飛、趙紅英譯，譯林出版社 2011 年版，第 220 頁。

袤無垠的大自然和慢節奏的農耕文明生活方式，一時還很難一下融入現代文化的語境之中。亦如80年代許多中國作家是很難理解和接受西方快節奏下的「文學描寫」形式那樣，同樣，西部的作家基本上還沉迷在「大漠孤煙直，長河落日圓」的古典美學的「風景」意境之中。毫無疑問，這些古典主義的浪漫詩境給遠離自然、陷入現代和後現代生活困境中的人帶來的是具有「風景描寫」的高氧負離子的呼吸快感，它不僅具有「異域情調」的古典美學吸引，而且還有時代的距離之美，因為高速的資本發展被重重大山和汩汩的河流所阻隔，靜態的，甚至是原始的「風景」既成為作家作品描寫的資源和資本，同時也成為人類面對自然進行和諧對話與抒情的橋梁。但是，這種只利用自然資源去直接表達對自然「風景」的禮贊和膜拜卻是遠遠不夠的，沒有注入作家對「風景」的人文思考，或更深的哲學思索，是很難將作品引領到一個更高的審美境界的。所以，面對大量的「風景描寫」的豐富資源，我們的西部作家需要的是如何提升自身的人文素養和哲理意識，將靜止的「風景」注入活躍的人文因子，這樣才有可能使中國的傳統「風景」走出古典的斜陽，徹底改變舊有的「風景」美學風範，為中國的新世紀文學闖出一片新的描寫領域。「對大自然的美學反應的轉變並不是在真空中發生的，崇古主義者對凱爾特的讚頌也非空穴來風。」〔註73〕正因為現代和後現代社會給人們的精神世界帶來了機器時代的視覺審美疲勞，與大自然的「風景」形成了巨大的視覺反差和落差，所以，親近「風景」成為一種精神的奢侈享受，一種回歸原始的美學追求。但是，另一種弔詭的悖論就是人們也同時離不開現代城市和都市給予的種種誘惑，這個悖論就是「從19世紀20年代起，中產階級『視寧靜的農田為民族身份的代名詞（海明威1992：298）的觀點開始出現，這一觀點是對日益洶湧的分裂潛流和範圍深廣的社會動盪的各種表現的反撥。風景再現轉向東南地區良田平闊村舍儼然的低地風景。低地風景與如畫風景或山區和廢墟構成的浪漫高地風景形成鮮明的對照，這裡尚在鄉村黃金時代：各種社會秩序和諧共存，人們怡然自得。鄉村英格蘭的神話在於一種雙重感：鄉村是和諧之地，英格蘭依然是一個鄉村之國——蒼翠愉悅之地。」「懷舊之情對非城市化過去的記憶進行過濾，留下一種與農業勞動者嚴酷的現實嚴重不符的神話。在神話製造的過程中，農業資本主義的非道德／道德經濟的深

〔註73〕〔美〕溫迪·J·達比：《風景與認同——英國民族與階級地理》，張箭飛、趙紅英譯，譯林出版社2011年版，第98頁。

層的政治特性被遺忘或者遮蔽掉了，而城市化也被完全過濾掉了。」「是中產階級趨合有教養的鄉紳價值觀的一種嘗試，而這一嘗試本身就是一種深深棄絕城市的工業文明、希望逃回到更爲單純的恩庇社會的症狀。（坎寧安 1980：120）」〔註74〕

　　就「風景描寫」的文學地理分佈來看，最值得我們回味的是中國文學版圖中的中原地帶，那裏的作家作品基本上還沉湎在農業文明與工業文明、後工業文明交叉衝突的夾縫之中。無疑，我們看到的是這樣一種「風景」———一方面是被工業文明、後工業文明破壞下頹敗的農業文明留下的波動狀態，給作家提供了巨大的描寫空間，那裏的「風景」獨異，足以能使那裏的「風景」成爲文學和文化的「活化石」，如果這樣的「自然風景」被吞噬的過程沒有在 20 世紀的 80 年代和 90 年代被沿海的作家們紀錄下來的話，那麼，在新世紀的前二三十年中，作家對這樣的「風景」有著不可推卸的描寫責任。另一方面，已經被工業文明所覆蓋了的中原文化地帶，呈現出的是追求工業文明和後工業文明的機械「風景線」，屏蔽「自然風景」、屏蔽了作家內心世界對「風景」的哲學性認知，在處理「風景」的時空關係上，沒有一種自覺的文化意識，才是這部分作家最大的心理障礙：「風景中表示時間流逝的元素對如畫風景非常重要。廢墟和青苔或者常春藤覆蓋的建築是令人憂鬱的光陰似箭的提示。山區講述了一個（新近發現的）久遠地質年表，對比之下，人類的生命週期就顯得微不足道。黎明和落日（即使透過一片玻璃看過去，它們也顯得如此絢麗）包含了個人能夠測量出來的時間流逝，而任何一處廢墟、任何一座爬滿青苔的橋梁、任何一個風燭殘年的人、任何一條山脈都會激發人們的想像和感受。往日浮現，追憶過去，這就需要特定的、高度本地化廢墟、橋梁、人物和山脈。注意力轉向仔細觀察風景（默多克 1986），視覺藝術裏與描寫的這一與描寫特定地方的詩歌同步發生。這類詩歌是個人的地方記憶，是對個人內心疏離或異化的認知，詩人試圖通過確定自己在風景中的位置尋求庇護。定位的特性使人對暫時性的感受更加痛切，而這種定位記憶的痛切感說明記憶戰勝了視覺。」〔註75〕怎樣留駐廣袤中原地帶的「文化風景」（因爲它涵蓋著自然、人文、地域等領域內的諸多民族的、本土的文學記憶

〔註74〕　〔美〕溫迪・J・達比：《風景與認同———英國民族與階級地理》，張箭飛、趙紅英譯，譯林出版社 2011 年版，第 128～129 頁。

〔註75〕　〔美〕溫迪・J・達比：《風景與認同———英國民族與階級地理》，張箭飛、趙紅英譯，譯林出版社 2011 年版，第 86 頁。

和文化記憶，「風景」既是文學描寫的庇護，同時也是作家心靈的庇護，更是人類具有宗教般哲學信仰的共同家園的庇護所。因此，怎樣更有深度和廣度地描摹出這種「風景」的變化過程，已經是中國作家，尤其是中原地帶作家應該認識到的危機感。

五、「風景描寫」的價值選擇與前景展望

毫無疑問，隨著中國社會的急劇轉型，工業化和後工業化的程度越來越高，其農業文明形態下的風景逐漸遠離現代人的視野，越來越成爲一種漸行漸遠的歷史記憶，從文化的角度來說，保護這種原生態的風景線，使之成爲博物館性質的「地方」，應該是政府的作爲；而在中國文學創作領域，對於作家們在文學轉型過程中迎合消費文化的需求而主動放棄「風景描寫」的行爲，卻是值得反思的問題。對於本土化的寫作，「風景描寫」是鄉土經驗最好的表現視角。但是，從上個世紀初至今，對文學中「風景畫」的描寫持一種什麼樣的價值立場，卻是中國現代文學史一直沒有理清楚的一個充滿弔詭的悖論：對農業文明的一種深刻的眷戀和對工業文明的無限抗拒與仇恨，使得像沈從文那樣的作家成爲中國現代文學一種「風景描寫」的風格旗幟，人們誤以爲回到原始、回到自然就是文學的最高的浪漫主義境界；而另一種價值觀念則更是激進，以爲在中國城市化的進程中，舊日的「田園牧歌」式的農業文明「風景線」都應該排斥在外，現代和後現代的「風景畫」風格就是鱗次櫛比的高樓大廈和各種物質的再現，它是以刪除人類原始文明、游牧文明和農業文明的歷史「風景」記憶爲前提和代價的價值體系。「在農業革命和工業革命帶來的英格蘭空間重構的影響下，湖區一直是沒有得到利用的空間或作用消極的空間，在下面的章節中被當作是未曾得到考證的資本主義動態的表現。」「儘管一種趨同的英國民族身份的說法圍繞湖區展開，將其作爲『一種國家財產』，但弔詭的是，競爭隨介入風景而起，引起了階級的文化分化。」〔註76〕我不想從階級意識的層面來看待這個問題，但就審美選擇的角度來看，「風景描寫」已然成爲人類文明遺產和文學遺產的一個重要的組成部分，捨棄其在文學描寫領域中的有效審美力，肯定是一種錯誤的行爲。溫迪·J·達比在其「導論」部分的《展望／再想像風景》中引用赫斯科的話說：「人們

〔註76〕〔美〕溫迪·J·達比：《風景與認同——英國民族與階級地理》，張箭飛、趙紅英譯，譯林出版社2011年版，第92頁。

在重要而富有象徵意義的風景區休閒，以此建構自己的身份——這是人類學中很少涉獵的話題，即使這類活動在西歐、亞洲和美國等富裕國家許多個人的生活中起著日益重要的作用。總體而言，風景問題一直未引起人們的關注。（赫斯科 1995）」〔註77〕可見，這個「風景」的問題是一個世界性的文化命題，同時也是涉及到人類諸多精神領域的命題。儘管溫迪·J·達比們是從人類學的角度提出風景對於人類精神需求的重要性，但是，它對我們文學領域也同樣有著不可忽視的審美啟迪和借鑒作用。

　　手頭正好有一部對倫勃朗風景畫的評論著作，作者論述了一個大藝術家對「風景」的追求，其中便可以見出許多帶有哲理性的高論：

　　　　你所在的地方是水鄉，土地濕潤。

　　　　你需要畫出從沒有見過的山脈。

　　　　對城市之外的鄉村不如城市那麼瞭解。但是有些時候，你會走遍鄉村，觀察那裏的光影變化。這些地方的面貌促使你創作出了風景畫。

　　　　你從沒有畫過自己街區的房子，沒畫過磚砌的牆，精心搭建的山牆和高高的窗戶。

　　　　但你畫了一座暴風雨中的小石拱橋，你畫了在強烈陽光下閃閃發光的樹叢，還有來勢洶洶的烏雲之下搖搖欲倒的農莊。一個小小的人影，一個農民，因為扛著重重的長鐮刀而彎著腰，他正準備通過一座陽光為其鑲邊的小橋。另一個幾乎隱藏在陰影中的人好像要走過去和他碰面。不久，他們將會在橋的中央。他們會打招呼嗎？他們會認出彼此嗎？或者，他們會一直這樣保持互不相干、彼此陌生的狀態？

　　　　橋洞下面，停著一隻船。但，在靠我們更近的地方，一隻船剛剛過橋洞，船上有兩個人正在彎腰劃槳。〔註78〕

顯然，追求「風景畫」的意境過程中，倫勃朗對人物的處理是緊緊地與「風景」相勾連的，使其所產生的無限想像的藝術空間，才是一部偉大作品的精

〔註77〕〔美〕溫迪·J·達比：《風景與認同——英國民族與階級地理》，張箭飛、趙紅英譯，譯林出版社 2011 年版，第 1 頁。

〔註78〕〔瑞士〕弗朗索瓦·德布呂埃：《風景》《對話倫勃朗》，麻豔萍譯，南京大學出版社 2010 年版，第 144 頁。

妙之處，由此可見，藝術家的審美情趣和造詣在很大程度上是取決於作家自身對「風景」的有效而機智的選取上。展望中國 21 世紀的文學，我們似乎沒有理由拒絕「風景」的再現和表現，因為「當風景與民族、本土、自然相聯繫，這個詞也就具有了『隱喻的意識形態的效力』，這種效力是由於『一個民族文化本質或性格與其棲居地區的本質或性格之間，發展出了一種更恒久的維繫』（奧維格 1993，310～312）表達這種永恒的維繫的方式之一就是本土語言或母語——這與 natus-nasci 的內涵呼應。涉及到 18 世紀凱爾特邊界，這種風景／語言的聯繫對於遊吟詩民族主義至關重要。到了 18 世紀末期，風景是『自然的書寫，人置身其中最大程度地體驗自己在此地此時，而且成為……轉向主觀時間意識的一個關鍵概念』（索爾維森 1965：14）。」〔註 79〕三個世紀過去了，「風景」對於人類的精神世界而言，並不是過時了，恰恰相反，隨著現代和後現代文明對人的精神世界壓迫的加重，將會越來越凸顯其重要性。同樣，在其文學描寫的領域內，「風景」將會越來越顯示出其審美的重要性。「風景」不僅僅是農業文明社會文學對自然和原始的親近，同時也是現代和後現代社會人對自然和原始的一種本能的懷想和審美追求。

同樣，在「風景」的文學研究領域內，這也是一個不能繞開的話題，正如溫迪・J・達比引用本德爾的話作為章節題序那樣：「在歷史與政治，社會關係與文化感知的交合處發揮作用，風景必然成為……一個摧毀傳統的學科疆界的研究領域。」〔註 80〕

但是，我們不得不注意這樣一個十分重要的現象——當「風景」一旦從文學層面上升到文化層面以後，我們就可以看到多種文明衝突在這個焦點上的歧義。對現代主義濃烈的懷舊「鄉愁」情緒，「列維納認為，作為一種向同一的強迫性回歸，鄉愁代表了一種對異的拒絕——拒絕將異作為真正的異來看待。這種逃避與其說是一種怯懦，不如說是一種需要——強化人們的自我同一的需要。這種需要的背後是感到現在缺少合適的家。已經失落的和正在失落的，是一個完全的、永遠有用的、永遠可以回來的家。在列維納看來，如果鄉愁代表了一種向同一的回歸，這種回歸就是向作為自我的出發地的家的回歸。同樣，如果自我僅僅是自我同一的自我，是排斥異己的自我，那麼，

〔註 79〕 〔美〕溫迪・J・達比：《風景與認同——英國民族與階級地理》，張箭飛、趙紅英譯，譯林出版社 2011 年版，第 85 頁。

〔註 80〕 〔美〕溫迪・J・達比：《風景與認同——英國民族與階級地理》，張箭飛、趙紅英譯，譯林出版社 2011 年版，第 11 頁。

鄉愁往好了說是人類經驗的一種被界定的和正在界定的形式，往壞了說則是一種邪惡、利己的倒退。」〔註81〕顯然，後現代主義對現代主義那種「歸家」的懷舊情緒是不滿的，將此歸咎爲一種歷史的倒退也不是全無道理的，列維納們是站在人類發展的角度來進行哲學性思考的，人類只有在「異」的追求過程中才能取得進步。然而，我要強調的是，人類的進步歷程並不排斥保留對自然風光和已經失去的人文「風景」的觀照，因爲只要有這兩個參照系存在，我們人類才能眞正看清楚自我的面目眞相和精神的本質，從這個角度來說，我是讚同「人類中心主義」的，因爲只有人類才能完成對一切自然和自我文化遺產的保護。

　　但是，自17、18世紀就產生的「自然文學」的三個核心元素，首先就是其「土地倫理」：「放棄以人類爲中心的理念，強調人與自然的平等地位，呼喚人們關愛土地並從荒野中尋求精神價值。」〔註82〕這種同樣產生於美國的文學流派，從情感和審美的角度，我十分喜愛「以大自然爲畫布」的藝術主張，以及托馬斯·科爾的《論美國風景的散文》和愛默生的《論自然》中的觀念，更喜愛梭羅的《瓦爾登湖》那樣令人陶醉的崇拜自然的優美文字。「總之，在19世紀，愛默生的《論自然》和科爾的《論美國風景的散文》，率先爲美國自然文學的思想和內涵奠定了基礎，梭羅和惠特曼以其充滿曠野氣息的文學作品，顯示了美國文學評論家馬西森所說的『眞實的輝煌』，與此同時，科爾所創辦的哈德遜河畫派，則以畫面的形式再現了愛默生、梭羅和惠特曼等人用文字所表達的思想。『以大自然爲畫布』的畫家和『曠野作家』攜手展示出一道迷人的自然與心靈的風景，形成了一種從曠野出發創新大陸文化的獨特時尚和氛圍，這種時尚與氛圍便是如今盛行於美國文壇的自然文學生長的土壤。」〔註83〕這是一種多麼誘人的文學啊，但是，他們的「土地倫理」和「曠野精神」是建立在以消滅「文學是人學」的理論基礎之上的，文學藝術的中心位置要移位給自然，作爲主人公的人的意識必須淡化，這種理論行得通嗎？即使如梭羅的《瓦爾登湖》這樣的所謂純粹歌頌自然的美文，不仍

〔註81〕王治河主編：《後現代主義辭典》，中央編譯出版社2004年1月第1版，第652頁。

〔註82〕趙一凡、張中載、李德恩主編：《西方文論關鍵詞》，外語教學與研究出版社2006年版，第901～904頁。

〔註83〕趙一凡、張中載、李德恩主編：《西方文論關鍵詞》，外語教學與研究出版社2006年版，第901～904頁。

然時時有著一個作家自我影像在出沒嗎？作為在曠野中呼號的主體不依然是那個惠特曼的身影嗎？不管任何作家和理論家如何叫囂人與自然的分離，以及人類讓位於自然的理論，包括「生態革命」後這種理論的進一步擴張，我們都無法否認人類在整個文明世界中的主導地位。「科爾在作品中得出的結論是，美國的聯繫不是著眼於過去而是現在與未來；如果說歐洲代表著文化，那麼美國則代表著自然；生長在自然之國的美國人，應當從自然中尋求文化藝術的源泉。」〔註84〕也難怪，畢竟美國的文化和文明，乃至於文學的歷史還不長，和歐羅巴文明、文化和文學相比，缺少了一些厚重感，因此，對「人」在整個世界的地位反叛心理，完全是由一種扭曲的資本主義的帝國文化心理所造成。殊不知，一旦人類的中心位置被消滅，世界的文明、文化和文學也就同時消失了。當然，我倒是很欣賞「自然文學」在其文學形式和審美描寫上的藝術貢獻，他們將鏡頭對準自然界時候的那份執著和天真，幫助他們完成了對「風景」的最本真，也是最本質的描寫，這些都是我們值得借鑒的地方。

綜上所述，我以為，啟蒙主義給與人類巨大的進步，同時也在現代主義的積累過程中，給人類帶來了新的精神疾病，如何選擇先進的價值觀來統攝我們的文學，則是一個非常重要的問題。用後現代主義理論去批判現代主義的懷舊的「鄉愁」情緒往往陷入片面的「求異」中，而忽略了對自然風光和人文「風景」的流注，是一種文化和文學的虛無主義的表現；而過份強調自然的主體性，忽視人在世界中的地位，甚至消除人在自然界的主體地位，則是更有文學審美誘惑力的理論，但是這種含有毒素的罌粟花必須去其理論的糟粕，只能留下其美學的外殼和描寫「風景」的技術，以及它們對工業文明帶來的大自然被破壞弊端的批判，否則，一旦墜入這個「美麗的陷阱」，其價值觀就會徹底失衡與顛覆。這就是我們所面臨著的兩難選擇的悖論，怎樣選擇自己的「風景描寫」，不僅是作家們所面臨的選擇，同時也是理論批評家們應該關注的命題。因此，本文的論述倘若能夠引起批評家們對「風景描寫」的關注，也就算是對中國新世紀文學的一點小小的貢獻吧。

〔註84〕趙一凡、張中載、李德恩主編：《西方文論關鍵詞》，外語教學與研究出版社
2006年版，第901～904頁。

第七章　作家與他們的「風景」

第一節　黃蓓佳：在泥古與創新之間的風景描寫

　　無疑，作為與工業文明和後工業文明的城市化相去甚遠的農耕文明形態下的具有原始風貌的風景描寫，已經逐漸被現代文明過濾下的社會生活所驅逐與淘汰，新世紀以來，中國大陸的作家們不再關注這種似乎是舊文明形態下的特定風景描寫方法，而更多的是關注其作品的商業化效應。於是，這種風景描寫也就漸漸成為一種舊浪漫主義或為奢侈、或為墮落的描寫標誌，或許會有更多的人將此看作是堂・吉訶德式的戰法。然而，正是這種最最原始的描寫方法才是文學作品最本質的元素體現。因此，記錄下即將被後工業文明洗刷掉的自然原始文明風貌，以此為社會生活的歷史，也為文學的歷史留下一道深刻的印記——或許這是人類與自然融合的最後一道絢麗彩虹。也許這也正是一個身處現代文明生活語境中的作家應該考慮和擔當的文學問題和審美問題吧。當然，今天的作家對人類毀滅自然的反思，絕非只是僅僅停留在梭羅在《瓦爾登湖》裏所表達出的對現代文明的簡單反抗和本能厭惡，而是必須將反抗和厭惡化成一種對自然「流注」的熱情抒寫。

　　在世界文學描寫的經典著作中，毋庸置疑的是，俄羅斯作家是最鍾情和擅長風景描寫的族群，這一點也與其繪畫中的風景畫、音樂中的浪漫主義風格休戚相關。正如一位學者所言：「認真傾聽大自然的呼吸、尋覓大自然的美，是俄羅斯文學的優秀傳統之一。」〔註1〕著名的俄羅斯風景描寫作家巴烏斯托

〔註1〕 柏峰：《秋的美好成就了文學》，《中國社會科學報》，2011 年 12 月 13 日第 20 版。

夫斯基在《一些片段的思考》和《為了故土的美麗》中所說：「時常會出現這樣的情形：當你眼前出現一條鄉間小路或者一座山坡上的小村莊時，你突然想起來：似乎很久很久以前，甚至在夢中早已見到過，並且早已全身心地愛上了她。」「俄羅斯文學、音樂、繪畫，整個我們偉大的文化，乃至整個歷史——所有這一切都與俄羅斯土地的美麗緊緊相連。」〔註2〕這起碼說明了以下兩個問題：風景描寫乃是一個國家民族文化記憶的最深刻的符號，它是根植於民族集體無意識深處的、具有遺傳基因的影像，是作家生活經驗和寫作經驗自然而然的流露；一切文學藝術都離不開對美麗的自然風光歌頌，文學作品只有密切地關注它，才有可能上升到一個更高的藝術境界。因此，我們只有將風景描寫提升到這樣的高度來認識，文學才有希望獲得其最本質的特徵，才具有更強的生命力。

一、自然風光描寫中泥古與創新的審美選擇

從 2008 年出版的《愛某個人就讓他自由》和《所有的》到 2011 年出版的《家人們》，黃蓓佳的長篇小說始終是在現實主義和浪漫主義的創作手法之間徘徊，在抽象和寫實的描寫之間掙扎著。如果說在《所有的》主題表達中，作者在為小說進入形而上的哲理層面而努力的話，那麼，到了《家人們》，作者試圖進入形而下的表現之中。正如作者自己在書籍封底跋言中表述的那樣：「《所有的》是一個太哲學的書名，但是惟有它能夠把這本書拎起來，在妥善地包裹住。所有的秘密、所有的哀傷、所有的背叛、所有的救贖、所有漂泊他鄉的無奈、所有無法掌控的變異。當然，也包括所有來自生命本源的快樂。」也就是說，落實到具體的描寫方法上，作家從《家人們》開始轉型，將視線逐漸從形上的人物心理的描寫轉移到形下的風景描寫上，開闊的自然描寫視域，使作品更具有浪漫主義的特質。

如果說 2008 年出版的《愛某個人就讓他自由》和《所有的》兩部作品對風景描寫處於無意識和有意識的交叉層面的話，那麼，2011 年出版的《家人們》顯然就是自覺地將風景描寫提升到了一個極其顯著的位置，我粗略統計了一下，在《愛某個人就讓他自由》裏只有寥寥幾處勉強算得上是風景描寫的地方；而在《所有的》中，至多也就是十幾處算得上是風景描寫的地方；

〔註2〕 柏峰：《秋的美好成就了文學》，《中國社會科學報》2011 年 12 月 13 日第 20 版。

但是，在《家人們》中就有多達幾十處的風景描寫段落，這些風景描寫不僅與小說所要表現的故事情節融爲一體，大大提升了小說的浪漫主義元素，而且還極大地豐富了小說的美學內涵。

當然，《家人們》在藝術結構上的特點也很明顯，如倒敘、插敘等敘述手法的運用，將現在進行時和過去進行時交叉輪替使用，強化了小說的可讀性，造成的一系列的懸念，爲小說的推進奠定了基礎；另外，人物描寫的抒情性也爲小說的浪漫元素增添了色彩。但是，給我最大震撼的還是小說中處處漫溢著的風景描寫，這些久違了的風景描寫不僅使我讀出了一個作家洋溢的青春活力和萌動著的美學風格，而且還讀出了那種貼近大自然的永恒記憶美感。

小說的開篇就是風景描寫：「已經許久沒有下雨了，公路在初春灰色的蒼穹下顯得骯髒和頹敗，有幾分破落的味道，又有一種無可奈何的掙扎。劣質柏油只薄薄地鋪了路中間的部分，兩邊的路肩很明顯地裸露著灰土和砂石，被乾燥的小風貼著地面捲起一個又一個小小的漩渦，追著車輪奮力往前。那些有幸被柏油遮蓋的路面，因爲載重卡車和農用機械的一次次碾壓，也已經龜裂，凹陷，或者不規則地鼓凸，爲繼續來往的車輛製造出無數麻煩。」這種風景描寫沒有將我們帶入莫泊桑、哈代、屠格涅夫式的那種較爲純粹的風景畫抒情描寫之中，而是使我們立刻想到了奧斯特洛夫斯基式的風景描寫，比如在《築路》章節裏的風景描寫，甚至也想到了柳青《創業史》中那些作爲中學語文教科書《梁生寶買稻種》裏的開篇「春雨唰唰地下著……」的情景，無疑，這種風景描寫是帶著作家對生活特有的藝術感受的，同時也帶有那個時代文學教育的遺傳密碼，其價值判斷是十分明確的，它是爲人物設置的特定環境，也就是恩格斯在《致瑪·哈克奈斯》中所提出的「典型環境中的典型性格」的敘事文學創作原則——它是需要呼應人物的內心世界的。但這卻在一定程度上忽略了作家本人的審美情趣。而黃蓓佳就在這裡突破了這一藩籬，比如在接下來的風景描寫中就更加體現了另一種風格：「初春，田野裏的樹木剛開始抽條長葉，綠蔭尚未完全遮蔽掉一切醜陋，那些半球形的陳舊毛糙的玩意兒，像貼在灰色天空中的一團團牛糞餅，有著超現實主義的荒誕和誇張。」這段風景描寫並沒有完全呼應人物的心理需求，也就是並不和人物心理構成正比的平行描寫，當然，也不是哈代式的將優美的風景畫描寫和人物的悲劇心理構成反比的逆向描寫，而是遠離人物性格和典型環境，呈現出作者本人隨心所欲式的自我審美情趣的風景描寫。如果說前面的風景描

寫尚有泥古的痕跡，那麼，後面的風景描寫卻是創新和自我的。用「一團團牛糞餅」作比喻，這是當今年輕人無論如何都難以想像和領會的修辭手法，誠然，這是和作家特有的生活經驗息息相關的——插隊的鄉村生活給予她的靈感。但是這種以醜為美的大膽的反比的修辭手法卻體現出一個作家的審美的現代性元素，這種修辭手法本身就具有超現實主義的藝術想像力，儘管比喻本身是寫實的，它卻成就了作家風景描寫的獨特性。

這種風景描寫不顧人物、不沿襲規範的自我性，形成了黃蓓佳近期小說風景描寫的特點，最為精彩的是她對校園風景既寫實又誇張的浪漫主義描寫：「只有校園裏的樹木和花草，年復一年的，不顧人世間的紛亂和煩惱，兀自靜悄悄地長。春天校園裏是梧桐樹和迎春花的世界。梧桐飄絮亂花迷眼，滿校園飄蕩著一團一團的半透明的毛毛，讓師生們咳嗽，打噴嚏，淌眼淚水，既苦惱又幸福。迎春花黃燦燦的，先於所有的花卉熱烈開放，從牆頭和高坡上一簇簇地披掛下來，明豔奪目，弄得大家想不注意都不行。夏天，欅樹和洋槐樹上的知了叫得聲嘶力竭，彷彿活了今天就沒有明天似的，有一種悲壯搏命的意思。秋天開始落葉了，花圃和辦公室的窗臺上的菊花葉開了，一邊是蕭瑟，一邊是明媚，兩相參照，覺得人生還是美好。最驚喜不過是冬天來一場雪，滿樹銀枝，道路樓房一片潔白，雖然過不長就雪會融化，但是早晨一推窗戶的激動，會久久地留在腦海裏，一直保存到第二年的冬季開始。」無疑，這些風景描寫展示出作者豐富的生活經驗，也更傾注了作者對生活的無限熱情。校園風景給人留下的記憶永遠是美好的，作者在客觀的描寫中投注了許多鮮活的美學體驗，並非是將其審美的判斷強加於讀者，從而引領大眾的審美取向，而只是在自由自在地抒發自己的性情，根本就不在乎那些陳規陋俗的審美規範，只有這樣的率真，才能盡情地發揮作家創新的潛能，使其文學描寫達到一個與眾不同的獨特境界。

在風景描寫之中注入生命的體驗和奔放的情感，應該是許多著名作家慣用的創作技巧，尤其是在俄羅斯作家當中更是如此，巴烏斯托夫斯基在《一籃樅果》這樣寫道：「整個森林，使人心曠神怡，蘑菇發出清香，樹葉悉索低語，臨海一面陡坡上的樹林，更是令人陶醉。在那裏，你可以聽到海浪激岸的聲音。在那裏，你可以看到樹苔在濕潤的空氣中怎樣滋長著，它們像斑白的鬍鬚一樣從樹枝上垂拂到地下。在這些山林中，有一種快樂的回音，像學舌鳥那樣頑皮，它靜靜地等待著，一有聲音，就把它抓住，然後，又把它投

出去，像一個球一樣的從一個懸崖蹦到另一個懸崖。」〔註3〕雖然巴烏斯托夫斯基是在寫散文隨筆，但是，其美妙的文字卻猶如珠璣，這就是人們為什麼會將他的隨筆集《金薔薇》當做精美的藝術品來欣賞的原因。在這裡，巴烏斯托夫斯基抓住了一個作家對大自然體驗的感悟問題，也就是我們通常所說的靈感問題。巴烏斯托夫斯基用通感式的表述告訴我們這樣一個道理——作家的視覺、聽覺、嗅覺是體察大自然並將其作為文學描寫的基本元素，而如何綜合這些描寫元素，從而將其上升到作家主體感覺的層面，這才是真正的靈感顯現。

　　鑒於上述概括，我們來看黃蓓佳的風景描寫，似乎就能夠清理出一些類似的靈感與頓悟來了：「開春，黯淡了一個冬天的校園裏，這兒那兒一點一點地有色彩露頭了。最早是茶花和春梅，暗紅色、淺粉色，都開在僻靜無人處，低調、安靜，被巨大的雪松遮掩著，自得其樂地綻放芳華。而後，迎春花大張旗鼓、拉幫搭夥地喧鬧起來，它們是要麼不開，要開出來便是黃燦燦的一大片，黃得明目、耀眼、高調、轟轟烈烈是，色不驚人誓不休的那種架勢。再接下來，櫻花粉白透明地漂浮在半空中，美得像呼吸、像夢幻。桃花和海棠牽手而來，桃花如村姑那般本分實在，紅也是紅得端正，海棠花一禿嚕一禿嚕地掛滿枝頭，花朵是豐腴肥厚的，性感誘人的。」無疑，從視覺上構圖色彩的變化，到聽覺上由靜變鬧的旋律波動，再到嗅覺上的畫龍點睛。這段風景描寫裏滲透了作家自我夢幻般的感覺體驗，尤其是那些擬人手法的運用，給作家的靈感增添了更多的色彩。雖然這段風景描寫不是那種貼近原始自然的貴族般高雅的純淨凝練的文字，但是，它所表達的熱烈和奔放卻是契合校園風景的最基本的元素，是青春滿溢的校園人文風景靈魂的顯現。

　　從作家的創作思路來看，緊接著的一段人物風景畫的描寫就證明了這段風景描寫是與人物的性情、性格和風格一致的：「一群一群的女孩子，脫去了臃腫冬裝，換上素色的春秋衫，領口翻開，露出裏面鮮紅的或者鵝黃的手織毛衣，再繫上一條鑲著金絲銀邊的尼龍絲巾，劉海拿髮捲捲出一道彎彎的波浪，刹那間就變得俏皮而可愛。她們勾肩搭背地走在大路上，笑聲跟雲雀的啁啾一樣清亮，把校園裏的空氣都攪得旋轉起來，愉悅起來，角角落落浮動著一種新鮮可人的、春回大地萬物萌動的氣息。」顯然，這種呼應配合風

────────────

〔註3〕　柏峰：《秋的美好成就了文學》，《中國社會科學報》2011 年 12 月 13 日第 20
　　　　版。

景描寫的對位描寫手法是傳統的描寫手段，是和黃蓓佳那種自由自在的風景描寫風格相悖的，但是，即使就是這樣普通風景描寫，在我們的當今作家們的筆下也都逐漸消逝了。

所以，我們對那種具有雙重意義的風景描寫應該表示敬意——既將其中的人文意蘊通過主觀情緒的間接表述呈現出來，並與之人物心境發生聯繫；又保持著一個作家對生活感知的靈性和敏悟。從這個意義上來說，黃蓓佳的近期風景描寫開始萌動著的個性特徵就賦有了特有的既傳統又現代的靈動感。

二、風景、風物描寫與人物環境、作家審美之間的同構

毋庸置疑的是，大凡中國文學作品，尤其是小說中的風景描寫都是起著一個重要的職能——襯托時代背景和人物處境，將其賦予喜怒哀樂之情緒色彩，它絕無哈代式的不動聲色和以喜映悲的大手筆——風景畫面賞心悅目與人物的悲慘命運形成巨大反差和落差，使得人物命運的悲劇更加凸顯與慘烈。然而，即便是風景描寫與社會文化背景、人物處境形成同構的傳統描寫手法也在新世紀的作家筆下漸行漸遠。

在《家人們》中我們不難看到這樣的風景描寫：「天太冷了。飢餓寒冷是一對很無恥的雙胞胎，總是形影不離，對世上的可憐人不依不饒。太陽在天上只有一個薄薄的輪廓，像是在孩子嘴巴裏含得太久、接近融化的糖塊。北風卻是強勁，一路橫掃過來，帶著尖利的嘯聲。光裸的樹枝在風中嗚嗚哀嚎。屋頂的瓦片是凍結著的，一片灰白。風吹起地上的塵土，紙片，碎石子，枯得發黑的樹葉，沾上了痰跡的布條，貼著一扇扇陳舊的木板門旋過去，把那些乾透的木板擦得刷刷作響。留在街道上的細土被吹出一道一道的波浪，忽而向東，忽而向西，忽而簌簌地流淌成扇形，忽而又拔地而起，豎起一面半人高的半透明的灰牆。」我們應該贊賞作家對生活觀察的細緻，以及描寫的細膩準確，擬人化的手法幾乎成為黃蓓佳小說風景描寫的一個描寫常態，成為一種符號特徵，這些手法的運用給讀者帶來了生活的現場感，無疑也為渲染那個大饑荒年代的動蕩社會背景氣氛做出了準確的注釋，同時也為作品主人公楊雲愛情的悲劇結局做出了讖語般的鋪墊。

作品中的另一個主角羅想農的心境也是隨著風景描寫的情緒色彩而波動的，例如他在長江邊看到的風景是很複雜的：「渾黃的彷彿凝成膠質的江水，

偶而駛過去冒著淡灰色煙霧的運輸船隻。天空雲層稠密，死活不讓陽光穿透到地面，因此一切都顯得滯重，顯出一種莊嚴而又滑稽的死寂。」這段描寫是為三代人的複雜關係作注釋的，我們由此看到了主人公對這種生活狀態，包括他理還亂的愛情生活的複雜心情就像這樣的江水一樣迷亂滯重，不可化解。其實，我們每一個人的生活視野都是有限的，而每個人對生活的理解卻又是千差萬別的。當我們進入黃蓓佳給定的特有的風景描寫語境時，我們才能理解作家的苦心孤詣。

其實黃蓓佳的風景描寫裏還有一個特徵，那就是對地方風景的描寫。正如小說中另一個男主人公喬六月和羅想農談文學作品時涉及到的問題：「《靜靜的頓河》裏的葛利高里，雨果如何描寫巴黎聖母院，也有時候說說南京的法國梧桐，中山陵的桂花」。無疑，小說的背景就是南京，其中描寫南京的風景段落甚多，隨手拈來一段：「八月，立秋剛過去，一早起來天就悶得像蒸籠，樹上蟬兒嘶叫不停，陽光隔著厚厚的雲層，看不見，感覺到它的熱度，人坐在屋裏不動，汗還是不停地淌，自己都能聞到頭髮根裏冒出來的餿味。」這就是南京這個火爐裏的所謂「秋老虎」的季節，作家的這種對應人物心境的風景描寫顯然要比那種單純地人物心理描寫要高明得多，也藝術得多，因為一切文學的表達都應該是間接的。

其實，作家對於風景的感觸都是有其獨特性的，作為風景描寫一個組成部分的風物描寫也同樣體現著作家的審美觀念：

> 房子是個很奇怪的東西，無論簡陋還是華美，只要有人住著，它就活在那兒，有呼吸、有體溫、有聲響，還有一種說不出來的磁力場，讓人置身其中時，神閒氣定。
>
> 可是一旦主人離去，房子就彷彿被抽走了靈魂，變得空寂、頹喪、晦暗、冰冷。只消很少日子，房子的屋角就會結滿蛛網，蛇蟲在窗戶間遊走，雨水從簷下滲漏，牆角長出黴菌，白蟻啃光柱梁。
>
> 沒有人住的房子，就如同沒有父母的孩子，它的傷心和落寞，無人理解。

這樣的風物描寫和趙樹理為代表的「山藥蛋派」小說中的風物描寫有著明顯的區別，前者多採用冷峻、中性、客觀的描寫風格，而後者卻注入了作者強烈的主觀感受，這樣的風物描寫儼然是將器物上升到人性情感與哲理的高度來認知，其形上的意味顯然是大於形下的風景描寫的。

　　一般來說，將風物描寫納入人物的性格、心情、興趣和修養之中，是小說家慣用的手法，做到這點並非難事，但是如何將作者的審美情趣和理想理念融進風物描寫之中，做到藏而不露、水到渠成，卻不是一個簡單的事情。《家人們》中作者這樣寫道:「楊雲的小院子，格局是三間正房加兩間廂房，再加一間廚房，一間廁所。正房很大，九架梁的結構，房間鋪木地板，客廳青磚墁地，四壁打了半人高的護牆板，再往上白灰到頂，顯得高而敞亮。後牆有窗戶，透過毛玻璃，隱約看見屋後搖曳的竹影。春夏暖和的天氣，打開這些窗，綠蔭婆娑，一窗好景。砌這些屋的人當初怕光線不夠，屋頂另外還留了天窗。有陽光的日子，大束的光線從屋頂傾瀉，早晨射向西牆，傍晚又移到東壁，金龍騰挪似的，將整個堂屋弄得生動無比。」起先我看到這裡時，就產生了許多詰問:其一，這些房子究竟是屬於哪個年代的建築呢？如果是建於 20 世紀 80 年代前，甚至推及民國時期，其整體結構是沒有異議的，但是其內部裝潢卻顯然是不可能的，客廳青磚墁地是中式的，而地板和護牆板那些西式的裝修風格在中國鄉村裏是難以尋覓的，即使是像徽州富商所建的西遞、宏村那樣的明清古建築，木地板是有的，而絕無半人高的護牆板一說，要麼就是全板壁結構的牆體；倘若是建於 20 世紀末的 90 年代以後，其外觀基本採用的是鋼筋水泥框架結構的樓房，很少見到仍然用原木做大梁的房子。其二，楊雲作爲一個農校畢業的學生，她尚沒有文化能力去發現和欣賞房屋外那樣美麗的風景，且也不可能有閑暇去領略這般浪漫的風景，因爲她的愛情早已死亡，整天陷入了無盡的豬事之中。但仔細一想，其中的緣由就不難理解了，作爲配合小說浪漫主義情調，以及作家給定人物的浪漫故事的框架，主人公雖然性格比較粗放，沒有其情人喬六月那樣更多的浪漫幻想，但是作品不能不在她的性格中注入浪漫的元素，所以，她的居所也應該透出浪漫的抒情風格，不管楊雲性格的邏輯趨向應該如何，但是風物描寫中設定的那幅風景畫的小景卻是必不可少的，因爲它是在給人物定調，在給作品定調，儘管有外加強制的成分，但是，這樣的設定同樣可以起著一定的藝術效果。

三、風景描寫不應該受文體的局限

　　其實這是一個並不應該提出的一個命題，因爲在世界文學的寶庫當中，許多優秀的文學大師的代表作都把風景描寫融入了自己的小說創作之中，尤其是在長篇小說的創作中更是比比皆是。但是，不知道從什麼時候開始，我

們的小說創作逐漸將風景描寫剔除，似乎把這種描寫歸於散文文體的描寫範疇，尤其是寫景散文之中，更多的是出現在遊記式的散文中。就我的觀點而言，風景描寫在寫景散文當中只能表現爲一種靜態的美、凝固的美，它的人文內涵的表達往往是直接的，多採用抒情的方式加以詮釋；然而，風景描寫一旦出現在小說故事情節中，它表現出的就是一種動態的美、流動的美，它與作者所要表達的人文意蘊和理念構成的無論是同構的還是反同構的關係，都是間接的、藝術性更強的表現，富有更大的張力。因此，恢復並張揚風景描寫在小說，尤其是長篇小說中的重要地位應該是當下文學創作注意的焦點問題，雖然以往這只是一個常識問題，但在其失落與迷茫的今天，我們重新提出這個文學創作的常識，是有益於我們的文學走向一個更加健康道路的必要措施。

其實，像黃蓓佳這樣的作家也充分體察到了這種文學創作在生活中的危機，作者在描寫畫家羅衛星的感觸時說：「現在的農村，你說都怎麼啦？炊煙人家、竹籬爬藤都沒有了，光剩下馬賽克貼面的小二樓，走一家是樓上樓下，走第二家還是樓上樓下，牆上一樣的明星畫報，堂屋裏一樣的花絨布沙發，還鋪上一副一樣的機器織出來的網眼紗巾！天哪，你簡直找不到一處可以入畫的田園風景。」作爲一個風景畫家，他的這種感觸，僅僅是在哀歎農耕文明的墜落嗎？我以爲更多的是在哀悼現代商業文明捨棄掉的人與自然的血肉聯繫。

風景描寫在小說創作中並非是一個「閒筆」的存在，也非旁枝逸出的枝蔓。但是，僅僅將它看做是爲長篇小說的張弛節奏而作出的調劑，則也是不對的，它固然在長篇小說中起著一個調節情節節奏有張有弛的作用，但更重要的是，這種「停佇」於風景描寫的風格，更是體現一個作家的美學趣味和文學修養，這樣的「舒緩」表現的是一個作家的自信與成熟。

第二節　風景：人文與藝術的戰爭

自然風景的文學和繪畫的描寫，歷來就被不同的藝術理論家分爲兩種不同的解釋：一種是堅持風景在人的眼睛中呈現出的意識形態內涵；一種是堅持其風景的原始感官視覺的享受，亦即人文與自然的審美衝突。這的確是個藝術的生與死的兩難選擇的悖論問題。然而，這些顯然是一個陳舊的美學命

題，如 W‧J‧T 米切爾所言：「風景研究在本世紀已經經歷了兩次大的轉變：第一次（與現代主義有關）試圖主要以風景繪畫的歷史爲基礎閱讀風景的歷史，並把該歷史描述成一次走向視覺領域淨化的循序漸進的運動；第二次（與後現代主義有關）傾向於把繪畫和純粹的『形式視覺性』的作用去中心化，轉向一種符號學和闡釋學的辦法，把風景看成是心理或者意識形態主題的一個寓言。」米切爾強調的是，所謂第二次與後現代有關的理論是後殖民主義浪潮中的美學理論，並非是對舊日有關風景的形式主義理論的回歸，它同樣也是帶有更強烈的意識形態話語色彩。

　　「把『風景』從名詞變爲動詞。」當 W‧J‧T 米切爾在《風景與權力》的導論裏寫下這第一句話的時候，我就意識到他論述風景的基本價值立場了：「自然的景物，比如樹木、石頭、水、動物，以及棲居地，都可以被看成是宗教、心理，或者政治比喻中的符號；典型的結構和形態（拔高或封閉的景色、一天之中不同的時段、觀者的定位、人物形象的類型）都可以同各種類屬和敘述類型聯繫起來，比如牧歌（the pastoral）、田園（the georgic）、異域（the exotic）、崇高（the sublime），以及如畫（the picturesque）。」也就是說，任何自然的風景背後，都離不開那個「觀者」的「內在的眼睛」的解讀，這就是爲什麼人類總喜歡將寺廟與教堂放在緊鄰風景區的緣故吧？在這裡，米切爾強調的是一切的「如畫」的風景，在每一個人的眼睛裏所折射出來的自然風景都是自身意識形態的顯現。

　　無疑，風景本是與人類的美學感知相對應的不變的自然畫面，往往是帶著原始浪漫色彩圖景的顯現，於是，游牧文明和農業文明中自然景觀與人文景觀融爲一體的詩情畫意，就成爲了文學藝術追逐的對象。且不說唐詩宋詞裏的山水派成爲中國詩歌的正宗，就是宋元山水畫也成爲中國畫正統的流派，就足以見農耕文明在「見山是山，見山不是山，見山還是山」的審美循環中所倡導的是自然與人文相結合須得天衣無縫、不露痕跡的最高審美境界。因此，米切爾在《帝國的風景》這一章裏就寫道：「中國風景畫是史前的，早於『因其本身而被欣賞』的自然的出現。『另一方面，在中國，風景畫的發展……與對自然力量的神秘崇拜結合在一起』。」大約這就是米切爾在此書當中對中國風景畫的唯一的一次，也是最高的評價吧，因爲米切爾是最強調的審美理論就是把風景融入包括宗教在內的意識形態之中來進行符號學和文化學的闡釋。

　　而西方的風景畫派的崛起，造就了一批主張意識形態的風景畫派理論家，他們明顯講求畫家在表現自然景物的時候必須注入自身人文意識形態。米切爾引述的肯尼思·克拉克在 1949 年發表的《風景進入藝術》一文中的一段精彩的話語，對我們理解自然與藝術之間的人文關係提供了一把鑰匙：「我們置身於事物中——它們不是我們的創造，有著不同於我們的生命和結構：樹木、花朵、青草、河流、山丘和雲朵。幾個世紀以來，它們一直激發著我們的好奇和敬畏。它們是愉悅的對象。我們在想像再造它們來反映我們的情緒。我們漸漸認為，是它們促成了我們所稱的『自然』觀念的形成。風景畫記錄了我們認識自然的階段。自中世紀以來，人類一次次試圖與環境建立和諧關係，風景畫的興起和發展則成為其中一環。」無疑，這樣的理論尚未走向意識形態的極端，因為他強調的是人與自然的和諧，亦即感官與意識兩者之間相輔相成的共生關係。

　　為什麼歐洲文藝復興時期會誕生風景畫派，其重要的元素就在於：在強調大寫的人的同時，啟蒙主義更注意用自然的風景來表達人的理念，據說第一幅風景畫就是達芬奇所創。但是，隨著資本主義時代的到來，17 世紀所出現的職業風景畫家，就充分體現出了將帶有現代文明氣息的人文建築物融入在對大自然背景的描摹之中，荷蘭風景畫的早期代表作家揚·凡·戈延的《河上要塞》《埃延附近的萊茵河》就是把景和物融為一體的範本畫例，而並非是米切爾們那樣在過度闡釋後的單一的意識形態呈現。倒是維米爾的《臺夫特的風景》作為 17 世紀風景畫的代表作品，他突出的卻是蒼穹下鱗次櫛比的建築物，人文意識還是佔據了畫面中心的。也許，像魯本斯那樣的具有劃時代意義的作品《有彩虹的風景》應該是風景畫的一個高峰，但是，你仔細觀察，就會發現人物、動物、橋梁、房屋，究竟是作為自然的映襯，還是作為自然的主宰，抑或是互為和諧的存在呢？也許，這在不同的人眼裏看出的是不同的答案，也非米切爾們所簡單歸納的那種純粹的意識形態的表達。

　　當然，在米切爾的這本集子裏，我們也能聽到兩種並不相同的聲音。

　　克拉克以為：「在所有的歷史書中，彼特拉克都以第一個現代人的身份出現……從都市的騷亂中逃離到鄉村的平靜裏，而這正是風景畫賴以生存的情感。」因此，米切爾就會認為：「欣賞風景是在『現代意識』之後才出現。彼特拉克追隨田園風而逃離都市，不只是為了享受鄉村的舒適；他找出自然的不適之處。『眾所周知，他是第一個出於對大山的興趣而去爬山的人，並且在

山頂享受了美景』。」也許，當我們正沉浸在彼特拉克一覽眾山小的「如畫」風景審美情境中的時候，克拉克已然轉向了另一個極端，但是，更有甚者的是持「後馬」觀念的安・伯明翰，他更加強調了意識形態的主導性，雖然他們的觀點從表面上看是對立的。

因爲克拉克的論斷「從不思考這事的人們，傾向於假定欣賞自然美和繪畫風景是一種普通而持久的人類精神活動。但事實上，在人類精神最光芒四射的時代，因爲風景本身而作畫的舉動似乎並不存在，而且不可想像。」才有了米切爾的斷言：「馬克思主義的藝術史家將這一『眞相』複製到了英國風景美學這一更爲狹窄的領域中，以意識形態觀替代了克拉克的『精神活動』。」所以，安・伯明翰提出：「存在一種風景的意識形態。在 18 世紀到 19 世紀，風景的階級觀念體現了一套由社會，並最終由經濟決定的價值。畫出來的圖像對此賦予了文化性的表達。」竊以爲，任何現代繪畫都不是一種藝術對現實生活的簡單「摹仿」，它是一定要賦予文化和人文內涵的，意識形態無疑是風景表達的一個不可或缺的重要元素，但是，它也絕不是那種單一的或者是簡單的階級性的意識形態表達。顯然，在克拉克與伯明翰之間的論爭中，米切爾所採取的價值立場則是：「伯明翰把風景看成一種有意識形態的『階級的觀看』，而『畫出的圖像』爲它賦予『文化的表達』。克拉克說，『欣賞自然美和風景畫是一種歷史上獨一無二的現象』。這兩位作者忽略了『看』與『畫』、感覺與表達之間的區別——伯明翰把繪畫看成是一種『觀看』的『表達』，而克拉克則靠單數『is』將自然與用繪畫再現自然混爲一體。」從表面上來看，米切爾似乎是站在客觀公允的辯證唯物主義的立場上來同時指出兩種不同的觀點的局限性，然而，他自己卻也同樣陷入了一個「二律背反」的困境之中：「作爲一個被崇拜的商品，風景是馬克思所說的『社會的象形文字』，是它所隱匿的社會關係的象徵。在支配了特殊價格的同時，風景自己又『超越價格』，表現爲一種純粹的、無盡的精神價值的源泉。愛默生說，『風景沒有所有者』，純粹的觀景被經濟考慮毀掉了：『如果勞動者在附近艱難地挖地，你無法自在地欣賞到崇高的景色』。雷蒙・威廉斯說：『一個勞作的鄉村幾乎從來就不是風景。』」所以才有人把英國那些隱藏在風景後面的勞動者看著風景畫的「黑暗面」。

我們並不否認風景中可以閱讀出來的「社會的象形文字」裏的階級性的意識形態內涵，但這僅僅是一部分「內在的眼睛」在看風景時的感受而已，

而不能替代其他人的眼睛中折射出來的另一種藝術的表達。亦如魯迅先生所言：「一部紅樓夢，道學家看到了淫，經學家看到了易，才子佳人看到了纏綿，革命家看到了排滿，流言家看到了宮闈密事。」顯然，作爲藝術家那種自上而下的「同情與憐憫」（亞里士多德的悲劇審美觀）有可能滲透在自己的畫面中，也有可能繪畫的當時壓根就沒有意識到這樣的意識形態問題。而一切看風景的人都會在這原本是一幅大自然的「如畫」風景中陶醉，當然，由於農人辛勞的場景破壞了看者的審美的心境，就引發了藝術家人道主義同情心，從而放棄了對藝術的進一步描摹和再現的欲望，似乎是風景描寫者難以自圓其說的藉口。由此我想到的是列賓的那幅傳世之作《伏爾加河的縴夫》，同樣也是風景畫，列賓既描寫了民族河流蒼茫美的風景，同時又表達出對勞動者的禮贊，那背縴者的每一塊肌肉的抒寫都是與自然風景相對應的力之美的表現，這樣的美學道理其實並不複雜，但是被後殖民理論家們過度的符號學和闡釋學的解析，反而讓我們墜入了雲裏霧裏。所謂的「去黑暗面」，並非是風景畫（無論是文學還是藝術）的歸途。我不同意把風景作爲一種帝國主義的文化符號，後殖民主義的文化理論，包括它的美學觀念，在很大程度上並非是馬克思主義的唯物辯證法，它在誇大「帝國的風景」時，忽略的卻是藝術審美的本質特徵。這個歷史的經驗教訓在我國四十多年前的文革「樣板戲」和「樣板畫」中就演繹過。

　　四十多年前，我在農村插隊的時候，的確親自體味到了農人在艱苦勞作時無暇風景和無視風景的經驗。但是，並不代表我在閑暇時就沒有欣賞風景的能力，因爲即便是一個文化程度很低的農人，他在美麗的自然風景面前，也沒有閉上那雙欣賞風景的「內在的眼睛」。這就是魯迅先生所說的一要溫飽，二要發展的道理。

　　席勒說過：「當人僅僅是感受自然時，他是自然的奴隸。」當然，我知道席勒這裡所說的「自然」主要是在哲學層面上特指人的動物性，但是我寧願將它借用在物理的「自然」論述層面，用反黏連的修辭手法補充一句：「當人僅僅是感受文化時，他是文化的奴隸。」

　　在米切爾所編撰的這本書裏，我最感興趣的是安·簡森·亞當斯所寫的第二章《「歐洲大沼澤」中的競爭共同體：身份認同與 17 世紀荷蘭風景畫》。無疑，17 世紀的荷蘭風景畫已經被藝術史定格在「自然主義風景畫」的框架之中，但是，亞當斯卻執意要改變它的本質特徵。對於 17 世紀荷蘭風景畫的

研究者的兩點評論：「第一，荷蘭畫家描繪那些可辨識的建築古蹟時，會隨意地把它們移至自己的家鄉附近，有時甚至加以改造，或者將幾個合併成一個虛構的建築。」「第二，荷蘭畫家常常誇大古蹟所在的地形。」我實在是弄不明白，他們爲什麼要追求風景畫的建築的眞實性呢？移植和虛構是藝術的本能，包括自然主義也不例外。亞當斯是一面認同這種評論，又一面說出了另一個看起來獨立特行的觀點：「然而，通常人們欣賞那些看上去如實地再現了荷蘭風景形構，卻並沒有明顯的文學和文本所指的風景畫，僅僅只是爲了視覺愉悅，一種由畫者演繹給觀者的視覺愉悅。用藝術理論家傑拉德·德·雷瑞斯的話說，17 世紀的觀者欣賞風景畫無疑是爲了『消遣和愉悅眼睛』。」殊不知，視覺藝術只有首先通過感官的第一衝擊力之後，才能產生豐富的聯想波動，而亞當斯們過於強調畫面形構的人文性和宗教性，以及對藝術直覺的否定，顯然是不妥當的，尤其是對自然主義風景畫中的「意象回應和『歸化』」這一集體認同的疑義，是令人失望的。我們不能因爲「在 1651 年的一場暴風雨中，霍特維爾市的聖安東尼斯堤壩決口事件。謝林克斯、羅夫曼、諾爾普、科林、埃塞倫斯和揚·范·戈延等畫家紛紛對這一事件做了描繪。」就判定一個畫家在主題先行的預設中就可以達到對風景畫的藝術高峰，恰恰相反，他們的這次集體繪畫行爲倒眞的是一次行爲藝術，這個重大題材均不是他們的代表作。當亞當斯在分析荷蘭風景畫大師揚·范·戈延《河景與烏特勒支的貝勒庫森門，以及哥特式唱詩班聖壇》（1643. 畫板·76×107cm）時，認爲「范·戈延在這部作品中更想評論的恰是當時頗具爭議的教堂與國家之間的關係問題，一個在 17 世紀 40 年代的緊張時期顯得太爲迫切的主題」。退一萬步來說，即便作家有這樣的意圖，但是一旦畫作面世，每一個看者都有權力用自己的「內在的眼睛」去解讀畫面，不能定於一尊。所以亞當斯自己對這一點也是沒有底氣的：「本文的假設是，觀察一個形象（這裡是一處風景），能夠通過它所引發的各種聯繫給觀者創造一種與他者相聯或相異的感覺，一種與各種共同持有的身份相關的個體身份。就像本身爲動態並且在許多層面同時演化的社會關係，荷蘭風景畫同時演繹了多重價值和主題。除非能幸運地找到日記與書信，否則我們永遠無法知曉這些主題對任何一位個體的觀者而意味著什麼。更重要的是，這些荷蘭風景畫揭示了一些社會地點和社會問題，圍繞著它們，身份認同得以建立。」我絲毫沒有貶低畫家和評論家們所要表達的社會問題的動機，問題就在於藝術作品，尤其是風景畫的描摹，首

先必須是用技術層面的視覺衝擊力的藝術效果去吸引觀者的眼球，從而激發起感官的共鳴，爾後才能進一步去完成對其人文性的解讀。否則，一味地強調主題先行的闡釋，則是對藝術作品的戕害。

因此，我在觀賞 17 世紀荷蘭風景畫的時候，首先是被畫家表現自然的藝術力量所征服，爾後才能從自然風景線中，找到那個時代的人文密碼和意識形態內涵。也許，在每一個不同的看者「內在的眼睛」中讀出的卻是並不相同的人文內涵，這恰恰就是每一個讀者的再創造功能，好的一書是需要留給人思考的空間的。

第三節　人與自然和諧的藥方

其實，人類與自然世界的衝突自鄉村與城市的對立就開始了，換言之，在五百年前的工業文明萌動的前期就注定了兩者間不可調和的命運前途。英國社會科學院院士基思·托馬斯的論著《人類與自然世界——1500～1800 年間英國觀念的變化》雖然只是描述了 16 世紀到 19 世紀這三百年間的生態觀念史，但是也足以使我們看到了人類文明進程中的種種文化弊端。在這本煌煌巨著中，就連作者本人都陷入了深深的價值悖論之中而難以自拔。因此，我就聯想到近些年來在我國風靡一時的生態文化和文學熱潮中，那些所謂的生態文化與文學的專家們竟敢隨意武斷地下定論的癖好是否會在此書作者面前汗顏的問題。殊不知，在悖論之下，一旦武斷，就可能掉進偽命題的陷阱之中。

一談到人與自然的關係，必定就要觸及到兩種價值觀的抉擇：是人類中心主義，抑或是非人類中心主義？似乎沒有第三種選擇的可能性。但是觀念史告訴我們，在不同的時間與空間之中，人類的選擇是可以有截然不同的價值觀念的。這也就是我多年來一直在思考而不得其解的問題，然而，這本書使我茅塞頓開——難道我們不能跳出道德和宗教的藩籬，從一個科學的層面去解決人類與自然世界的關係嗎？托馬斯一方面站在宗教與道德的立場上抨擊了人類屠殺動物和掠殺植物的罪行；另一方面又慨歎「人類優於動物界、植物界，這畢竟構成了人類歷史的前提條件」。此書從人類優越性的神學基礎入手，對聖經故事中的人類中心主義進行了質疑。但是，又有誰能夠抵擋得住許多人類中心主義論者的理論衝突與誘惑呢，尤其是弗朗西斯·培根的沉

思：「如果我們注意終極因由，人類可以被看作世界中心，因為如果把人類從這個世界抽取出去，餘下的就會亂套，漫無目的」。是的，你可以憐憫和同情一切動物與植物，可是你能指望牠們和它們來主宰這個世界的和平與和諧嗎？！但是，為什麼人文學者都要譴責人類的屠殺與掠殺呢？那是人類需要站在道德的制高點上來完善自己，尤其是那些帶有理想主義抱負的浪漫主義作家們是那麼虔誠地謳歌大自然，這在托馬斯的筆下得到了最準確的提升與放大。亦如作者在序言中所說：「本書還大量使用文學資料，時下在歷史學家中間不太流行，但是我並不後悔。把想像的文學當做歷史材料儘管存在著種種弊端，但是如果我們要深入人類（至少是比較善於表達的那部分人群）的情感和思想之中，文學是最好的嚮導。」於是，瑪格麗特‧卡文迪什、休謨、讓‧雅克‧盧梭、喬叟、蒙田、彭斯、華茲華斯、德雷頓、莫里斯、考珀、詹姆士‧舍利、約翰‧愛得華茲……這些作家詩意的表達似乎又對人類中心主義進行了無情的拷問。如果用人類的那個造物等級的名言：「人類高於野獸，低於天使」去檢視人類的「罪行」，去設置成立這個人類自我中心的命題的話，我們還需要道德嗎？而我們一旦獲得了道德的滿足，卻又會離世界（不僅僅是人類）的科學發展漸行漸遠。這就是世界發展的悖論，我們遇到的是哈姆雷特式的難題：「是生還是死」的艱難選擇。

於是，試圖給出答案的基思‧托馬斯在最後一章的第 6 節中描述的仍然是「人類的兩難處境」，這四個悖論擊中了人類與自然世界之間難以和諧共處的要害：「要城鎮還是鄉村？」「要耕耘還是要荒野？」「要征服還是要保守？」「要殺生還是要慈悲？」雖然這是在描述 16 世紀至 19 世紀的人類面臨的文化和文明難題，如今仍然是擺在人類面前難以逾越的文化與文明障礙。誠然，我們可以指責基思‧托馬斯的四個兩難命題不在同一邏輯層面上，但是他提出的問題是尖銳而帶時代性的。於是，我們看到的是作者無可奈何的尷尬面影——在此書的最後「結語」（我注意到了作者沒有用「結論」一詞的用心）中，作者是沒有能力給出標準答案來的，所以他只能喟歎：「因此，新感性與人類社會物質基礎之間的矛盾不斷加劇。妥協與掩飾交織在一起一直阻礙著矛盾的徹底解決。但是人們不可能徹底逃避這個問題，它注定還會發生。可以說這是現代文明基本的矛盾之一。至於最終後果，我們只能推測。」

托馬斯不敢妄加評論，甚至連推測都不敢，足見他對人類面臨的這一巨大悖論的恐懼與謹慎。所以才出發我從另一科學的層面，視其在不同時空中

的特殊性做出合理的判斷的思考。我希望各位生態文化和文學的研究者也能夠從此書中窺見到一個學者的嚴謹治學態度。

我們不能站在人類的巔峰看世界,我們也不能站在生物的谷底看天下。只有獲得更多的觀察角度,我們才有權力說話。

在瓦爾登湖畔踽踽獨行的梭羅整天在思考什麼呢?他離群索居的目的不是就爲了欣賞這片並不起眼的湖光山色吧?當我漫步在瓦爾登湖邊小道上的時候,就猛然想到了這個問題。

讀梭羅的文字,你一邊會被他充滿著野性氣息的、優美如畫的形而下的生動文學語言文字所吸引,同時又會被他那艱澀而捉摸不定的形而上哲思所困擾。

其實,作爲愛默生的學生,梭羅是他們那個形上的超驗主義最前衛的踐行者,他不惜用兩年多的孤獨去體驗人在脫離「有機社會」時的感受,以及用決絕的生存姿態去抗衡資本主義侵入自然和原始的罪惡。

其實,作爲一種學科的分類,至今尚有許多人還弄不清楚「生態變遷史」與「歷史變遷的生態系統」的區別,這一點卡洛琳·麥茜特在《自然之死》第二章《農場、沼澤和森林:轉變時期的歐洲生態》中闡釋得就非常清晰:「關於歷史變遷的生態系統觀,所重視的是各個歷史時期與既定自然生態系統(森林、沼澤、海洋、溪流等)相聯繫的資源,與影響其穩定性的人類因素之間的相互關係。把歷史變遷當作生態變遷,強調的是人類對於包含人類自身的整個系統的衝擊,而所謂生態變遷史,即生態系統得以維持或破壞的歷史。」〔註4〕無疑,作爲一個自由個體的自然學家的梭羅,他既不是「生態變遷史」的研究專家,也不是「歷史變遷的生態系統」的理論探求者。他是一個與這個世界群居人隔絕的孤獨者,他才是真正「生活在別處」的「自然人」!愛默生說這是「生活的藝術」,我卻以爲這是「藝術的生活」。因爲梭羅才是一個真正永遠「在路上」的行者,愛默生說他「自由自在地在他自己的小路上穿行」,除了獲取最基本的生活必需品,他的全部精力都集中在親近大自然當中,穿梭在原始文明的時空之中,他偏愛植物,偏愛印第安人,都是對現代文明的一種反抗。他有許多在第一線採集的植物標本、觀察鳥類的記錄,以及測量地理環境的檔案,卻從不交與官方的研究機構,因爲他把這些活動當

〔註4〕 〔美〕卡洛琳·麥茜特:《自然之死》,吳國盛等譯,吉林人民出版社1999年4月版。

作生活的全部，把它認定爲「藝術地生活著」的享受，所以他的導師愛默生才會這樣定義他的學生梭羅：「在他心目中每一事物都光輝燦爛，代表著整體的秩序和美。他決定研究自然史是天性使然。」在我們看來是孤獨、無趣、枯燥的生活，卻在他的人生航行日記中變得如此燦爛輝煌、豐富多彩，他孤獨而詩意的棲居，也是他生活的全部文學藝術顫音，都來自於：「他的眼睛看到的是美，他的耳朵聽到的是音樂。他發現這些，並不是在特別的環境下，而是在他去過的任何地方。他認爲最好的音樂是單弦；他能在電報機的嗡嗡聲中找到詩歌創作的靈感。」用愛默生的話來說就是「他是適於這種生活的。」，「他如此熱愛自然，在它的幽靜中享受快樂」（愛默生《梭羅小傳》）。他是融入自然的自然人，因爲他的生活是藝術的，毫無功利性。亦如梭羅自己所言：「當時他問我怎麼會心甘情願地放棄這麼多人生的樂趣。我回答說，我確信自己相當喜歡這種生活；我不是在開玩笑。就這樣我回到家裏上床睡覺了，讓他在黑暗泥濘中小心行路，前往布萊頓──或者光明之城。」〔註5〕顯然，把孤獨當作黑暗還是光明，其答案在梭羅的世界裏儼然是與常人相悖的。究竟是梭羅走進了黑暗，還是人類走向了黑暗？這是莎士比亞的哈姆萊特之問。

誠然，享受「生活的藝術」和尋覓「藝術的生活」成爲梭羅的一種孤獨的生存法則，無疑，這種生活狀態會被生活在群居狀態中的人類視爲「精神憂鬱症」的患者：「我不會比湖中放聲大笑的潛鳥更孤獨，也不比瓦爾登湖本身更孤獨。」所以，梭羅說出了一句至理名言：「上帝是孤獨的──可魔鬼卻絕不孤獨！」我們廣大的群居人類不正是被魔鬼纏身，自己也成爲群魔亂舞的一員了嗎？無疑，他的生態美學是建立在「非人類中心主義」立場上的，這儼然是脫離了「人類中心主義」的價值判斷。然而，他用兩年多的時間去體驗與人類隔絕的離群索居生活，其真正的目的卻是在孤獨之中尋覓和倡揚那種人類的原始野性。

因此，追求原始野性成爲梭羅堅持他心中的美國精神的一種標尺。梭羅這種反文明進化的行爲緣於其反對現代文明的核心價值，這正是他走向那個自由王國的必由之路。也許，我們可以從梭羅的文章中找到答案：「每一個後來的名城的建造者都是從類似的野蠻的乳頭吸取乳汁的。」作爲一個被現代

〔註5〕 亨利‧大衛‧梭羅：《散步》（節選），《傷心的「聖誕節快樂」──美國散文選》，孫法理編譯，譯林出版社2015年9月版。

文明馴化過的人，當我們躺在野蠻的懷抱裏吮吸著她的乳汁的時候，我們並沒有意識和感覺到這種野蠻文明原始動力的力與美。所以，梭羅呼喊出來的話語是叛逆性的：「生命存在於野性之中。最有生命力的是最有野性的。沒有被馴服過的野性能使人耳目一新。」「使我們喜愛的東西正是那些沒有受到文明影響的、自由的、野性的東西。」「簡而言之，一切好的東西都是野性的、自由的。音樂的樂曲，無論是樂器演奏的或是歌喉唱出的，例如夏夜的號角，它的野性都令我想到野獸在它們生長的森林裏的叫聲野蠻人的野性不過是善良的人和戀愛的人彼此接近時的莊嚴儷人的野性的微弱象徵。」在梭羅的生活詞典中，那種詩意的棲居正是譜寫在那原始野性的音符之上的，文明人對野獸的嚎叫是本能恐懼與厭惡，卻儼然成為梭羅世界裏的美妙樂章。這就是梭羅能夠在孤獨枯燥的生活中找到無盡樂趣的祕訣，因為他不願意被人類的現代文明同化，而降低了作為一個高級靈長動物的自然野性和獨立生存的能力：「在成為社會的馴服成員之前，人類自己也有過一段野性難馴的時期。毫無疑問，並不是所有人都可以成為文明的順民的。因為大多數人都像羊和狗一樣，從娘胎裏帶來了馴服便去戕害不馴服者的天性，使他們降低到同樣的水平，這是沒有理由的。」這樣的理念是反進化論的，但是，人們為何又對梭羅的理論與實踐如此津津樂道呢？或許是現代文明在給人類帶來無盡的享受的同時，帶走的卻是人性中那種最寶貴的自然野性吧。

　　有人認為梭羅的文學創作的水平並不是十分高明的，這可能因為是他們沒有完全理解梭羅的價值觀念。我們可以從梭羅自己對文學的理解中找到確切的答案：「表現自然的文學在哪兒？能把風雲和溪流寫進他的著作，讓它們代替他說話的人才是詩人。能把詞語釘牢在它們的原始意義上，有如農民在因霜凍融化而高漲起來的泉水裏釘進木樁一樣的人才是詩人。詩人使用詞語，更常創新詞語──他把根上帶著泥土的詞語移植到書頁上。他們的詞語如此真切、鮮活、自然，好像春天來到時花苞要開放一樣，儘管躺在圖書館裏黴臭的書頁中悶得要命──是的，儘管在那兒，也要為它們忠實的讀者逐年開花結果，按自己種族的規律，跟周圍的大自然聲氣相通。」竊以為，梭羅的這段話是對生活在現代文明中的許許多多作家提出的最為懇切的忠告。二百多年來，作家們的自然天性已然被物質化的現代文明所閹割了，自然和野性和自由的天性業已蕩然無存，他們對大自然的感悟能力的漠視與低下，是對文學作品詩性的褻瀆，他們失去的正是「跟周圍的大自然聲氣相通」，也

就是周作人所提倡的「土滋味、泥氣息」的消失殆盡，讓作家們缺少了生命中的元氣，「生命的流注」也就消失在文學作品的天際線中了。

我過去對梭羅的作品理解不夠深刻，如今再讀，卻有了很多的不同感受。梭羅為什麼厭惡群居而去尋找離群索居的「孤獨」，難道這只是一種哲學的思考？只是追求那種親近大自然的生活藝術嗎？我想，他還是有著另一層天然的生存意識的：「我發現孤獨在大部分時間裏都是有益於身心健康的。和別人在一起，甚至和最要好的友伴在一起，很快就令人感到厭煩，浪費精力。我喜歡孤獨。我從沒有發現一個像孤獨那樣的好伴侶。」〔註6〕他打破的是群居「文明」的思維格局，尋覓「孤獨」的詩意棲居，用個體的野性來面對大自然，並與之形成對話的關係。正如梭羅自己所言：「我的地平線給森林團團圍住，完全屬於我一個人；極目遠眺，一邊是鐵路伸到湖邊，另一邊則是沿著山林公路的籬笆。但就絕大部分來說，我所住地方就如在大草原上一樣孤寂。這裡既是新英格蘭，同樣也是亞洲和非洲。我似有著自己的太陽、月亮和星星，似乎有著一個完全屬於我自己的小世界。夜裏，從沒有一個旅客經過我的屋子或來敲我的門，就彷彿我是第一個或最後一個人；除非是春天，村子裏偶而有人跑來釣鱈魚——他們在瓦爾登湖裏釣到的顯然更多的是自己的天性，把黑暗當釣餌裝在魚鉤上。不過，他們很快就退走了，經常提著輕飄飄的魚簍，把『世界留給黑暗和我』，（托馬斯·格雷《墓園輓歌》1751 年），而黑夜的核心卻從未遭受到人類鄰居的褻瀆。我相信，人類一般說來仍然有點害怕黑暗，儘管妖巫全都給弔死，而基督教和蠟燭也已介紹進來。」一邊是象徵著現代文明的鐵路對自然環境的侵略，另一邊是人們對孤獨個體的騷擾，一個沒有定力的人是無法拒絕「文明」的誘惑的，是沒有能力抵抗個體孤獨的精神困擾的，面對這個世界的黑暗，誰能如梭羅那樣迎娶黑暗的新娘呢？一切人類文明的哲思與感悟在梭羅的眼裏都是蒼白的，即便是宗教信仰也無法進入他的精神領地。

於是，「把世界留給黑暗和我」便成為我們認識梭羅超驗世界的一把鑰匙：文明的世界需要的是光明，黑暗的世界屬於原始文明；群居的人類需要的是世界的和諧，孤獨的個體追求的卻是野性的思維，甚至是與自然和獸性的對話。

如此這般，我們能夠在《瓦爾登湖》美麗的文字中接受一個另類梭羅嗎？！

〔註6〕 梭羅：《瓦爾登湖》，許崇信、林本椿譯，譯林出版社 2011 年版。

在談生態主義運動時，我們必須談到知識分子的階層分化，因爲知識分子與現代性陷入了共同的危機。在大眾運動、消費主義的時尚熱潮經久不息的近些年，大學內外新一代的知識分子正作爲現代性歧義的一部分而發展壯大，他們追求文化自主性、多樣性，對於「技術專家治國論」統治的價值觀產生強烈的反叛意志，他們最先參悟了技術本身的極權主義和破壞性，也反擊了政治倫理在與技術專家階層所代表的商業倫理合謀的過程中所體現的國家主義霸權，這是一支帶有知識分子根性的「質疑」的精神，雖然力量和效用並不強悍。這一點和生態主義的「反同一」和「反霸權」不謀而合。換言之，在大眾文化刺激下成長起來的現代性的反叛精神，孕育了生態主義運動的中堅力量。

知識分子的工作一般必然通過意識形態霸權體系和其不同的調節形式的過濾——例如宗教、文化、教育等，反對意識形態霸權就成爲知識分子精英主體意識的體現。當現代性的工具化價值觀和世俗化價值觀成爲思想鉗制的巨大力量時，它的對立面必然出現，這就是被不少學者稱爲「後現代主義」的思想形態，潛在的一個公共領域正在尋求突破和擴大，從「生態平衡」出發爲自然界包括全人類的每一個「個體」爭取「更好的」生存權利和更爲和諧的生存空間正是這種公共領域的聲音，他們揭示了一個相當有爭議的問題，那就是工業化和科學主義並沒有最終提供關乎人類價值的最重要的東西，而且在進步中出現了「回報遞減率」，它所許諾的「幸福」和「滿足」並沒有如期而至，這是一種現代性發展到一定階段的批判性話語，或者在現代性發萌的時候即裂變出這一挑戰，生態主義運動正是其行動後果之一。所以，「在全球化的反現代化思潮下，生態運動或許被命名爲『反啓蒙』更容易被接受，這是一種歷時性的命名方法，把『現代化反思』作爲『現代』的終結與『後現代』的開始」。〔註7〕

對當代小說的生態批判主題進行研究，必然要涉及到的一個重要論題就是怎麼看待人類中心主義的問題，這一論題又和倫理學的生態轉向密切關聯。我們都知道，1935 年，美國哲學家奧爾多·利奧波德寫下了一部日後影響廣遠的自然隨筆和哲學論文集《沙鄉年鑒》，創立了一種生態整體利益的環境倫理思想——大地倫理或曰土地倫理。美國著名的生態整體主義倫理學家

〔註7〕黃軼：《生態批判：「反啓蒙」與「新啓蒙」的思辨》，《中國現代文學研究叢刊》，2011 年 02 期。

霍爾姆斯・羅爾斯頓認為生態系統每一個生物構成者的「內在價值」。1970 年代，隨著全球性生態危機的加劇，生態環境運動蓬勃發展，又出現了從生態中心主義出發的深層生態學。深層生態學的創始人之一納什（R. F. Nash）認為，倫理學應該從只關心人（或他的上帝）擴展到關心動物、植物、岩石、甚至一般意義上的大自然或環境。作為一場理想主義的運動，深層生態學的意旨更加符合發達工業國家人們的內心需求，不一定適用於目前中國的狀況，但其蘊含的道德進步意義令人深思。在處理人與自然的關係時，如何面對動物的價值無疑是不得不面對的難題，西方的動物解放理論甚或動物中心主義學說的出現將倫理學的轉型推向極致。隨著人類社會向自然領域的擴張越來越深廣，人與自然界動物的衝突日益嚴峻，許多動物面臨著滅絕的境地，而這進一步加劇了整體生態系統的潰敗，最終人類對動物的無情又反過來報復在人類自己身上。

關涉「動物價值」的一個核心性的理論觀點，就是如何看待人類中心主義的問題。在生態主義者看來，工業革命使得科技成為新的宗教，人從自然中脫穎而出，喪失了對自然的敬畏之心，把自然看作社會發展必須征服和掠奪的對象，不再視自己為大地之子，不再體恤和善待自然萬物，這種觀念抹殺了自然環境自身的進化規律，也忽略了自然對於人類精神的價值，這是現代文明的深層弊端。德國學者 F・厄爾克指認「人是地道的惡魔般的東西」，羅爾斯頓更是極端地說人類只是龐大的地球上生命整體中的一個毒瘤。由此，生態主義者對人類中心主義提出了強烈質疑和批判。受此理論影響，世界範圍內以敘寫動物來進行生態批判的小說層出不窮，在中國也出現了一撥「動物書寫」的熱潮，從 80 年代的《野狼出沒的山谷》到新世紀的《狼圖騰》，其勢洶洶，此類文本的生態意涵也受到研究者的關注和開掘。老實說，生態主義是一種舶來的後現代思想，後現代思想為生態學運動所倡導的持久的見識提供了科學和意識形態方面的根據，其中對人類中心主義的批判有其重要的現實意義。但是，我們必須更加警惕人類中心主義批判理論走向極端所具有的反人類、反文明、反文化和反歷史的本質。

就以《狼圖騰》為例。這本小說風靡全球的時候，我曾經從「人性與自然悖論」的角度寫過一篇文章，論及新的文化轉型期此類小說所體現的文化倫理的蛻變。我認為「這種倫理的『突變』，暗含著的卻是一種歷史的倒退，

其本質上就是倒退到『弱肉強食』的原始文化倫理基點上」〔註8〕，我完全不否認西方生態主義運動的價值和意義，也充分肯定真正的生態文學重建文明的理想主義精神，但文學創作如何處理「生態人」的「內自然」與「外自然」的平衡，是一個不能脫離具體文化語境、也無法忽略個人生命體驗的「人」的問題。在《狼為圖騰，人何以堪？》一文，我再次強調過自己的人文主義價值觀。發展的目的理應是使人更安全、更健康、更舒適地生存，而不是更加不安全。即使我們願意拿狼來「馴化」人，那種原始生態也是不可複製的，每個歷史發展階段都有各自內在的邏輯。

〔註8〕 丁帆、施龍：《人性與生態的悖論——從〈狼圖騰〉看鄉土小說轉型中的文化倫理蛻變》，《文藝研究》，2008 年 08 期。